Arnulf Zitelmann

Abram und Sarai

Roman
Mit einem Nachwort
des Autors

BELTZ
& Gelberg

Arnulf Zitelmann, geboren 1929, studierte Philosophie und Theologie und lebt als freischaffender Autor in der Nähe von Darmstadt. Für sein literarisches Gesamtwerk wurde er mit dem Friedrich-Bödecker-Preis und dem Großen Preis der Deutschen Akademie für Kinder- und Jugendliteratur ausgezeichnet.

Im Programm Beltz & Gelberg erschienen von ihm u. a. folgende Romane:
»Kleiner-Weg«. Abenteuer-Roman aus der Frühzeit
Zwölf Steine für Judäa. Abenteuer-Roman aus dem Jüdisch-Römischen Krieg
Unterwegs nach Bigorra. Abenteuer-Roman aus dem frühen Mittelalter
Unter Gauklern. Abenteuer-Roman aus dem Mittelalter
Nach dem Großen Glitch. Abenteuer-Roman aus der Zukunft
Der Turmbau zu Kullab. Abenteuer-Roman aus biblischer Zeit
Jenseits von Aran. Abenteuer-Roman aus Altirland
Bis zum 13. Mond. Eine Geschichte aus der Eiszeit
Hypatia. Eine Geschichte aus dem frühchristlichen Alexandrien
Paule Pizolka oder Eine Flucht aus Deutschland. Roman
Mose, der Mann aus der Wüste. Roman

www.beltz.de
Beltz & Gelberg Taschenbuch 574
© 1993, 2003 Beltz & Gelberg
in der Verlagsgruppe Beltz • Weinheim Basel Berlin
Alle Rechte vorbehalten
Neue Rechtschreibung
Einbandgestaltung: Max Bartholl
Einbandbild: Peter Knorr
Landkarte: Arno Görlach
Gesamtherstellung: Druckhaus Beltz, Hemsbach
Printed in Germany
ISBN 3 407 78574 7
1 2 3 4 5   07 06 05 04 03

Im Eilmarsch

Abram lachte. Das Schattenbild zu seinen Füßen erinnerte ihn an einen Esel. Aber das war er selbst, der da ging, vornübergebeugt, mit hängenden Armen, den dick verpackten Gott im Nacken. Ja, genau wie ein Esel, sagte sich Abram, aber zu einem Gott passte das nicht. Ein Gott, der auf einem Esel ritt, das gab irgendwie ein lächerliches Bild ab, ja, die Vorstellung allein wirkte schon gotteslästerlich.

»Schaut mal her«, rief er den beiden Männern vor ihm zu. »Da kommt Sin, der Mondmann, und sein Esel, der bin ich!«

Lot wandte sich nach ihm um. Sein Gesicht war schweißüberströmt und er blickte Abram verständnislos an. Saklu dagegen, Harans oberster Hausknecht, reagierte erst gar nicht. Seine Füße schienen wie von selbst den Treidelpfad am Kanalufer entlang zu marschieren. Doch auch Saklu merkte man die Anstrengung an. Wie Stricke traten seine Hals- und Rückenmuskeln hervor.

Die Bahre, welche die beiden Männer zwischen sich trugen, kriegte auch immer mehr Gewicht, sagte sich Abram, während er wieder stumm hinter den beiden herstapfte. Denn Haran, den sie vor drei Tagen aus Dur-Enlil gerettet hatten – Haran auf der Bahre, Abrams ältester Bruder und Lots Vater –, war seit gestern tot. Danach war sein Leib unter der Hitze jede Stunde mehr angeschwollen und eine Wolke von Schmeißfliegen begleitete sie seitdem. Es wurde Zeit, dass sie Urim erreichten, damit Haran endlich bestattet werden konnte.

Bald mussten sie's ja auch geschafft haben, denn zwischen den Palmschöpfen tauchte jetzt der Hochtempel des Mondgotts am Himmelsrand auf, der Ekischnugal, Sins strahlendes Haus zuoberst des Tempelturms. Über den Hitzeschleiern schienen seine weißen Mauern in der Luft zu schweben. Bis zu den letzten Abendschatten würden sie mit ihrer Last das Stadtzentrum erreicht haben, sprach sich Abram Mut zu. Und bis dahin kann ich noch, sagte er sich und versuchte unter Schmerzen, den Packen auf seinem Nacken ein wenig zu verlagern, damit er wieder Luft bekam.

Dem Gott auf seinem Rücken, rundum verschnürt und dick verpackt zwischen Flechtmatten, konnte die stechende Sonne eigentlich nichts ausmachen. Darum wunderte sich Abram, wieso auch sein Packen jeden Tag schwerer geworden war. Aber schließlich war Sin, der Mondgott, ein gewichtiger Herr, der den Himmel, die Erde, die Unterwelt bereiste, während er Monat für Monat mit spitzen Hörnern erst sechs Tage wuchs, dann am siebten sich mit halber Krone schmückte, schließlich am fünfzehnten Tag voll am Himmel stand, um den Göttern und Menschen Gedeihen, Fruchtbarkeit und sein Licht zu schenken. Und plötzlich begriff Abram. Seit ihrer Flucht aus Dur-Enlil war der Mond im Zunehmen begriffen, und jetzt stand er bereits dick wie ein Straußenei am südlichen Himmel, darum also war ihm der Packen immer schwerer geworden!

Heute Morgen, als Saklu ihm wieder die Last auf den Rücken schnürte, waren Abram vor Schmerz fast die Tränen gekommen. Irgendetwas zwischen den Matten stach und

6

drückte bohrend gegen seine Rippen. War das vielleicht die Hand des Gottes? Bevor der Ekischnugal in der Ferne aufgetaucht war, hatte Abram sogar eine Zeit lang mit dem Messer in seinem Gürtel geliebäugelt. Wirklich, er war in starker Versuchung gewesen, sich von dem Gott loszuschneiden, das Gottesbild einfach am Kanalufer liegen zu lassen. Aber natürlich ging das nicht. Einen Gott lässt man nicht in die Binsen gehen.

Das Jahr befand sich im Monat Duzu, wenn der Pfeilstern wieder erscheint. Sein Erscheinen kündete zugleich das Ende der alljährlichen Überflutungszeit an. Diesmal hatte das Wasser genau das rechte Segensmaß eingehalten; Abram bemerkte es mit Genugtuung, als sie den Purattum erreichten. Die Gerste war schon am Kai, und nachdem der Fluss einen Teil seines Bettes freigegeben hatte, richteten die Bewohner von Urim die schlammverkrusteten Ufer und Inseln für den Anbau der Gartenpflanzen her. Darum befand sich bei Anbruch der Dämmerung, als Abram, Lot und Saklu sich den Brücken des Purattum näherten, noch die halbe Stadt draußen vor den Toren. Das Auslaufen der Kanäle und Rückhaltebecken musste verhindert werden und so hantierten Wasserbauingenieure mit Peillatten und Messseilen auf den Feldern; Sklaven und Hörige, Frauen, Männer, Kinder trugen körbeweise Erde herbei, Befehle erschallten, Peitschen knallten. Als Abram vor sechs Wochen nach Dur-Enlil aufgebrochen war, hatte das Hochwasser noch ellenhoch das Land bedeckt. Jetzt wurde in den Gärten vor den Brücken bereits gesät und gepflanzt: Kürbis, Gurken, Salat, Zwiebeln, Knoblauch, Kresse und Rettich und natürlich die Küchenwürzkräuter.

Zugleich war Duzu der Monat, in dem die Könige ihre Heere für den Sommerfeldzug sammelten. Und so wunderte es Abram denn nicht, zwischen den Kanälen auf patrouillierende Soldaten zu stoßen, schwer bewaffnet und zu Fuß. Bereits draußen am Steppenrand waren voll bemannte Kampfwagen mit rasselnden Rädern an ihnen vorbeigedonnert und hatten ihren kleinen Zug mit Lehmstaub eingedeckt. Bestimmt, sagte sich Abram, während sie kurz vor der Brücke einer weiteren Abteilung Soldaten Platz machten, bestimmt hatten die Priester schon vor Tagen vom Tempelturm aus die Brandwolken über Dur-Enlil ausgemacht und die Stadt machte inzwischen gegen den Feind aus Babil mobil.

Dennoch behelligte keiner der Soldaten die drei Männer mit ihren Lasten. Auch die Leute auf den Feldern schenkten ihnen kaum Beachtung.

Erst unmittelbar bei der Brücke, die über den Hochseekanal führte, legte ein Mann die Hand über die Augen und verfolgte sie mit seinem Blick. Dann ließ er seine Hacke fallen, rannte ihnen entgegen und winkte mit den Armen. Jetzt erkannte Abram ihn. Es war Irib, ein Mann mit dem Brandsiegel am Arm, einer von den Haussklaven seines Bruders Nachor.

»Junger Herr, gut, dass Ihr zurück seid!«, sprudelte er hervor, bückte sich und küsste den Saum von Abrams Gewand. »Euer Bruder und Terach, Euer Vater, alle sind in großer Sorge um Euch. Und Sarai, die junge Herrin, fragt jeden Tag nach ihrem Gatten. Was ist geschehen?«

Abram deutete mit dem Kopf auf die verdeckte Bahre. »Darunter liegt Haran«, erklärte er und musste plötzlich mit den Tränen kämpfen. »Terachs Erstgeborener ist tot. Die Leute von Babil haben ihn erschlagen.«

Der Fliegenschwarm hatte sich mittlerweile in Klumpen auf dem Leichentuch niedergelassen und ein gelber Hund näherte sich schnüffelnd. Saklu scheuchte ihn mit einer Handbewegung weg. »Junger Herr, wir müssen weiter«, sagte er mit einem Blick auf die feuchten Flecken im Tuch zu Abram.

Abram nickte. »Lauf voran«, befahl er Irib. »Sag deinem Herrn Bescheid, er soll unseren Vater vorbereiten.«

Der Sklave zögerte. »Junger Herr«, sagte er. »Ihr könnt Euch kaum aufrecht halten unter dem Gewicht. Soll ich Euch nicht den Packen abnehmen?«

Abram wehrte ab. »Es ist Sin, den ich auf dem Rücken trage«, erklärte er, »der Gott des Oberen Landes. Haran war sein Priester. Er hat mir auf die Seele gebunden, den Gott von keiner fremden Hand berühren zu lassen.«

»Scha Sin ninu«, antwortete Irib fromm, »wir alle gehören Sin«, legte die Hand zum Gruß an die Stirn und wandte sich eilig zum Gehen.

Sie folgten langsam. Als sie die Brücke überquert hatten, streckte sich schon der riesige Schatten des Tempelturms weit über den Kanal und auf seiner obersten Terrasse glühte das Haus des Mondgotts rot im Sonnenuntergangslicht.

»Scha Sin ninu«, wiederholte Abram bei sich. Es war gut, dass er durchgehalten hatte. Der Gott wird es seinem Esel lohnen, dachte er aufatmend.

In der Breiten Straße kam ihnen Nachor entgegengelaufen. Lot und Saklu stellten die Bahre mit dem Toten ab.

»Lu schulmu, Friede«, grüßte Lot seinen Onkel.

Nachor nahm den jungen Mann wortlos in die Arme und schlug dann das Bahrentuch zurück.

»Haran, mein Bruder«, rief er und zerriss sein Obergewand, ließ sich mitten in dem Fliegenschwarm neben dem Leichnam nieder und streute Erde über sich. »So sehen wir uns wieder –?«, klagte er laut.

Dann erhob er sich langsam. Tränen sickerten durch die Staubschicht auf seinem Gesicht, er schluchzte auf, nickte Abram zu und sagte heiser: »Komm, unser Vater wartet bereits.«

Ja, die Tür der fensterlosen Straßenseite stand schon offen. Einer von den Hausknechten, der vor dem Eingang kehrte, erblickte sie und lief hinein. Abram ließ der Bahre den Vortritt und drängte sich mit seiner Last hinterher durch die schmale, niedrige Tür. Er musste sich tief bücken, um nicht mit dem Gott an den Türsturz zu stoßen.

Schweigen empfing ihn in dem fliesenbedeckten Innenhof. Saklu und Lot hatten ihre traurige Last bereits abgesetzt. Abrams erster Blick galt Terach, seinem Vater. Wie es die Trauer verlangte, hatte der alte Mann das Gesicht- und Haupthaar schon kurz geschoren und Sacktuch umhüllte seine gedrungene Gestalt. Beltani, seine Frau, stand neben ihm, in Lumpen gekleidet, stieß plötzlich einen Trauerruf aus und fuhr sich weinend mit den Händen ins Gesicht. »U-a-u-ai«, rief sie ein übers andere Mal, und die Hausangestellten in den Hofecken fielen aufheulend mit ein, bis Terach mit einer stummen Gebärde Schweigen gebot. Sein Mund war vor lautlosem Schmerz halb geöffnet und mit der Rechten wischte er sich die Augen.

Abram lehnte sich mit seinem Packen gegen die Wand neben den Eingang. Der Anblick Terachs, der keinen Blick von der aufgeschlagenen Bahre wandte, würgte ihn.

Dann entdeckte er Sarai neben Beltani, ihrer Mutter. Sarai hatte ihr Haar aufgelöst und ihre Augen begegneten ihm kurz. Wie zerbrechlich sie aussieht, ging es ihm durch den Kopf, mit ihren sechzehn Jahren eigentlich nicht wie eine junge Frau, eher wie ein kleines Mädchen. Und ein wenig stimmte das sogar. Denn Sarai, seine Schwesterfrau, hatte auch zwei Jahre nach ihrer Heirat noch immer nicht geboren. Es machte ihr Kummer, das wusste er. Doch in ihrem weißen Gesicht war jetzt nur die Trauer um Haran, ihren Halbbruder, zu lesen und Abrams Herz flog ihr zu.

Inzwischen hatte Terach das Leichentuch ganz von der Bahre hinuntergezogen. Der aufgestörte Fliegenschwarm senkte sich wieder. Pestartiger Verwesungshauch schlug Abram ins Gesicht. Er rang nach Luft. Wie schrecklich hatten die Leichengeister seinen Bruder zugerichtet! Harans Backen waren bleich und aufgedunsen, die Lider hatten seine gebrochenen Augen halb entblößt, das Haar sträubte sich ums Kinn und Harans graue, geschwollene Lippen hatten sich wie zu einem grässlichen Lächeln geöffnet. Ein Schauder überlief Abram, und er presste sich noch fester gegen die Hofwand, um nicht laut loszuweinen.

Wie aus der Ferne hörte er Terachs Stimme den Haussklaven befehlen: »Grabt in der Hauskapelle die Gruft auf. Wir müssen den Jungen unter die Erde bringen. Sein Tod füllt das Haus mit unreinen Leichengeistern, die vor Asakku, dem Leichendämon, herschleichen. Beltani, du wirst die Räume mit Weihrauch reinigen und ich werde geweihtes Wasser sprengen. Nachor, du gehst mit Lot in die Kapelle

11

und zeigst den Leuten, wo sie graben müssen. Ja, und schließe den Vorhang vor den Schutzgöttern des Hauses, dass sie sich nicht an dem Anblick der Leiche verunreinigen!«

Abram zuckte zusammen, als jemand nach seinem Arm griff. Dann sah er Sarai neben sich. »Abi, mein Mann«, sagte sie zärtlich. »Warum setzt du nicht ab? Und was schleppst du da überhaupt auf dem Rücken?«

»Jemand muss die Knoten aufschnüren«, sagte er leise. »Alleine schaffe ich das nicht.«

»Komm, ich helfe dir«, sagte sie, führte ihn von der Mauer weg und versuchte die Schnüre zu lösen. »Es geht nicht«, meinte sie nach ein paar hilflosen Versuchen. »Die Knoten haben sich so zusammengezogen. Die aufkriegen, das kann ewig dauern.«

»Nimm das Messer aus meinem Gürtel«, sagte er. »Aber pass auf, dass der Packen dabei nicht ins Rutschen kommt.«

Mit drei, vier Schnitten durchtrennte Sarai die Halteschnüre, Abram spürte das Mattenpaket von seinem Rücken gleiten, fasste eilig hinter sich, konnte den Fall aber nicht mehr aufhalten.

Der Gott schlug auf den harten Boden auf, drehte sich und gab ein misstönendes Geräusch von sich.

Abram erstarrte in einem Anflug von Panik. »Hast du's gehört?«, flüsterte er tonlos.

Sarai machte ein ängstliches Gesicht. »Was ist denn da eigentlich drin?«, fragte sie betroffen.

Doch nun stand schon Terach vor ihnen, sprengte wohlriechendes Wasser über sie und sprach Abram an. »Mein

Sohn, gut, dass du wohlbehalten zurück bist«, sagte er. »Komm in meine Arme.«

Abram richtete sich auf und weinte.

»Später werdet ihr alles erzählen, du und Lot«, sagte Terach und strich ihm über den Rücken. »Wenn Haran unter der Erde ist.« Dann stieß er mit dem nackten Fuß gegen das unförmige Paket. »Und was hast du da?«

»Es ist Sin vom Oberen Land, der Gott aus Charranum«, sagte Abram leise. »Haran hat mir befohlen, den Gott hierher in Sicherheit zu bringen.«

Terach zog scharf die Luft ein. »Sin, der große Sin?«, erkundigte er sich ungläubig. »Der Gottherr hier im Haus, und das neben der Leiche meines Sohnes?«

»Ja, Vater«, sagte Abram.

»Schlag die Matten auseinander, dass ich sehe«, verlangte Terach ungeduldig.

Abram versuchte die restlichen Knoten zu lösen, doch seine Finger flogen und er musste noch mal zum Messer greifen. Die Verpackung fiel auseinander und die Gestalt des Gottes wurde sichtbar. Abram aber konnte auf nichts anderes sehen als auf den abgebrochenen Armstumpf, der neben dem Gott auf den Boden gerollt war.

Terach fasste reglos den Gott ins Auge, senkte die Lider und sagte: »Herr, du bist in mein Haus eingekehrt –« Dann drehte er sich unvermittelt um und befahl: »Ihr alle, seht weg, verlasst den Hof! Es gehört sich nicht, dem Gott ins Gesicht zu gaffen. Ja, auch du, mein Sohn, und du auch, meine Tochter! Entfernt euch, bis ich den Gott in die Kapelle getragen habe.«

»Er ist zu schwer für dich, Vater«, widersprach Abram.

»Geh«, verlangte Terach gereizt. »Ich weiß selbst, was ich zu tun und zu lassen habe.«

Sarai zog ihren Mann mit sich zu den rückwärtigen Räumen, ihren Zimmern in Terachs Haus. Erlöst von der Last der letzten Tage, schwankte er beim Gehen so sehr, dass Sarai ihn stützen musste.

»Hier, setz dich erst mal«, sagte sie, als sie ihn in ihrem Raum hatte, und zog den Hocker mit den geschweiften Löwenbeinen herbei. Sie drückte ihren Mann sacht auf den weichen Fellsitz. »Jetzt sehe ich erst richtig, wie du aussiehst«, rief sie dann. »Du Armer! Haar und Bart verwildert, Arme und Beine verschrammt, Blut und Dreck im Gesicht. Bleib so sitzen. Ich hole Wasser und Öl. Was musst du mitgemacht haben!«

»Lieber würde ich erst was essen«, widersprach er. »Seit Tagen haben wir bloß noch Kanalwasser getrunken.«

»Nein«, bestimmte Sarai. »Erst waschen, dann essen. So ist es richtig.« Damit verschwand sie aus dem Zimmer.

Abram lächelte. Hier in ihren vier Wänden ist sie mit einem Mal nicht mehr das kleine Mädchen von eben, sondern die Herrin, dachte er. Sarai befiehlt und ich höre. Dabei bin ich ihr Mann und älterer Bruder, fast zehn Jahre älter als sie.

In der Nacht waren alle Vorbereitungen so weit getroffen, dass sie Haran in der Kapelle beisetzen konnten. Das ganze Haus mit dem Gesinde hatte sich versammelt. Es war eng und stickig in dem kleinen Raum. Abram, ausgelaugt und erschöpft, nahm nur wie im Dämmerzustand das Ritual wahr, mit dem Terach Harans Weg in die Unterwelt sicher machte.

Es war lange her, seit Terach zum letzten Mal die Gruft hatte öffnen müssen. Damals gab es Sarai noch nicht, erinnerte sich Abram. Denn Terach hatte erst danach, nach der Beisetzung seiner ersten Frau, die ihm seine drei Söhne geschenkt hatte, Beltani geheiratet und mit ihr Sarai gezeugt. Die stand jetzt am Eingang der unterirdischen Gruft und schwang zu Terachs murmelnder Stimme den Weihrauchkessel, dessen heilige Dämpfe Asakku mit seinem schamlosen Gefolge von Harans Leichnam vertreiben sollten. Von seinem Platz aus konnte Abram nur Harans Hände erblicken. Aber er sah, dass Terach seinem Sohn, dem erstgeborenen, einen der kostbarsten Gegenstände des Hauses zwischen die Hände gelegt hatte: den gefiederten Widder.

Es war eine zwei Finger hohe Statuette, die der Werkmeister ganz und gar aus Gold, blauem Lapislazulistein, Silber und Perlmutt gefertigt hatte. Das Tierchen stand, auch im Halbdunkel der Kapelle noch gut zu erkennen, mit angelegten Flügeln aufgerichtet in einem stilisierten Gebüsch. Sein Gehörn hatte sich im Astwerk verfangen, und vielleicht stellte der kleine Widder ein Opfertier dar, das sich dem Gott als Geschenk darbrachte. Abram lobte seinen Vater innerlich, dass er daran gedacht hatte, das kleine Bildwerk Haran auf die Reise ins Staubland mitzugeben. Die Sinnbildlichkeit der Statuette war eines Priesters wahrhaft würdig.

Sarai füllte inzwischen Räucherwerk nach und Abrams Gedanken begannen zu wandern. Wenn Haran ihn jetzt hier sehen würde, sagte er sich, dann wäre er gewiss stolz auf seinen kleinen Bruder, der im dunkelroten Trauergewand, den dunklen Rundbart kurz gestutzt, barhäuptig und barfüßig im Kreis der Seinen ihm die letzte Ehre erwies. Ja, er, Abram, hatte das Versprechen eingelöst, das er Haran gegeben hatte, den Gott vor den Leuten Babils in Sicherheit zu bringen. Alles Übrige, was mit dem Gott nun weiter geschehen sollte, das war nicht mehr seine, sondern allein Terachs Sorge.

Während Abram seinen Gedanken nachhing, das Ritual seinen weiteren Verlauf nahm, wurde ihm mit einem Schlag klar, dass er den Bruder niemals wieder sehen würde. Ja, irgendwie hatte er es bisher nicht richtig wahrhaben wollen, und die plötzliche Erkenntnis des endgültigen Abschieds traf ihn wie ein schmerzhafter Schlag, dass er mit einem Mal blass wurde und tief Luft holte. Sarai hörte ihn, warf ihm über die Schulter einen besorgten Blick zu und hielt mitten in der Bewegung inne. Der Weihrauchkessel in ihrer Hand zischte, stieß eine dicke kräuselnde Wolke aus. Abram versuchte, ihr mit den Augen beruhigend zuzuwinken, doch er fühlte sich so elend, dass er sich mit dem wehen Rücken gegen die Wand pressen musste, weil seine Knie unter ihm nachgaben: Haran, sein großer Bruder, war für immer fort, auf dem Weg hinab ins Staubland, dessen Riegel weder Götter noch Menschen lösen konnten.

Und wie hatte er sich gefreut, Haran vor einem Monat in Dur-Enlil nach so langer Zeit wieder in die Arme zu schließen! Haran hatte ihm auf die Schulter geschlagen und gerufen: »Abi, du bist mir über den Kopf gewachsen, kleiner Bruder!« Und Abram hatte gelacht, besonders als Haran ihn später beim Wiedersehensschmaus gefragt hatte, ob er seinen Magen auch genügend fülle, so schmal und schlank, wie er aussehe. »Deine Goldreifen klappern dir ja lose um die Gelenke!«, hatte Haran kopfschüttelnd hinzugefügt, und Abram hatte Mühe gehabt, ihm zu versichern, dass er sich völlig gesund und wohl fühle. Er sei eben für Nachor viel auf Geschäftsreisen und da setze man keinen Bauch an wie Haran im Dienst des großen Sin. Sein Bruder hatte nämlich, wie Abram belustigt bemerkte, in den letzten Jah- · ren um die Leibesmitte tüchtig zugelegt.

Ja, behäbig und stattlich hatte Haran ihm beim Wein gegenübergesessen, in feines Priesterleinen gekleidet und mit einem breiten Schmuckkragen um den Hals. Aber es zeigten sich bereits die ersten weißen Fäden in seinem Bart. Ach, es musste wohl auch sieben oder acht Jahre her sein, dass sie beide sich zum letzten Mal gesehen hatten! Das war, erinnerte sich Abram jetzt, als Haran mit seiner Familie in die geschwisterliche Mondstadt Charranum übergesiedelt war, um dort das Amt eines Oberpriesters im Zedernhaus des Sin zu versehen. Wie stolz war er, Abram, damals auf den großen Bruder gewesen!

Doch er wusste auch, dass Harans Sinn nach viel Höherem stand. Während seiner Priestergehilfenzeit beim Vater in Urim hatte ihn der Bruder einmal auf die Tempelterrasse mitgenommen, hatte sich zu ihm gekauert und in die Höhe gezeigt: »Guck mal, Kleiner, da ganz oben will ich mal stehen.« Das waren Harans Worte gewesen, Abram erinnerte sich noch genau. Ganz oben aber, da glänzte auf der Höhe des Tempelturms das weiße Haus des großen Sin, der die Himmel füllte und sich die Stadt als irdische Wohnstätte gewählt hatte. »Und du wirst Vater Sin da oben im Haus die Füße waschen –?«, hatte Abram ihn damals ehrfürchtig gefragt. »Ja, kleiner Bruder, das werde ich tun«, hatte ihm

Haran geantwortet. »Und ich werde den Himmelsleuten dort oben den Tisch decken und ihnen das Bett richten, Sin und seiner Frau Ningal und ihrem Sohn, dem Sonnengott. Denn wenn sich die Götter bei uns wohl fühlen, werden sie auch unsere Stadt schützen.« Ja, hoch hatte Haran hinausgewollt, und jetzt lag er tot in der Gruft und Terach sang ihm die letzten Gebete des Totengeleits. Du armer Bruder Haran, dachte Abram niedergeschlagen.

Ihm selbst jedoch waren Harans Götter immer zu groß gewesen, und obwohl sie so hoch über den Menschen wohnten, beschwerte ihn der Gedanke an sie. Denn nicht anders als sein Vater verlangten sie, dass man sie fürchte und liebe, in dieser Reihenfolge; doch beides auf einmal, fürchten und lieben, ging für Abram nicht. Die Größe des großen Sin schüchterte ihn ein. Natürlich brauchte seine Vaterstadt Urim einen starken Verteidiger, wie Vater Sin es war, aber ein Gefühl von Zutraulichkeit gegenüber dem großen Gott wollte sich bei Abram nie einstellen. Neben dem Vater und seinem großen Bruder fühlte er sich auch zu gering, um seine Hände zu dem Himmelsherrn zu erheben. Darum hatte sich Abram irgendwann unter den Göttern des Landes einen kleinen, bescheidenen Gott ausgesucht, den Scheddu, den er auch seinen Schaddai nannte. Bei dem wusste er sich gut aufgehoben. Denn sein Schaddai forderte nichts, verlangte keine Dienste, keine Handerhebungsgebete; sein Schaddai war einfach da wie ein guter Engel und begleitete ihn, dass er auf seinen Wegen den Fuß nicht an einen Stein stoße. Für Beltani, Terachs Frau, war Mami die persönliche Gottheit; Nachor, Terachs zweiter Sohn, hatte den Lamassu ins Herz geschlossen und so hatte jeder im Haus neben den großen Göttern einen kleineren Helfergott. Nur Haran und Terach nicht. Deren Wahlspruch lautete: »Ehre alle Götter, aber vertraue auf Sin, nicht auf einen anderen Gott!« Doch Abram wusste, dass er mit dem Packen im Nacken den Soldaten Babils nur deshalb entkommen war, weil sein Schaddai ihn unterwegs an die Hand genommen hatte. Der große Sin müsste seinem Gott eigentlich dankbar dafür sein! Abram jedenfalls dankte es seinem Helfergott, dass er noch Leben und Atem hatte, wenn es auch bitter war, dass er jetzt hier stand, um seinem Bruder Haran das letzte Geleit zu geben.

Die Beisetzungsfeier in der Hauskapelle dauerte immer noch an. Und Abram bewunderte den Vater, der in seinem fortgerückten Alter sich noch immer kräftig genug zeigte, das ganze verschlungene Ritual bis zum Ende abzuwickeln. Er selbst war mittlerweile am Ende seiner Kraft. Aber er zwang sich, bis zum Schluss durchzuhalten, ja, er schaute, den Arm um Lot gelegt, sogar noch zu, wie die Haussklaven die Gruft wieder schlossen und danach stumm die Erde feststampften. Es musste ja sein, doch das Stampfen ihrer Füße tat Abram noch einmal besonders weh. Da unten liegt mein Bruder, seid doch vorsichtig, tretet nicht so fest, hätte er den Leuten am liebsten zugerufen und spürte wieder, wie ihm die Tränen kamen. Auch Terach und Sarai verließen den Raum nicht. Sarai schwang weiter den Räucherkessel, während Terach in der alten Sprache des Meerlands schließlich das letzte Handerhebungsgebet sprach.

Abram atmete tief auf, als er später mit Sarai allein im Innenhof stand. Die frische Nachtluft tat gut.

»Lass uns noch ein bisschen draußen bleiben«, bat er Sarai.

»Von der stickigen Luft und dem vielen Weihrauch in der Kapelle bin ich ganz benebelt. Ich frage mich, wie du die ganze Zeit mit deinem Kessel mitten in den Schwaden ausgehalten hast.«

»Ich mag das«, meinte sie. »Es gibt mir ein Gefühl, als würde ich schweben. Aber ich hatte Angst um dich, du sahst aus, als wolltest du gleich umfallen.«

»Es ging mir dann wieder besser«, sagte er.

Sie sahen Terach stockenden Schritts in seinen Räumen verschwinden. Ein Sklave begleitete ihn mit einer Öllampe.

»Für Vater ist das ein schwerer Tag«, sagte Sarai. »Er hatte Haran zu seinem Nachfolger bestimmt. Durch ihn wollte er das Priesteramt unserer Familie erhalten. Und was wird jetzt? Vielleicht denkt er, dass du an Harans Stelle treten sollst.«

»Ich –?«, antwortete Abram ungläubig. »Das kann doch nicht dein Ernst sein. Priester werden, daran habe ich nie gedacht.«

»Mir wäre es aber ganz recht«, sagte sie. »Dann wärst du wenigstens nicht dauernd weg, ständig unterwegs mit Eselskarawanen, mit dem Schiff. Immer auf Geschäftsreisen für Nachor.«

Abram schüttelte den Kopf. »Mit dem Priesteramt wird es bei mir nichts«, sagte er. »Ich habe auch keine Ausbildung dazu. Wenn ich mir vorstelle, ich müsste all die Opfervorschriften, wie Vater die vielen Gebete, im Kopf haben, da hätte ich jahrelang dran zu lernen. Nein, das Ganze liegt mir nicht, das weißt du. Ich könnte mich nicht noch mal ins Tafelhaus setzen und den ganzen Tag Tontäfelchen studieren.«

»Terach wirst du damit nicht überzeugen«, meinte Sarai.
»Aber wir werden ja sehen, was Vater beschließt.«

Es fröstelte Abram, und plötzlich merkte er, wie die große Müdigkeit ihn überkam. Der Marsch von Dur-Enlil bis nach Urim hatte ihm zugesetzt, und nun, nach der Totenklage, fühlte er sich mit einem Mal am Ende seiner Kräfte.

»Komm, wir gehen hinein«, sagte er und fasste nach Sarais Hand. »Die Nachtluft ist kalt und ich möchte jetzt schlafen.«

Nach Weihrauch roch Sarai noch immer, als sie sich später zu ihm auf ihr gemeinsames Lager bettete.

»Wie soll ich jemals empfangen«, beschwerte sie sich plötzlich, nachdem sie eine Weile schweigend nebeneinander gelegen hatten, »wie soll ich eigentlich jemals von dir empfangen, wenn du ständig weg bist, wie jetzt in Dur-Enlil! Sechs Wochen ist es her, seit du zum letzten Mal bei mir gewesen bist, weißt du das?«

»Ich habe nicht nachgerechnet«, antwortete er und regte sich unruhig.

»Aber ich habe mitgerechnet«, gab sie zurück. »Ich war am Ende meiner Tage, als du weg bist. Dann waren sie noch mal da und vor einem Viertelmond war ich wieder am Ende meiner Regel. Das macht genau sechs Wochen, oder vielleicht nicht?«

Doch Abram hörte sie schon nicht mehr. Mit dem Kopf an ihrer Schulter war er eingeschlafen. Sarai stieg aus dem Bett, damit er Platz für seinen schmerzenden Körper fand. Es war nicht richtig, sagte sie sich, dass sie ihn gleich mit ihrem Kummer überfallen hatte. Aber schließlich kriegte ihr

Mann ja auch nicht die Blicke ab, mit denen die Frauen draußen am Brunnen ständig ihren Bauch musterten.

Bis in den hellen Tag hatte er geschlafen, als sie ihn schließlich weckte.

»Komm zu dir, Mann«, flüsterte sie in sein Ohr. »Sonst schläfst du noch bis in den Abend! Der Vater will sich mit uns vor der ersten Nachtwache in seinem Zimmer besprechen.«

Abram rieb seine verklebten Augen und schaute sich benommen um.

»Du bist wohl immer noch auf Reisen«, neckte sie ihn. »Hier bin ich, und wo bist du?«

»Ich war noch mitten im Traum«, murmelte er. »Jetzt ist er weg und ich kann mich nicht mehr erinnern. Etwas mit meinem Messer war es.«

»Etwas mit einem Messer –«, wiederholte Sarai wegwerfend. »Keine Frau würde so was je träumen. Ich dachte, du hättest erst mal genug Blut gesehen. Ich jedenfalls träume lieber von unseren Kindern, die ich von dir möchte. Aber nun komm heraus«, sagte sie und knuffte ihn. »Die Mägde haben die Wanne ins Zimmer gestellt, du setzt dich hinein und ich wasche dich ab.«

»Also meinetwegen«, antwortete er gähnend, noch immer auf der Suche nach seinem verlorenen Traum.

Als er in die Wanne gestiegen war, das warme Wasser genoss, stieß Sarai einen Schrei aus.

»Armer Junge«, sagte sie unter Tränen. »Du siehst von hinten aus wie eine Fleischbank. Blaue Flecken, Blutergüsse, Ratscher und Schrammen. Wer hat das mit meinem Mann gemacht?«

»Der Gott«, erklärte er mürrisch.

»Tut das sehr weh?«, erkundigte sie sich und drückte leicht gegen den rechten unteren Rippenbogen.

Abram fuhr hoch. »Mach das nicht noch mal! Oder ich schick dich in den Hof«, drohte er.

»Ich wollte dir nicht wehtun«, verteidigte sie sich mit erstickter Stimme. »Es sieht so aus, als hättest du dir innen was gebrochen. Ein scheußlicher Bluterguss liegt darüber.«

»Das war die Hand des Gottes«, erklärte er böse. »Zur Strafe ist sie abgebrochen.«

»Mann, hör auf«, beschwor sie ihn. »So darfst du nicht reden. Wir brauchen den Gott. Wie soll ich ohne ihn zu Kindern kommen?«

»Ich habe es nicht so gemeint«, entschuldigte er sich.

»Weiß ich«, sagte sie. »Aber weiß er es?«

»Sin palich schu ide«, meinte er. »Sin kennt den, der ihn fürchtet. Ich habe ihn schließlich vor seinen Feinden gerettet. Wäre ich nicht gewesen, hätten die Babil-Leute ihn gefangen genommen und ihr König Agum hätte den Gott kopfüber in die Jauchegrube gehängt. Der Gott ist mir also Dank schuldig. Ich habe schließlich für ihn den Esel gemacht.«

»Du würdest wirklich keinen guten Priester abgeben«, meinte Sarai, während sie begann, Abram den Kopf zu waschen. »Oder weißt du nicht, dass die Himmelsleute keinem Menschen irgendetwas schuldig sind? Schließlich haben sie die Menschen ja geschaffen, damit sie ihnen die Arbeit abnehmen, oder?«

»Trotzdem«, sagte er. »Mit dem Kopf in der Jauche zu hängen wäre bestimmt kein schöner Gedanke für ihn.«

»Hör sofort auf damit!«, befahl ihm Sarai. »Jetzt noch deine Füße, und dann legst du dich aufs Bett, dass ich dich öle. Bei einem Händler aus Chalab habe ich ein wunderbares Öl erstanden. Du wirst spüren, wie das die Schmerzen wegnimmt.«

»Aber geh sacht mit mir um«, sagte er, stieg aus dem Wasser, ließ sich trocknen und legte sich mit gespreizten Gliedern bäuchlings aufs Bett. Gute Hände hat sie, sagte er sich, während sie ihm das Öl in die Haut rieb. Sie macht das geschickt wie die Inselleute im Schilfland! Dabei spürte er plötzlich, wie seine Manneskraft sich ungestüm regte. Und als er sich dann auf den Rücken legen musste, lachte Sarai.

»Was ich da sehe, gefällt mir«, meinte sie kichernd. »Vergiss nicht, du bist sechs Wochen im Rückstand.« Damit war sie bei ihm, nahm ihn zwischen sich und sie liebten sich.

Ob sie dabei ständig an unser Kind denkt, fragte sich Abram, als sie dann nebeneinander ruhten. Ich jedenfalls habe auch so an ihr genug, ich könnte nie ihrer überdrüssig werden. Aber ich weiß nicht, wie das für Sarai ist. Sie schämt sich wegen ihrer Kinderlosigkeit. Alle ihre Freundinnen sind bereits ein-, zweimal niedergekommen. Also, ich werde mit ihr zur Kapelle der Ischtar gehen, beschloss er. Wir werden die Gottfrau für uns beide bitten. Dann dachte er an Sarais entrücktes Gesicht, als sie sich liebten. Ja, und wie der Lebenssame heiß in ihm hochgedrängt war, hatte auch er den Wunsch gehabt, die Götter möchten diesmal seiner Frau gnädig sein.

Um die Götter und seinen Gott sorgte sich an diesem Nachmittag auch Terach. Nachdem die Mittagsschatten gewechselt hatten, erschien das Priesterkollegium des Tempels in der Breiten Straße, versammelte sich in Terachs Hof und verschwand, wie Abram verstohlen beobachten konnte, in der Hauskapelle. Zweifellos, um dem Gott aus dem Oberen Land die Aufwartung zu machen. Noch später erschienen Handwerker, Schreiner, Bitumengießer, es roch scharf über den Hof, Hammer und Meißel klapperten, und spätabends gesellte sich der Goldschmied mit seinen Gehilfen dazu, während die Priester sich im Hofraum ergingen. Zwischendurch waren mehrmals Essschüsseln und Bierkrüge aus der Küche, in der ein Priester die Aufsicht übernommen hatte, in die Kapelle getragen worden, um dem Gott Trank und Nahrung zukommen zu lassen.

Auch Abrams Magen meldete sich wieder. Sarai hatte vorgesorgt. Sie servierte ihrem Mann Pappasu aus Mehl, Dickmilch und Honig, legte ihm Süßbrot vor und goss in zwei Becher Tabati, mit Wein versetzte Limonade, ein. Beim Tabati erzählten sie sich, was ihnen in den letzten sechs Wochen begegnet war.

Sutu-Nomaden waren mit ihren Herden erschienen, um mit Vaters Erlaubnis auf den abgeernteten Gerstenfeldern das Stroh abzuweiden; Sarai hatte ihren Webstuhl neu bespannt und ein Sklavenmädchen war von Danum, Terachs Hausverwalter, wegen frecher Reden ausgepeitscht worden. Ja, und dann seien sie alle in großer Sorge gewesen, schloss Sarai, als die Priester vom Ekischnugal aus den aufsteigenden Rauch über Dur-Enlil erspäht hätten.

Jetzt erzählte Abram von seinem Aufenthalt dort, in Dur-Enlil, wo man neben Sin auch noch Adad, den Wetterherrn, in Ehren hielt. Für seine mitgeführten Schmucksteine habe er potente Käufer gefunden und als Geschenk für Sarai hätte er lange um einen zierlichen Anhänger gefeilscht. Aber dann wäre alles in der Aufregung untergegangen, als es plötzlich geheißen habe, König Agum aus Babil sei mit ungezählten Kampfwagen und Fußsoldaten im Anzug. Nach drei Wochen hätten Babils Leute die Stadt dann auch eingenommen. Ja, und bevor der Krieg losging, sei Haran zu Schiff mit seinem Gott dort eingetroffen, und zwar mit dem Versprechen auf ein Trutz- und Schutzbündnis zwischen dem Oberen Land und dem Meerland gegen die Stadt Babil, den gemeinsamen Feind. Eben um die Zusage des Oberen Landes zu bekräftigen, sei Sin auf Harans Schiff mitgereist. Aus diesem Grund habe er, Abram, Haran überhaupt in Dur-Enlil getroffen, weil ihr Bruder nämlich für die Versorgung des Gottes während dessen Aufenthalts in Dur-Enlil zuständig gewesen sei.

So berichtete Abram, unzusammenhängend, gerade wie es ihm in den Sinn kam, während Sarai mit Fragen und teilnehmenden Zwischenrufen ihn immer wieder unterbrach.

Vor allem, als Abram dann schilderte, wie Agums Soldaten Kinder an den Wänden zerschmettert, Frauen vergewaltigt hatten und wie den Männern das Sklavenmal aufgedrückt worden war, wie die Straßen sich in Blutbäche verwandelten und zuletzt auch noch der Egalgaschena, Enlils Tempel in Dur-Enlil, in Flammen aufgegangen war. Nur seinem persönlichen Schutzgott, dem Schaddai, verdanke er es, meinte Abram, dass sie zu dritt dem ganzen Gemetzel entronnen seien.

Zusammenhängend und in zeitlicher Ordnung musste Abram abends noch mal berichten. Die Familie hatte sich in dem von Öllampen erhellten Zimmer des Hausvaters getroffen. Neben Terach hatte Beltani Platz genommen, neben ihr Sarai, ihnen gegenüber saßen Nachor und dessen Frau Milka, eine Tochter des verstorbenen Haran, und Lot hatte sich Hilfe suchend an Abrams Seite begeben.

Dem Jungen geht es schlecht, war Abrams erster Gedanke, als er beim Eintritt Lot für sich allein auf dem Boden hatte kauern gesehen. So war er zu seinem Bruderssohn gegangen und hatte versucht mit ihm zu reden. Ja, der junge Mann war tief verstört. Mit seinen sechzehn Jahren war Dur-Enlil für ihn ein schreckliches Erlebnis gewesen; und schließlich hatte er vor nicht mal einem Jahr schon seine Mutter verloren. Als sie später im Kreis saßen und aus blauen Gläsern Tabati tranken, gelang es allein dem Zureden Terachs, Lots Zunge zu lösen.

Lot erzählte stockend, dann immer erregter und hitziger, wie Abram und er versucht hätten, in den brennenden Tempel des Enlil einzudringen, weil sie doch Haran, seinen Vater, darin vermuteten. Ja, durch Haran hätte er einen versteckten Zugang zum Egalgaschena gekannt. Allerdings sei der verschlossen gewesen. »Wir wussten nicht mehr weiter«, erzählte Lot. »Der Vatersbruder und ich diskutierten gerade über einen anderen Zugang, da flog die Tür auf. Vater wankte uns entgegen. In beiden Armen den Gott. Blut lief aus Vaters Schulter und auch an der Hüfte war er verwundet. Ich weiß nicht mehr, wie wir durch die brennende Stadt kamen. Alles war so furchtbar, so schrecklich! Die Soldaten jagten uns, Leichen lagen überall und unter den Qualmwolken erstickte man fast. Ich hatte den Vater auf dem Rücken, der Vatersbruder lief mit dem Gott voraus.

Dann trafen wir unseren Saklu, den Göttern sei Dank! Mit ihm konnte ich mich beim Tragen abwechseln.«

In einer Hütte an einem kleinen Fruchtlandkanal, setzte Lot seinen Bericht fort, hätten sie zunächst Bleibe gefunden und dort hätten sie vor allen Dingen erst mal Vaters Wunden versorgt. Notdürftig, mit Kleiderfetzen. Sie hätten sich in der Hütte eine Zeit lang verstecken wollen, doch der Vater habe gedrängt. Unter seiner Anweisung habe Saklu dem Vatersbruder das Paket mit dem Gott auf den Rücken geschnürt, ja, und dann seien sie los, den Vater auf der Schilfbahre zwischen sich. Sie hätten gehofft, ihn noch lebend bis nach Urim zu bringen, doch seine Wunden hätten sich schnell entzündet und dann sei jede Hilfe vergeblich gewesen. Unter einem Tamariskenbaum sei der Vater schließlich gestorben. Vorher aber habe er Abram schwören lassen, den Gottherrn von keiner fremden Hand berühren zu lassen, und dann seien ihm die Augen gebrochen.

Lots Stimme brach. Milka schluchzte auf und barg ihren Kopf an Nachors Brust. Eine Weile herrschte Schweigen, nur unterbrochen von Milkas Schluchzen. Dann erhob sich Lot und ging hinaus.

»Wir waren eigentlich verloren«, fuhr Abram fort. »Wo man auch hinsah, nicht nur in der Stadt, auch überall an den Kanälen und durchs Schilf schwärmten Agums Soldaten –«

»Der Gott möge sein Herz mit Eiter füllen!«, unterbrach ihn Terach böse. »Was haben wir Agum getan, dass er das Meerland mit Gewalt überzieht? Ausgeblutet hat er unser Land, genau wie vor ihm die anderen Könige von Babil. Wie Räuber sind sie jedes Mal über uns hergefallen, nur weil Marduk, ihr Gott, den sie als Sonne verehren, die Städte des Mondgottes für sich beansprucht. Dabei ist Marduk, wie jeder weiß, ein Sohn des guten Himmelshirten. Ich sage euch, Hass, nichts als blanker Hass gegen seinen Erzeuger treibt Agum und seinen Gott, dass sie die Kinder des großen Sin fressen wollen. Vatermörder, das sind sie beide –«, schloss Terach erregt. Ein rasselnder Hustenanfall folgte. Terach griff nach seinem Glas und lehnte sich, ohne daraus zu trinken, außer Atem in seinen Sessel zurück.

Alle warteten respektvoll, ob der Vater weiterreden wollte.

»Wo warst du gestern?«, hörte Abram seine Frau zwischendurch flüstern, und Milka machte verstohlen das Handzeichen der Frauen, mit dem sie zu verstehen geben, dass sie unrein sind, ihre Bluttage haben. Sarai nickte und schaute sich nachdenklich in der schweigenden Runde um. Als sich Abrams Augen mit ihren trafen, lächelte sie ihm zu.

Schließlich meldete sich Nachor zu Wort und fragte: »Und wie geht es weiter? Wird Agum seine Soldaten jetzt gegen unsere Stadt schicken? Vater, wie denkst du darüber?«

»Urim ist nicht Dur-Enlil«, meinte Terach gereizt. »Aber gewiss ist natürlich nichts. Jedenfalls war doch wohl eins von Agums Zielen, den Sin des Oberen Landes in seine Gewalt zu bekommen. Ihn zu fesseln, geschmäht und entehrt in Babil seinem Marduk vorzuführen. Denn damit wäre seinem Gott über kurz oder lang auch Maitani, das Obere Land, zugefallen. Und das müssen wir verhindern: Das ist die einhellige Meinung der Priester, die heute in unserer Kapelle dem Gott ihre Grüße entboten. Der Himmelsherr muss also zurück! Und zwar so schnell wie möglich. Siehst du einen Weg, mein Sohnessohn?«, erkundigte er sich bei Lot, der mittlerweile wieder neben Abram Platz genommen hatte.

»Wir waren auf dem Schiff angereist«, erklärte Lot. »Der Gott hatte eine Kajüte für sich, und es waren Leute an Bord, die ihn versorgten, kleideten, badeten, ölten, ihn speisten und die vor dem Gott sangen.«

»Wie es sich gehört«, sagte Terach. »Doch stromauf können wir um diese Zeit kein Schiff bringen. Babil kontrolliert inzwischen alle Wasserstraßen.«

»Ja, aber wie werden wir den Gott bloß wieder los?«, platzte Abram heraus.

Terach warf ihm einen tadelnden Blick zu. »So taktlose Worte gebraucht man nicht einem Gott gegenüber«, hielt er seinem Jüngsten vor. »Aber in der Sache hast du Recht, was soll jetzt mit dem Gott werden? Das ist genau das Problem, über das wir heute in Anwesenheit des Gottes berieten. Wir fanden keinen Ausweg, bis ich mich selber zur Verfügung stellte, den Gott nach Charranum zu überführen.«

»Du, Vater?«, entsetzte sich Nachor. »In deinem Alter willst du bis hinauf ins Obere Land?«

»Bin ich nicht gerade erst sechzig?«, entgegnete ihm Terach. »Mit des Gottes Hilfe werde ich es schaffen, wenn auch natürlich nicht allein.« Er sah auffordernd in die Runde und wartete auf eine Reaktion. Nachors und Abrams Blicke begegneten sich stumm.

»Wie ist es also mit dir, Nachor?«, beendete Terach das Schweigen. Er beugte sich vor und fasste seinen Sohn ins Auge.

Nachor wirkte wie erstarrt, bewegte sich dann unruhig auf

seinem Sitz, platzte aber schließlich mit einer entschiedenen Absage heraus. »Urim ist meine Heimat«, erklärte er. »Haran, der war als Priester im Oberen Land bei seinem Gott zu Hause. Doch ich bin kein Gottesmann, habe keine Ausbildung dazu und ich will auch kein Priester werden. Verstehst du, Vater, hin und zurück nach Charranum, das käme bald auf ein volles Jahr. Meine Geschäftsverbindungen im Meerland wären damit erledigt, denn wir leben in wechselvollen Zeiten.«

»Abram könnte deine Angelegenheiten so lange führen«, schlug Beltani vor. »Ist dein Bruder nicht seit Jahren für dich unterwegs, im vorigen Jahr sogar auf dem Meer bis nach Tilmun?«

Nachor wehrte ab. »Nichts gegen dich, Bruder«, wandte er sich an Abram. »Aber Verwaltung ist nicht deine starke Seite. Eine geordnete Verwaltung jedoch, Briefe, Buchführung, Zahlungseintreibungsmaßnahmen sind das Herzstück eines Handelshauses. Für so was bist du erstens zu jung, und ich denke, es liegt dir auch nicht.«

Abram zeigte seine Zustimmung. Sein Bruder hatte Recht. Beltanis Vorschlag bewies nur, dass seine Stiefmutter von Geschäften nichts verstand.

Dann muss ich also den Vater begleiten, sagte sich Abram, darauf scheint alles hinauszulaufen. Er schaute unter sich, schickte dann einen Blick zu Sarai hinüber, konnte ihrem Gesicht aber nichts entnehmen.

»Nachor, mein Sohn, ich war auf eine entsprechende Antwort gefasst«, ließ Terach sich erneut vernehmen. »Und deine Gründe lasse ich gelten. Es ist mir lieb, wenn du die Geschäfte unseres Hauses weiterführst, solange ich abwesend bin. Unter Umständen ein Jahr oder auch zwei, denn in meinem Alter reist es sich langsam. Vielleicht bleibe ich sogar in Charranum. Auch das wäre kein Unglück. Denn das Obere Land oder Maitani, wie man heute sagt, war vormals die Heimat unserer Sippe.«

»Gut«, sagte Nachor erleichtert. »Ich bin froh, dass du es so siehst. Übrigens könntest du im Norden neue Handelsbeziehungen knüpfen. Die Leute vom Hapi-Land haben die schwarze Goldküste an sich gezogen und auch der Handel über das Große Meer im Osten kommt immer mehr zum Erliegen. Doch am Oberen Meer gibt es inzwischen interessante Verbindungen, die wir nutzen könnten. Aber, wie gesagt, ich bleibe hier.«

»So sei es«, bekräftigte Terach. »Ich vermache dir für die Zeit meiner Abwesenheit dieses Haus und sämtliche Liegenschaften, die dazugehören.« Er machte eine nachdenkliche Pause und schaute dann Abram, seinen Jüngsten, fragend an. »Und«, erkundigte er sich, »hast du deine Entscheidung schon getroffen, Abram, mein Sohn? Willst du mich mit dem Himmelsherrn ins Obere Land begleiten?«

»Ja, Vater«, antwortete Abram spontan und war selbst überrascht, wie leicht ihm die Zustimmung von den Lippen kam. Doch das Versprechen an Haran band ihn innerlich, bis der Gott in Sicherheit war. Überhaupt, dachte Abram, liegen mir Reisen und Wandern mehr als die Häuslichkeit eines Stadtbürgers. »Ja, Vater«, bekräftigte er darum noch mal und sah erleichtert, dass auch Sarai ihm zunickte. »Ich habe Haran mein Versprechen gegeben.«

Terach lächelte. »Ich freue mich«, sagte er. »Dann wollen

wir uns in den nächsten Tagen reisefertig machen. Vielleicht verschonen Agums Leute unsere Stadt Urim, wenn sie hören, dass der Gott mittlerweile nach Charranum zurückgereist ist.«

Ein Öllämpchen flackerte, und Beltani erhob sich, um neues Öl aufzugießen, dann füllte sie die Tabati-Gläser nach.

Unterdessen wandte sich Terach an Lot, den Jüngsten in der Runde. »Nun zu dir, Sohnessohn«, begann er. »Was wird aus dir? Deine Schwester ist mit Nachor verheiratet. Du könntest bei ihr in Urim bleiben, bis du selbst einen eigenen Hausstand gründen wirst. Ich werde mit Nachor vereinbaren, einen Teil des Erbes, das deinem Vater zukommen sollte, dir auszuzahlen.«

»Lieber würde ich mit dir und dem Vatersbruder reisen«, sagte Lot kaum vernehmlich. »Ich möchte zurück nach Maitani.«

»So soll Abram dir wie ein älterer Bruder sein«, sagte Terach. »Dein Bruder an Vatersstelle, bis du heiratest. Du kennst die Worte der Weisen, aber ich wiederhole sie für dich und Abram zur Erinnerung: Mögest du wissen, deinen älteren Bruder zu achten, mögest du auf sein Wort wie das Wort deines Vaters hören, denn der ältere Bruder ist fürwahr ein Vater! So lautet das Wort der Weisen und so setze ich für dich, Lot, mein Sohnessohn, Abram zum Vater ein. Bist du einverstanden?«

Lot nickte heftig und drückte Abrams Hand. »Ja, so ist es gut«, sagte er. »Jetzt gehöre ich wieder zu wem.«

»Du bist uns willkommen, Lot, auch mir«, beschloss Sarai die Übereinkunft. »Wie ein Sohn sollst du uns beiden sein.«

Die Familie trank sich zu und bald darauf ging man auseinander.

Draußen im Hof umarmte Nachor seinen Bruder. »Nichts für ungut, Kleiner«, sagte er. »Aber ich bin nicht der Mann für so ein Unternehmen. Und Milka brächte ich erst gar nicht aus der Stadt fort. Du weißt, wie Frauen sind.«

»Ich denke, Sarai macht es nichts aus«, meinte Abram. »Aber hoffentlich übersteht Terach das Abenteuer.«

»Ich verlasse mich auf dich«, sagte Nachor, zog den Bruder abermals an sich und küsste ihn.

Abram und Sarai saßen später noch lange zusammen und schmiedeten Pläne. Ja, Sarai freute sich, Urim zu entrinnen, der Stadt, wo die Leute ständig nach ihrem Bauch schielten und die Frauen am Brunnen sie hinter vorgehaltener Hand bereits eine »Wurzelverstockte« nannten.

Die Karawane

Zehn Tage nach der abendlichen Zusammenkunft verließ Terachs Karawane Urim und den Schatten des Ekischnugal. Eine Abordnung des Priesterkollegiums gab ihnen Geleit bis über den Purattum, der nach Abfluss der viermonatigen Überflutung in sein Bett zurückgekehrt war und ihre Augen noch einmal mit seinem klaren Sommerwasser erfrischte. Die weite Reise des Gottes heim in sein Reich hatte begonnen. Auf einem Maultierkarren, den ein Zelt aus kostbarem Leinen überspannte, residierte er inmitten des Zugs, unsichtbar gegenwärtig hinter verschlossenen Vorhängen aus golddurchwirktem Kibsu-Stoff.

An der Stadtgrenze gebot Terach der Karawane mit ihrer kostbaren Fracht Halt, und der Vorsteher des Ekischnugal sprach vor dem Zelt des Gottes ein letztes Handerhebungsgebet, mit dem er den Zug dem Geleit des Gottes anvertraute.

Abram senkte die Augen, wie jeder im Zug spürte er, dass dies ein bedeutungsvoller Augenblick war, in dem die Blicke des Gottes auf ihnen allen ruhten. Und wie alle bat auch Abram stumm den huldreichen Vater Sin, der Götter und Menschen zeugte, um glückliches Gelingen ihres Unternehmens.

Mit einem Kuss auf den Saum des Kibsu-Vorhangs verabschiedete sich der Oberpriester persönlich von dem Himmelsherrn und umarmte dann Terach.

»Sin möge euch freundlich erstrahlen«, rief er ihm zu. »Sin liwwir, und der Gott erhalte dein Haupt zum Guten!«
Sichtlich ergriffen, mit Tränen in den Augen, legte Terach die rechte Hand ans Herz, führte sie dann an Stirn und Mund und antwortete mit brüchiger Stimme: »Möge der Friede unserer Stadt vor ihren Göttern dauerhaft sein!«
Mit Wangenküssen trennten sich die beiden ergrauten Männer. Terach bestieg sein Maultier und winkte dem Zug, sich wieder in Bewegung zu setzen. Er schaute nicht mehr hinter sich nach der Stadt, deren weißer Tempel im ersten Sonnenlicht hoch über ihnen gleißte.
Als die Sonne den Mittag erreichte, ließ Terach an einem kleinen Nebenarm des Purattum halten, an dessen Ufer eine hochragende Gruppe von Weißpappeln wurzelte, und rief Abram, Lot, Saklu und seinen obersten Hausknecht Danum zu sich.
»Lasst die Zugtiere des Gotteswagens ausschirren und spannt ein Zelttuch zwischen den Bäumen«, befahl er. »Hier bei der Baumgruppe erwarte ich Falal, einen Scheich der Sutu. Er wird uns mit seinen Männern Geleitschutz geben. Führt ihn, sobald er eintrifft, ehrenvoll zu mir in den Schatten. Danum, unter deiner Aufsicht stehen die Esel und das Gepäck, Lot und Saklu vertraue ich die Schafe an, und du, mein Sohn«, wandte er sich an Abram, »du achtest auf die Sicherheit der Zelte und mit Sarai auf das Wohlergehen der Frauen.«
Die vier Männer nickten einander zu und machten sich an ihre Arbeit. Abrams Augen überflogen den Lagerplatz. Ein Hütehund kam herbeigesprungen, und Abram bückte sich und tätschelte das Tier und schickte es dann mit einer

Handbewegung zu Lot, der die kleine Herde Langohrschafe ans Wasser führte. Währenddessen sah Abram Terach auf den Gotteswagen steigen und hinter dessen Vorhängen den Gott mit erfrischenden Getränken und einem Mittagsmahl versorgen. Insgesamt zählte Abram zwanzig Menschen, zweiunddreißig Esel und Maultiere, vierzig Schafe und drei Hunde, die sie mit sich führten. Eine kleine Karawane, die sich in der weiten Ebene verlor. Gut, dass Vater sie unter den Schutz eines Scheichs stellen wollte. Denn der Zug mit seinen Lasten und dem kostbaren Gefährt des Gottes würde bestimmt die Beutelust umherstreifender Steppennomaden auf sich ziehen.

Abram streckte sich. Sein Rücken schmerzte nicht mehr, und im Stillen bat er den Gott im Wagenzelt um Verzeihung, dass er so unhöflich mit ihm umgegangen war. Dann holte er tief Luft. Ein Abenteuer hatte begonnen. Mit Nachor in seinem Büro hätte er jetzt um nichts in der Welt tauschen mögen.

Langsam schlenderte er zu Sarai hinüber, die er hinter der Baumgruppe bei ihrer Eselsstute entdeckt hatte.

Sie lächelte ihm zu. »Schau nur, Abi«, rief sie fröhlich, »ist das nicht ein schönes Tier? Rostrotbraun wie ein Ziegel, aber mit hellen, weißen Beinen, einer weichen Schnauze, und schau, innen sind sogar die Ohren weiß.«

»Und geht sie gut im Schritt?«, erkundigte er sich, hob die Hufe des Tieres und prüfte die Hornschuhe.

»Ein bisschen zu eifrig noch, sie drängt ständig an die Spitze«, sagte sie und versetzte dem Tier einen Klaps. »Sie ist wahrscheinlich gewohnt, die anderen Stuten zu führen.«

»Dann ist sie ja gut bei dir aufgehoben«, neckte er seine

Frau. Doch gleich wurde er ernst und berichtete: »Vater hat mich für die Sicherheit der Zelte und der Frauen verantwortlich gemacht. Hilf mir dabei. Und achte darauf, dass die Mägde deiner Mutter zur Hand gehen. Beltani ist das Zeltleben nicht gewohnt.«

»Ich ja auch nicht«, erwiderte Sarai. »Aber wir werden es bald lernen. Hauptsache, ihr Männer beschützt uns.« Sie deutete mit dem Kopf in die Steppe, wo sich am Himmelsrand flimmernd in der Mittagshitze Dattelbäume abzeichneten. »Ist da drüben etwa der Fluss?«, erkundigte sie sich. »So weit weg?«

»Ja«, bestätigte er und legte den Arm um ihre Schulter. »Hier verliert sich alles in der Ferne. Man kann in der Steppe überhaupt nur schwer Entfernungen einschätzen. Macht es dir Angst, das leere Land und der freie Himmel darüber?«

»Angst nicht, aber unsicher macht es mich schon«, antwortete sie ihm, »das wirst du dir denken. Plötzlich hast du kein Dach mehr überm Kopf, und du kannst nicht einfach auf den Markt gehen und hören, was es Neues gibt.«

»Oh, Neues kriegst du bald genug zu hören«, sagte Abram und lachte. »Warte nur, wenn abends der Leopard vor deinem Zelt hustet –«

»Dann bist du ja bei mir«, sagte sie und machte sich aus seinem Arm los. »Da, guck mal dahinten, da kommt wer«, rief sie gleich darauf und deutete auf eine Staubwolke in der Steppe, die sich ihnen näherte.

Abram legte die Hand über die Augen und meinte: »Das wird unser Scheich sein, Falal, auf den Vater wartet. Ich will ihm entgegengehen.«

Damit ließ er Sarai stehen, gürtete sich, fasste nach seinem Messer und ging mit ausgreifenden Schritten den anfliegenden Reitern entgegen. Es waren drei Männer auf ihren Eseln.

Einen Pfeilschuss entfernt ließen sie sich aus ihren Sätteln gleiten und warfen eine Hand voll Staub in die Luft als Zeichen ihrer friedlichen Absicht. Abram legte seine Hand an die Stirn und rief ihnen laut einen Willkommensgruß zu. Die Männer kamen langsam herbei, ihre Esel trotteten hinterher. Sie hatten eine stehende Mähne, lange Ohren und einen glatten Schweif, der in einer Quaste endete; staksige Beine und robuste Schenkel trugen die eckige Kruppe. Man sah es den Tieren an, dass sie schnell und ausdauernd waren.

»Es sieht nicht danach aus, als ob das der Scheich wäre, den Terach erwartet«, meinte Lot leise, der neben Abram getreten war.

Abram nickte stumm. Wahrscheinlich bildeten die drei Reiter die Vorausabteilung des Scheichs. Doch Abram hatte sich die Männer ihres Begleitschutzes anders vorgestellt. Jedenfalls nicht wie diese Halbwilden, die ihnen da entgegenkamen. Die Männer waren fast nackt, nur mit einem Tuch bekleidet, das sie, ein Ende über die Schulter geworfen, um die Hüfte gewunden hatten. Doch mit ihren Lanzen und Messern sahen die struppigen Leute gefährlich genug aus.

Die drei ließen ihre Augen wie achtlos über das Lager wandern, banden ihre Esel an ein paar Kapernbüschen fest und ließen sich in deren Schatten nieder. »Der Scheich kommt später«, murmelten sie im Vorbeigehen.

Der gleiche Vorgang wiederholte sich ein wenig später.

Diesmal jedoch waren es fünfzehn Leute, die ihre Lanzen bei den Kapernbüschen in die Erde pflanzten, ihre Esel anleinten und sich zu ihren Kameraden begaben. Lauter kleinwüchsige Männer mit dem federnden Gang von Wildtieren und gleichgültigen Augen, die doch alles wahrzunehmen schienen.

Denn nachdem die Mittagsschatten sich wieder dehnten, kam plötzlich Bewegung in die Gruppe, die Männer sprangen auf, warfen sich auf ihre Esel und stürmten über die Steppe nach Westen. Dann erst entdeckte Abram das winzige Wölkchen, auf das die Leute zuhielten. Das muss jetzt wohl ihr Scheich sein, sagte er sich, winkte Lot herbei und stellte sich zur Begrüßung auf.

Der Führer der Sutu, ihr Scheich Falal, war es denn auch. Hinter ihm ritten zwei verschleierte Frauen. Eine offenbar die Herrin, die andere deren Dienerin, die einen zusätzlichen Packesel an ihr Sattelholz gebunden hatte. Auf den ersten Blick war der Scheich von seinen Leuten kaum zu unterscheiden, denn er trug und kleidete sich wie diese. Doch Abram merkte wohl, wie seine Leute ihn mit Respekt behandelten, beim Reiten Abstand zu ihm hielten, und als Falal von seinem Esel sprang, nahm Abram eine breite goldene, mit Buntsteinen belegte Kette an Falals Brust wahr.

Abram ging ihm entgegen. »Sei gegrüßt, Herr!«, rief er, führte die Hand ans Herz, an die Stirn und seinen Mund und sprach: »Der Gott mehre dein Gut, süßes Wasser sei stets in deinem Schlauch!«

»Tubtu u schummu, Freundschaft und Friede!«, grüßte der Sutu zurück.

»Ich bin der Sohn Terachs«, stellte Abram sich vor. »Beehre meinen Vater, tritt in den Schatten seines Zeltes.«

Falal gab zweien seiner Begleiter einen Wink, rief seinen Frauen etwas zu und folgte Abram zu der Baumgruppe.

Terach erwartete ihn bereits stehend vor seinem Zeltdach, berührte beim Erscheinen Falals die Erde und küsste seine Hand. »Sei mir willkommen, Freund«, rief er und schloss den Sutu-Mann in die Arme. »Tritt unter mein Dach und erfrische dich!«

Falal küsste Terachs Hände, innen und außen, streichelte dessen Bart und rief: »Niemals mögen deine Hände verdorren! Ter, der Gott des Mondlichts, hat uns diese Stunde des Wiedersehens beschert!«

Wenig später saßen sie alle um die Herdsteine. Terach selbst reichte seinem Gast und dessen Begleitern gesüßten Tee und mit Butter übergossenes frisches Fladenbrot und sie aßen behaglich und schlürften das heiße Getränk, schnalzten mit den Zungen.

Abram musterte den Gast verstohlen aus den Augenwinkeln. Falal musste um manche Jahre jünger als Terach sein. Denn schwarzes Haar krauste sich unter dem bunten Glitzerschmuck auf seiner Brust, und während durch seinen Kinnbart weiße Strähnen liefen, war in dem struppigen Kopfhaar noch kein Weiß zu erblicken. Die tief liegenden Augen Falals umzog ein Netz aus scharfen Fältchen und seine schmalen Lippen wirkten eigentümlich blutleer. Ein Gewirr von weißen und roten Narben an Brust, Händen und Armen verriet ein kämpferisches Leben. Abram fasste unvermittelt Zutrauen zu dem Mann, der mit seiner Gefahr ausstrahlenden Energie, die ihn so spürbar umgab, eigentlich doch eher abstoßend als vertrauenerweckend wirkte. Aber auch Terach bewirtete seinen Gast mit allen Zeichen der Ehrerbietigkeit, schenkte ihm immer wieder Tee in die Schale und reichte ihm ein übers andere Mal die butterübergossenen Fladen zu.

Zwischendurch entspann sich das Gespräch zwischen den beiden.

»Der Sommer ist eine harte Zeit. Schon jetzt stehen viele Wasserlöcher leer«, bemerkte Falal.

»Keiner kennt das Steppenland besser als du, Freund«, antwortete Terach. »Mit dir werden wir unser Leben erhalten.«

Der Sutu lehnte sich zurück und wischte sich die Finger an seinem Bart. »Die Soldaten Babils machen neuerdings sogar unsere angestammten Weidegründe unsicher«, fuhr er fort. »Willst du ihnen nicht begegnen, müssen wir weit in die Steppe ausweichen. Und da weiden die Jachruru und die Rapiku. Ihre Führer sind kampfeserprobte Leute«, fügte er hinzu und wies auf seine Brustnarben.

»Du schließt mit den Stammesführern Durchreiseverträge«, antwortete ihm Terach. »Die Gebühren für sicheres Geleit werden deinem Lohn zugerechnet, der reichlich bemessen sein wird. Im Übrigen stehen wir unter dem Schutz des Gottes«, betonte Terach und wies bedeutungsvoll auf den Zeltwagen in der Nähe seines Schattendaches. »Darum fürchten wir uns nicht. Der Gottherr selbst hat uns diese Reise aufgetragen.«

Falal legte die Hand an die Stirn und verbeugte sich in die Richtung des Gottes und seine Männer taten es ihm nach.

Einen Augenblick herrschte Schweigen zwischen ihnen.

Man hörte die Hunde kläffen, ein Schafsbock knötterte erbost und Frauenstimmen lachten.

»Du gehst in Begleitung deines Sohnes«, ließ sich Falal dann vernehmen und blickte zu Abram herüber. »Und ich sehe Sklaven, Knechte, dazu Esel, Maultiere und Herdenvieh, das mit euch zieht, und es sind Frauen bei euch.«

»Alles steht unter deinem Schutz, Freund«, sagte Terach.

»Und unter dem meiner Leute«, ergänzte der Sutu.

»Wir teilen Trank und Speise mit euch«, versicherte Terach.

»Nur ein Hin und Her zwischen euren und unseren Zelten soll es nicht geben, der Frauen wegen. Mein Sohn wird über unsere Zelte wachen.«

Falal warf Abram einen zweiten prüfenden Blick zu. Es waren schwarze stechende Augen, die sich in seine zu graben schienen, ein gebieterisches Augenpaar, das keine Schonung kannte, und Abram war froh, als der Scheich seinen Blick wieder abwandte. Doch er hatte Falals Blick, seiner Prüfung, standgehalten.

»Einverstanden«, bekräftigte der Scheich. »Doch wenn es zum Streit kommt, richtest du, Terach, zwischen uns, wenn sich die Karawane aber verteidigen muss, liegt die Befehlsgewalt allein bei mir.«

»Nicht anders sei es«, bestätigte Terach und goss erneut Tee nach. »Du gibst uns Schutz bis hinter die Beschri-Berge, euren Stammsitz, wo der Balich in den Purattum mündet. Dort beginnt das Obere Land, in das der Gott zurückkehren will.«

»Das alles soll zwischen uns vor diesen Zeugen gelten«, sagte Falal, hob seine Trinkschale an den Mund und warf Terach über den Rand einen Blick zu. »Ein langer, beschwerlicher Weg ist das, den euer Gott unternimmt«, fuhr er fort. »Bis wir die Beschri-Berge erreichen, wechselt Ter wohl viermal sein Gesicht und dann ist der Winterregen nicht mehr fern.«

»Dein Lohn wird reichlich sein«, wiederholte Terach.

Falal hob die Hände. »Wer spricht von Lohn, guter Vater«, widersprach er. »Ich tu's für den Gott, der euch diese Reise auferlegt hat.«

»Der Gott auch setzt euch den Lohn aus, Sin, den ihr als Ter verehrt«, betonte Terach. »Die Maultiere des Gottes sowie die Hälfte der Esel, die mit uns gehen, sollen euer Entgelt für die Beschwernisse sein.«

Falal nickte. »Ich würde es nicht annehmen wollen«, meinte er. »Doch wenn der Gott es so fügt –. Nur, da ist noch über das Wegegeld der Stammesführer zu reden, deren Gebiet wir berühren. Die werden uns nicht um Gotteslohn passieren lassen.«

»Mach mit ihnen das Gewicht ihrer Forderung in Silber aus«, schlug Terach seinem Gast vor. »Jeweils nach Bedarf werde ich dir die Schekel dann aushändigen. Mir ist der Gott teuer, du musst also nicht geizen.«

Unter solchen Gesprächen und bei unaufhörlich nachgeschenktem Tee war bereits die Tageswende erreicht. Terach verabschiedete seinen Gast, sein Zelt leerte sich.

»Traust du ihm?«, fragte Abram den Vater beim Hinausgehen.

»Wie dir, mein Sohn«, antwortete Terach ohne Zögern. »Schon sein Vater hat mir Geleitschutz gegeben. Es ist also ein Band zwischen unseren Familien und das würde Falal nie zerschneiden.«

»Und seine Leute?«, fragte er.

»Die sind ihm ergeben«, meinte der Vater. »Doch es kann nichts schaden, wenn du trotzdem die Augen offen hältst.«

»Er hat zwei Frauen mitgebracht, seine Frau und offenbar deren Dienerin. Beide sind verschleiert«, berichtete Abram.

»Bei den Sutu-Frauen ist das die Sitte, wenn sie unter Fremden sind«, erklärte ihm Terach. »Richte Sarai aus, dass sie Falals Frau mit Ehrerbietung begegnet, und sieh zu, dass unsere Männer sich von ihrem Zelt fern halten.«

Damit entließ ihn der Vater.

Der Abend endete mit einem Festessen. Terach ordnete an, drei Schafe zu schlachten. Unter Handerhebungsgebeten verbrannte er auf geschichteten Steinen vor dem Gotteszelt einiges von den Innereien der Tiere und öffnete dabei einen Spaltbreit den golddurchwirkten Leinenvorhang des Gottes, damit Vater Sin sich des Opferduftes erfreue und an ihm stärke. Das Fleisch ließ Terach unter seine und Falals Leute aufteilen und schickte überdies Abram mit einem Schlauch Wein zum Zelt des Sutu-Führers.

Zelte waren die winzigen Haarhäuser der Eselreiter allerdings kaum zu nennen. Denn sie bestanden eigentlich bloß aus einem Windschutz, hinter dem die Sutu kauerten und Glühkohle aufhäuften, um darunter ihren Fleischanteil zu garen. Allein das Zelt des Scheichs bot mehr Raum, einen Sitzbereich und, durch einen Vorhang getrennt, ein eigenes Frauenabteil. Falals Gesicht verklärte sich, als der Wein duftend in seine Trinkschale floss. »Wein wie vom Tisch der Himmelsleute«, lobte er das Getränk, rief seine Leute, teilte ihnen aus und schenkte auch Abram ein.

Der dankte und schlürfte den kräftigen, mit Wasser versetzten Wein in langsamen Schlückchen. Als er sich verabschieden wollte, nötigte ihn Falal zu bleiben und füllte ihm von neuem die Schale.

»Ich sehe dich gern«, sagte er. »Denn du erinnerst mich an meinen ältesten Sohn. Ich habe ihn verloren – wäre doch dieser Tag zu Lehm geworden! Neben mir hat Masum gekämpft und ist unter einem Pfeilschuss gefallen.«

Damit begann der Scheich von vergangenen Kämpfen und Stammesfehden zu erzählen, wies auf seine Narben, wusste zu jeder Furche und Scharte eine eigene Geschichte und rühmte zwischendurch Terachs Freigebigkeit.

Abram hörte derweil die beiden Frauen wispernd hinter dem Vorhang wirtschaften und es roch lecker nach Fleisch und safrangewürztem Fladenbrot. Zugleich verfolgte er in einer Mischung aus Abscheu und Bewunderung die blutigen Ruhmestaten seines Gastgebers. »Wer kein Wolf ist, auf den pissen die Füchse«, das war Falals Devise. Er wiederholte den Ausspruch mehrmals an diesem Abend und fragte endlich auch Abram nach seinen Narben. Dass der Sohn Terachs mit seinen fünfundzwanzig Jahren wohl bei der Stadtwache von Urim gedient hatte, sonst aber über keine nennenswerte Kampfeserfahrung verfügte, wunderte den Sutu, und er schüttelte verständnislos, ein wenig verächtlich sogar, wie es Abram schien, den Kopf.

Beim Erzählen waren vor Abrams Augen die Leichen in den Straßen des brennenden Dur-Enlil wiederaufgetaucht und er schilderte Falal seine abenteuerliche Flucht. Falal schnalzte bedauernd mit der Zunge, als er von Harans Tod erfuhr. Er habe Haran als kleinen Knirps erlebt, berichtete er, als er vor vielen Jahren Terach in seinem Stadthaus aufgesucht habe, um mit ihm ein Geschäft abzusprechen.

»Und du hast Ter, den ̉Gottherrn, auf deinem Rücken durchs Meerland geschleppt?«, fragte er dann. »Wie groß ist er denn?« Abram erinnerte sich an den kurzen Augenblick in Terachs Innenhof, als er den Gott zwischen Matten hatte hervorschauen sehen, und meinte: »Acht oder neun Finger hoch. Doch er wiegt so viel wie ein halber Ochse, wenn du meinen Rücken fragst.«

Der Sutu lächelte. »Wir ehren die Bilder der Himmelsleute«, erklärte er seinem Gast, »doch wir gebrauchen sie nicht. Wie sollten wir die Götter in der Steppe auch behausen, wie sollten wir ihre Bilder versorgen? Uns genügt, wenn Ter sein Angesicht über uns erhebt«, sagte er und wies aus dem offenen Zelteingang nach Osten, wo der abnehmende Mond seine goldenen Hörner reckte.

»Und wenn Ter auf seine Unterweltreise geht, sein Horn verliert?«, wollte Abram wissen.

Falal rührte sich unbehaglich. »Das sind böse Tage, Unglückstage, in denen er uns den Rücken zukehrt«, antwortete er schließlich zögernd. »Am besten spricht man nicht darüber. Denn die Schwarzmondtage sind voll warmer, übel riechender, stickiger Luft aus dem Staubland. Aber dann kommt der Gott als Kind wieder zurück, und wir feiern ihn und hören nicht auf, den Öffner des Dunkels zu verehren.«

Inzwischen balancierten Falals Frauen die Fleisch- und Brotplatte über den Trennvorhang, und der Sutu vergaß nicht, ihnen auch eine Weinschale hinüberzureichen, die sie mit Freudentrillern begrüßten. Falal und Abram aber hoben die Hände zum Mahl, und der Sohn Terachs lobte laut, dass es die Frauen hören konnten, die leckeren Safranfladen, die ihm besser mundeten als Süßbrot vom Bäcker in der Stadt. Zweistimmiges Kichern antwortete ihm, und Abram bemerkte aus den Augenwinkeln, wie sich der Frauenvorhang einen Ritz weit öffnete. Ein vom Herdfeuer beleuchteter dunkler Gesichtsstreifen wurde sichtbar und verschwand alsbald wieder.

In seinen Gedanken war Abram aber noch immer bei den Worten des Sutu. Jetzt begriff er eigentlich zum ersten Mal, was für ein Vorrecht der Stadtbewohner es war, dass die Götter den sesshaften Menschen ihre Bilder geschenkt hatten, damit diese etwas hätten, woran sie sich halten und festhalten konnten. Anders als die Sandläufer, die der Gegenwart des Gottes doch wohl nie ganz sicher sein konnten. Aber Abram verschloss seine Gedanken vor dem Scheich und hütete seine Zunge, etwas zu sagen, was seinen Gastgeber vielleicht kränken konnte.

Falal überging sein Schweigen, war bald wieder bei seinem Lieblingsthema und riet dem Sohn Terachs, sollte es unterwegs zum Blutvergießen kommen, an seiner Seite zu kämpfen, um von ihm das Waffenhandwerk aus allererster Hand zu erlernen. Dann erhob er sich, umschritt mit Abram die Zelte und teilte seine Leute zu den Nachtwachen ein. Insbesondere befahl er ihnen, den Zeltwagen des Gottes zu schützen, ohne sich dem Gefährt jedoch allzu sehr zu nähern. Unter den Weißpappeln, über die der Mond mittlerweile weit hinauf zwischen die Sterne gestiegen war, wünschte er seinem Gast gesunden Schlaf und trug ihm auf, morgen dem Vater für den Wein zu danken.

Abram sah dem Sutu nach. Gegen das Mondlicht, das die

Steppe in eine gleißende kalkweiße Landschaft verwandelte, hob sich Falals Gestalt dunkel und übergroß ab. Dennoch schienen seine Füße kaum den Boden zu berühren.

Ich erinnere ihn an seinen Sohn, dachte Abram, während der Scheich in seinem Zeltschatten verschwand, und das ist für ihn wie ein Wiedersehen. Sicher war der Junge ebenso kampfeslustig wie sein Vater. Das bin ich jedoch nicht. Blutvergießen widersteht mir und allein deswegen könnte ich kein Priester werden wie Haran: den Mund der Götter immerzu mit neuem Blut füllen! Ob Terach im Ernst daran dachte, ihn an Stelle des toten Bruders zu seinem Nachfolger im priesterlichen Amt zu bestimmen? Abram merkte, wie es ihn bei dem Gedanken vor Unbehagen überlief. Doch sich dem Vater widersetzen –? Abram holte Luft. Ach was, redete er sich selber gut zu, der Wein, das Mondlicht benebeln mir den Kopf. Es wird schon nicht so schlimm kommen. Und im Übrigen war da ja auch noch sein Schaddai, in dessen Hand seine lag. Der würde schon alles zu einem guten Ende bringen!

Abram fuhr zusammen, als dicht in seiner Nähe ein Hund mit lang gezogenen Tönen den Mond verbellte. Ein zweiter Hund fiel jaulend mit ein. In der nächtlichen Stille klang es unheimlich und bedrohlich, als witterten die Tiere den übel riechenden Atem von Schadgeistern, die das Zeltlager hungrig umkreisten. Ob Harans Schatten in der Gruft Ruhe fand? Oder folgte er ihnen in die Steppe, weil das Blut Harans ungesühnt geblieben war? Es fröstelte Abram plötzlich, und er wandte sich zum Gehen, die Arme über der Brust gekreuzt, wie um sich gegen die Zukunft zu wappnen.

49

In seinem und Sarais Zelt sah er noch Öllicht, und als er am Türvorhang kratzte, rief Sarai ihn herein. Beltani, ihre Mutter, saß bei ihr und die beiden Frauen hatten eine Schüssel mit getrockneten Aprikosen vor sich. Beltani wollte sich bei seinem Eintritt verabschieden, doch Sarai bewegte sie, doch zu bleiben. Sie winkte ihren Mann auf den Platz neben sich und sagte: »Mutter geht es nicht gut, weißt du. Sie ist gekommen, um mir ihr Herz auszuschütten.«

Jetzt erst bemerkte Abram die Tränenspuren in Beltanis Gesicht.

»Was ist es?«, fragte er erschrocken.

»Keine Krankheit, wenn du das meinst«, erklärte ihm Sarai. »Mutter wäre einfach lieber in der Stadt geblieben, verstehst du. Sie hatte sich nach dem Tod eurer Mutter das Haus schön eingerichtet, Freundinnen gingen bei ihr aus und ein. In der Stadt kannte sie sich eben auf Schritt und Tritt aus, liebte ihr Morgenbad, die Kapelle der Ischtar in der Breiten Straße, wo sie den Gewandsaum der Göttin küsste, wenn sie Hilfe brauchte – ach weißt du, tausend Kleinigkeiten, die ihr jetzt fehlen. Hier in der gottverlassenen Gegend, wie sie das nennt, fürchtet sie sich.«

Beltani schluchzte laut auf, bettete ihren Kopf an Sarais Brust und weinte dort weiter.

»Ich verstehe«, sagte Abram und schaute auf seine Hände.

»Ja, und Mutter meint, auch Vaters Gesundheit sei längst nicht mehr die beste. Er huste viel, und diese Reise bringe ihn sicher noch um, vor allem, weil man hier nicht einmal einen Arzt in der Nähe habe«, fuhr Sarai fort und strich Beltani übers Haar.

»Ich weiß nicht, ob man das so sagen kann«, widersprach

Abram. »Heute, beim Gespräch mit dem Sutu, hat Vater zum Beispiel kein einziges Mal gehustet. Und auch sonst macht er auf mich einen frischen Eindruck.«

»Mutter hat mir von eurer Vereinbarung berichtet«, sagte Sarai. »Hinter dem Vorhang hat sie alles mitbekommen. Und das habe ich ihr auch gesagt, die frische Luft hier draußen wird Vater sicher gut tun.«

Beltani richtete sich auf und wischte mit dem Gewandsaum ihre Nase. »Ich gehe jetzt doch besser«, meinte sie. »Terach wird schon warten. Und du, Abi, pass bitte gut auf, dass dem Vater nichts zustößt. Ich habe sonst keinen, der mich versorgt.«

»Aber Mutter«, redete Sarai ihr zu, »du hast doch uns!«

»Das verstehst du noch nicht, Kind«, sagte sie und hob den Zeltvorhang. »Du weißt nicht, wie es einer Frau in meinen Jahren ist, wenn ihr Mann und Versorger dahingeht.«

Damit war Beltani nach draußen verschwunden.

»Soll ich sie begleiten?«, fragte Abram.

»Nein, nein, lass nur«, antwortete Sarai gereizt. »Sie kennt doch den Weg. Und mich macht sie noch ganz krank mit ihren ewigen Tränen. So geht das nun schon seit Tagen. Erst zu Hause und jetzt hier, sie beschwert sich in einem fort. Aber ich kann ihr doch auch nicht helfen.«

»Und du«, erkundigte er sich, »wie geht es dir?«

»Solange du mir nicht davonläufst, ist alles gut«, sagte Sarai. »Und das hast du ja hoffentlich nicht vor, oder?«

»Was sprichst du für dummes Zeug«, erboste sich Abram.

»Lass gut sein«, entgegnete sie. »Ich hab dir doch gesagt, die Frau macht mich noch ganz krank.« Dann griff sie hinter sich und begann ihr Schlaflager zu richten.

Als sie sich später an ihn schmiegte, erzählte er ihr von Falals neugieriger Frau, die ihn im Zelt ihres Mannes heimlich beäugt hatte.

»Bilde dir ja nichts darauf ein«, lachte Sarai ihn aus. »Alle Frauen haben ihre Heimlichkeiten. Morgen geh ich zu der Schönen und schau sie mir an und dann werde ich dir von ihr erzählen.«

»Du sollst besonders höflich mit der Scheichfrau umgehen, lässt Terach dir ausrichten«, sagte er.

»Ich weiß schon«, sagte Sarai. »Schließlich sind wir diesen Wilden auf Gnade oder Ungnade ausgeliefert.«

Das war auch Abram klar, als er die Augen schloss. Doch er glaubte nicht, dass Falal die Bande zwischen ihren Familien zerschneiden würde. Bei aller Wildheit hatte ihm der Sutu-Scheich doch Achtung und Wertschätzung eingeflößt.

Noch vor Durchbruch des Morgenlichtes setzte sich die Karawane in Bewegung zu ihrem fernen Ziel.

Zwischen den Zelten

Sie hatten die Steppe betreten, und was eben noch neu und ungewohnt war, wurde bald zur Routine. Dann verlief ein Tag wie der andere. In der Frühe wurden die Zelte abgeschlagen, auf die Esel geladen, der Gottherr empfing seine Nahrung, die Maultiere kamen ins Geschirr, und weiter ging's bis zu einer Schattenstelle, wo sie schläfrig die Nachmittagshitze verbrachten. Danach brachen sie wieder auf und bewegten sich dem Himmelsrand entgegen, bis das Tageslicht sie verließ, die Zelte für die Nacht gespannt wurden.
Der Mond wechselte sein Gesicht und kehrte ihnen seinen Rücken zu, die Dunkeltage kamen.
Tagsüber aber stürmte Schamasch, der Sonnengott, mit sengenden Fackeln über den Himmel. Die Steppe verdorrte unter ihren Füßen und mit dem neuen Mond erhob sich der böse Staubwind aus dem Westen, quälte sie bei Tag und Nacht mit seinem glühenden Atem. Die Augen brannten, die Zähne knirschten. Wolken von feinem Sand aus den westlichen Wüsten wirbelten um ihren Zug, Sand drang in die Kehle und in die Lungen, und Mensch und Tier ächzten unter der schweren Hand des Gottes.
Sie begegneten Nomaden, die ihre Herden übers verbrannte Land in Richtung der Sommerweiden bei den Siedlungen am Purattum trieben. Falal jedoch hielt in großem Bogen weiter in die Steppe hinein. Der Zug, so schien es

Abram, schleppte sich jetzt mit unsäglicher Langsamkeit dahin. Mehr und mehr Schafe mussten abgeschlachtet werden, weil sie gänzlich vom Fleisch fielen, und die Esel schrien vor Durst. Falal jedoch blieb guten Mutes. Er ließ seine Männer vor sich ausschwärmen, Wasserstellen und Grasflecken auskundschaften, und meistens kehrten die Sutu mit frischem Fleisch zurück, mit einer erlegten Gazelle, Hasen, einmal hatten sie sogar ein Gelege von Straußeneiern entdeckt, so dass also von den Menschen wenigstens niemand wirklich Not leiden musste.

So gingen die Tage unmerklich ineinander über. Die Morgen- und Abendsonne streckten ihre Schatten, nachts regneten Meteorschauer aus dem gestirnten Himmel hernieder. Terach hielt es für ein böses, die Sutu dagegen sahen darin ein gutes Vorzeichen, das die ersten Regenfälle ankündete, die nach dem nächsten Mondwechsel zu erwarten waren. Bald begannen auch Kraniche und Graugänse über ihre Köpfe hinweg nach Süden ins Schilfland zu ziehen, und dann stieß die Karawane auf eine Siedlung am Rand der Ebene, wo der Purattum aus dem Hügelland heraustrat. Hier legten sie für einige Tage Rast ein, damit Menschen und Tiere wieder zu Kräften kommen konnten.

In der Siedlung, einem kleinen Flecken im Land der Chanu, hatte eben die Dattelernte begonnen. Sie war reichlich ausgefallen, und nachdem Falal den Zoll entrichtet hatte, lud Schamchum, der Bürgermeister des Ortes, die Männer ein, bei der Ernte mitzuhelfen. Das taten sie mit Freuden. Abram stieg mit den anderen Männern die schwindelnd hohen Palmstämme hinauf und sie brachen die wie braunes Glas glänzenden Trauben aus den Wipfeln. Die Erntefreude ließ sie alle fröhlich sein und lachen. Auch dem Zeltgott legte Terach eine Traube vor die Füße. Hatte doch Sin, der stierhörnige Mond, die Blütenstände fruchten lassen, die Schamasch, sein Sonnensohn, nachher zur süßen Bräune ausreifte.

Auch nach ihrem Abschied von Schamchum hielten sie sich näher am Purattum, der hier begann, das sacht steigende Hügelland in großen Windungen zu durchschneiden. Der Machtbereich von Babil lag beinah hinter ihnen und die Karawane konnte sich jetzt sorgloser am Rand des besiedelten Landes bewegen.

Terach war hochzufrieden über den bisherigen Fortgang ihres Unternehmens und er sparte nicht mit Lob gegenüber ihrem Führer.

Beltani aber wurde jeden Tag mürrischer. Tiefe Gramfalten gruben sich um ihren Mund, und immer wieder suchte sie Trost bei ihrer Tochter und ließ sich von Sarai das Haar streicheln, bis ihre Tränen wieder einmal getrocknet waren. Das Leben im Freien zehrte sie aus und eines Morgens konnte sie nicht mehr aus eigener Kraft ihren Esel besteigen. Terach verordnete der Karawane einige zusätzliche Rasttage, jedoch Beltanis Zustand verschlechterte sich immer mehr.

Als das Fieber kam, zog Sarai mit ihren Schlafsachen ins Zelt der Mutter und kühlte ihr Kopf und Arme mit Wasser. Bald wusste es jeder: Asakku, das »Leichengestirn«, hatte sich mit dem Gefolge seiner bösen Helfershelfer bei Beltani Einlass verschafft. Und es scherte den Asakku auch nicht, dass Terach einen gelb-schwarzen Hütehund schlachtete, ihn an der Zeltschwelle vergrub und das Tier laut beschwor: »Fang das Leichengestirn und seine böse Sieben! Überlege nicht, reiß das Maul auf, zeig dem Asakku die Zähne und verschlinge ihn!« Ja, Terach beschwor in gebührendem Abstand von dem golddurchwirkten Kibsu-Vorhang endlich sogar den Himmelsherrn in seinem Zelt, der gute Hirte möge sich bei Ninazu, dem Herrn Arzt der Unterwelt, für Beltani verwenden. Doch da war es bereits zu spät für jede Fürbitte.

Beltani krümmte sich im Todeskampf, fuhr sich mit den Fingern in die Augen, kratzte, schlug um sich, so dass drei Frauen sie halten mussten. Sie verendete mit Schaum vor dem Mund. Terach streute Asche über sich, zerriss sein Gewand und Sarai verschnitt ihr langes, schönes Haar. Auf einer kleinen Anhöhe abseits des Karawanenwegs hob man der Frau Terachs ein Grab aus. Steine wurden geschichtet, während die Zeltgenossinnen Trauerrufe ausstießen und die Götter anflehten, die Überlebenden zu verschonen.

Nach dem Begräbnis rief Terach seinen Sohn und ging mit ihm in die Steppe hinaus. Das Sonnengestirn stand nur noch eine Daumenbreite über dem westlichen Himmelsrand und sein feuriger Schein tauchte die Landschaft in düsteres Licht.

»Mein Sohn«, hub Terach an, nachdem sie sich außer Hörweite des Lagers befanden, »du musst mir helfen!«

»Ja, so viel ich kann«, sagte Abram. »Aber Beltani war nicht mehr zu helfen. Die wollte einfach nicht mehr. Seit wir aus Urim weg sind, hat sie bei Sarai geweint.«

»Ich weiß«, sagte Terach und fuhr sich durch sein aschenbedecktes Haar. »Nein, sie wollte nicht mehr.«

»Es tut mir Leid um dich«, sagte Abram, stockte aber dann.

Er hätte dem Vater gern etwas Tröstliches gesagt, fand aber keine Worte dafür. Denn ihm war Beltani immer fremd geblieben. Früher hatte er sich manches Mal gewundert, warum Terach ausgerechnet diese säuerliche Frau geheiratet hatte, die kaum bis zwanzig rechnen konnte und an Vaters Leben so wenig Anteil nahm. Da war seine Frau, den oberen und unteren Göttern sei Dank, ganz anders. Von der Mutter hatte Sarai zwar ihr schönes Aussehen, aber sonst kam sie doch eindeutig auf Terachs Familie hinaus.

»Mein Sohn, du musst mir jetzt helfen«, nahm Terach einen neuen Anlauf. »Und es ist eine schwierige Sache, weil sie den Gott betrifft.« Er griff sich erneut ins Haar und fuhr fort: »Ich habe Totenasche an mir, Asakku hat mich unrein gemacht und meine Hände sind durch das Hundeopfer besudelt. Darum kann ich während der nächsten Tage unseren Herrn nicht versorgen. So lange nicht, bis ich die Trauer ablegen darf, gefastet habe und mich von geweihtem Wasser reinigen ließ. Der Gott aber braucht unseren Dienst. Sonst lässt er uns alle seinen Zorn spüren. Wie bei der armen Beltani, die gegen den guten Sin murrte, der uns diese Reise auferlegt hat. Es gibt aber nur einen hier zwischen den Zelten, der dem Himmelsherrn so lange an die Hand gehen kann – und das bist du, Abram, mein Sohn.«

»Vater, nein, nicht ich«, wollte Abram protestieren, brachte aber nur ein paar gurgelnde Laute hervor. »Ich bin unwürdig«, stotterte er schließlich. »Ich bin nicht wert, dass ich zu ihm eingehe.«

»Sohn, du verstehst nicht«, wiederholte Terach. »Du hast gar keine Wahl, du musst. Denn wir sind alle angewiesen auf den Gott.«

Abram atmete tief aus. »Also gut«, sagte er tonlos. »Sag mir, was ich tun muss.«

»Du betrittst morgens das Zelt des guten Herrn und wäschst ihm Gesicht, Hände und Füße. Das ist das Erste«, zählte Terach auf. »Dann reichst du ihm Speise und Trank. Das heißt, du stellst ihm die beiden Schalen vor die Füße, gehst hinaus und verschließt hinter dir den Eingang. In angemessener Frist holst du die Schalen wieder heraus und ihren Inhalt verscharrst du. Er hat keinen Nährwert mehr. Sorgfältig, sehr gründlich säuberst du dann die Gefäße und dasselbe wiederholt sich mittags und abends. Abends stellst du ein frisch aufgefülltes Licht dazu, dass der gute Herr sieht, was du ihm vorlegst.«

»Und was muss ich sagen, welche Gebete?«, fragte Abram.

»Gar keine«, erklärte Terach. »Sprich mit ihm ehrfurchtsvoll wie mit einem Vater. Der gute Gott wird verstehen.«

»Und was setze ich ihm vor?«, erkundigte sich Abram weiter, noch immer wie betäubt von der Vorstellung, bei dem Gott eindringen und ihn versorgen zu sollen. »Mag er Brot, gefallen ihm Früchte, Dattelkuchen?«

»Ja, das würde schon genügen, wenigstens vorerst«, bestätigte Terach. »Den Wein für ihn findest du in meinem Zelt, ebenso weißes Mehl für sein Brot, Sesamöl und Gewürze. Trage die Sachen an deine Herdsteine, und sage Sarai, dass sie vorerst im Zelt ihrer Mutter wohnen bleibt. Denn auch sie hat sich verunreinigt an Asakku, dem Leichengestirn. Du darfst dich ihr also nicht nahen. Und wenn du in mein Zelt kommst, nimm einen großen Schritt über die Stelle, wo der Hund begraben liegt. Das ist alles, mein Sohn. Und jetzt geh bitte gleich, lass den Himmelsherrn nicht warten. Denk daran, du bist der Einzige, der ihm jetzt zur Hand gehen kann. Ich bleibe draußen, bis du die Sachen in dein Zelt geräumt hast.«

Wortlos wandte Abram sich um. Zwischen den Zelten stieß er auf Falal. Er ging mit kurzem Gruß an dem Sutu vorbei. Doch in diesem Augenblick beneidete er beinah den Sandläufer, der keinen Gott hatte, den er mit seinen Händen versorgen musste.

An seinen Herdsteinen buk er später das Brot, träufelte Öl darüber, füllte mit Wasser vermischten Wein in die andere Schale und sah, dass es darüber dunkel geworden war. Und so ging er mit dem Öllicht hinter der vorgehaltenen Hand zum Wagen hinüber, schlug den Vorhang auseinander und stellte das Lämpchen zu den Füßen des Gottes ab. Er verlor beinah das Öl dabei, so stark zitterten ihm die Finger. »Entschuldige, dass ich es bin«, murmelte er, ohne die Augen aufzuheben. »Terach, dein Diener, ist unpässlich, er kann dir in den nächsten Tagen nicht zur Hand gehen. Dulde meine Gegenwart, Herr.« Im Laufschritt rannte er zu seinem Zelt zurück, langte nach den beiden Schalen und trug sie ehrfürchtig vor des Gottes Angesicht. Dann kauerte er sich zwischen die beiden Wagenräder und wartete. Wie viel Zeit musste er dem Gott für die Mahlzeit einräumen? Er wusste es nicht. So geduldete er sich, bis das Öllämpchen von selbst erlosch, holte im Dunkeln die Schalen hinter dem Vorhang hervor und verscharrte dann die Überbleibsel der Mahlzeit außerhalb des Zeltrings. Spätnachts kehrte er in sein Zelt zurück, gerade als der Mond in seinem letzten Viertel den Himmelsweg betrat.

Den Rest der Nacht fand Abram vor lauter Herzklopfen kaum Ruhe. An der frühesten Grenze des Morgens war er schon wieder auf den Beinen, um diesmal den Himmelsherrn zu waschen. »Ich bin es schon wieder, Herr«, sagte er mit einer Verbeugung, als er den Kibsu-Vorhang aufschlug. Abermals zitterte seine Hand, und die Waschschale schwankte so sehr, dass das Wasser überschwappte. »Es tut mir Leid«, entschuldigte er sich und begann mit abgewandten Augen das Gesicht des Gottes zu reinigen. Dann fasste er behutsam nach seiner Rechten, die das Zepter mit der goldenen Mondsichel hielt, und entdeckte dabei zu seiner unendlichen Erleichterung, dass die Priester den abgeknickten Arm des Gottes völlig hatten heilen können. Dankbar bückte er sich und wusch dem Gottherrn die Füße. »Gleich bringe ich Tabati und Traubenbrot«, sagte er leise. »Verzeih, es geht nicht schneller.« Dann hatte er endlich die ganze Morgenprozedur hinter sich gebracht und konnte aufatmen. Es war doch besser gegangen, als er's sich in der Nacht vorgestellt hatte.

Die Karawane verbrachte die Trauerwoche in der Nähe von Beltanis Grab, an dem Terach dreimal täglich das Totenopfer verrichtete. Und Abram diente Sin, auch wenn er das Gefühl nicht loswurde, sich für seine Gegenwart ständig bei dem Gott entschuldigen zu müssen: »Napschira Sin!« Und selbst dabei war ihm nicht klar, ob es dem Gott lästig oder genehm war, so vertraulich mit Namen von ihm angesprochen zu werden. Jedenfalls war er unendlich erleichtert, als Terach wieder selbst seinen Dienst im Gotteszelt antrat und die Karawane nach Norden zog. Ja, und Abram dankte seinem persönlichen Schutzgott, dem Schaddai, dass er ihm in diesen schwierigen Tagen so spürbar beigestanden hatte.

Auch Sarai war wieder mit Sack und Pack in ihr Zelt zurückgekehrt. Nicht, wie Abram eigentlich erwartet hatte, noch immer in Tränen aufgelöst, nein, ihre Augen leuchteten, so dass er sich verwunderte. Sie lagen sich in den Armen, glücklich, dass die unfreiwillige Trennung beendet war, und kamen doch erst abends dazu, miteinander zu reden.

»Ich muss dir etwas Schönes sagen, aber ich weiß nicht, wie ich's dir beibringen soll«, sagte Sarai, als sie bei den Herdsteinen kniete und Pappasu-Mus anrührte.

»Und ich weiß nicht, worauf du hinauswillst«, sagte er vorsichtig. »Fang doch einfach an.«

Sarai rührte energisch in dem Kochgefäß, schaute auch nicht auf, sagte dann aber: »Ich weiß auch nicht, ob's wirklich stimmt. Aber ich kann's nicht für mich behalten.«

Abram lachte, bückte sich und nahm ihr den Topf aus der Hand. Da drückte sie ihr Gesicht an seine Brust und platzte heraus: »Meine Tage sind nicht gekommen! Das ist es. Seit vier Tagen bin ich fällig und nichts rührt sich. Begreifst du, vielleicht habe ich endlich, endlich von dir empfangen!«

Er stieß laut die Luft aus, nahm ihr Gesicht zwischen seine Hände und küsste ihre Lider.

»Mann, du sagst ja gar nichts«, beschwerte sie sich. »Und ich könnte verrückt werden. Am liebsten würde ich durch alle Zelte rennen und schreien, dass jeder, jeder es hört: Sarai, die Wurzelverstockte, erwartet ein Kind!« Dabei brach sie unvermittelt in Tränen aus, schluchzte laut, fasste ihrem Mann ins Gesicht und streichelte ihn. »Sag doch endlich was«, bat sie noch mal.

»Ich kann's noch nicht glauben«, stammelte er. »Das kommt so plötzlich. Du weißt es schon die ganze Zeit, du konntest dich darauf einstellen.«

»Jetzt weißt du's doch auch«, unterbrach sie ihn. »Und –« Dann war es um Abrams Fassung geschehen. Plötzlich kam es über ihn, ein Lachen, das ihm die Arme hochriss, ihm Tränen in die Augen trieb, dass er Sarai mit einem Ruck durch die Luft schwenkte, die Zeltstrebe dabei gerade noch festhalten konnte, ja, ein Lachen kam ihm, dass er schrie: »Sarai, meine Fürstin, die ist mit einem Kind! Ein Kind, ihr Leute, ihr Leute –«

»Leise doch«, wehrte Sarai und hielt ihm, selbst vor Lachen außer Atem, den Mund zu. »Es müssen doch nicht gleich alle wissen! Und ganz sicher bin ich ja noch gar nicht.« Abram setzte sie sacht ab und sie rutschte zurück an ihren Pappasu-Topf und begann wieder zu rühren.

»Wann wissen wir's denn richtig?«, wollte er wissen, legte Sarai die Hand auf den Bauch und küsste ihren Hals.

»In ein paar Tagen ist es erst ganz sicher«, meinte sie. »Obwohl, sonst bin ich immer so pünktlich. Jedes Mal in den Dunkelmondtagen ist meine Regel fällig und jetzt steht der junge Mond schon zum zweiten Mal im Westen.«

»Was für ein Glück, dass uns der Gott auf den Weg gebracht hat«, strahlte er. »Ja, ich denke, Vater Sin hat es so gefügt.« Unter dem Ansturm ihrer Gefühle fanden sie beide die halbe Nacht keinen Schlaf, hörten die Wachen wechseln und malten sich wieder und wieder aus, wie das Kind ihr Leben ändern, völlig verändern würde. Nichts mehr würde so sein, wie es vorher gewesen war. Die Himmelsleute hatten für sie zu guter Letzt alles zum Besten gewendet.

Doch als sich Sin am Himmel füllte, füllte er auch Sarais Schoß wiederum mit Blut. Sie betrachtete es entsetzt, lief zu ihrem Mann, suchte bei ihm Zuflucht, doch als er sie trösten wollte, stieß sie ihn wütend von sich. Sie packte ihre Sachen, rannte aus dem Zelt. Er traute sich nicht, ihr zu folgen.

Auf ihrem ziegelrot-weißen Esel ritt sie den ganzen Vormittag neben Schabai, der Frau des Sutu-Scheichs, am Ende des Zuges, hob auch nicht die Augen auf, als Abram mehrmals an ihr vorbeiritt. Sogar die Mittagshitze verbrachte sie unter dem Zeltdach der Sutu-Frau, und erst als er abends das Zelt aufgeschlagen hatte, kehrte sie heim an ihren Schlafplatz.

»Euer Gott hat mich genarrt«, stellte sie böse fest. »Wie kann man das bloß mit einer Frau machen!«

»Frau, wir sind doch beide noch jung«, hielt er dagegen.

»Hör bloß auf«, fauchte sie ihn an. »Ich brauche keinen Trost. Mir geht es auch so schon übel genug.« Dann warf sie sich auf ihre Matte und redete, ihre Augen gegen das Zeltdach gerichtet, mit tonloser Stimme weiter. »Ich weiß nun auch, warum ich mich so vergeblich mühe, mit dir ein Kind zu zeugen. Die Sutu-Frau hat's mir erklärt. Wir sind Geschwister und da geht das einfach nicht. Bei ihren Leuten, sagte sie, würden zwei wie wir, Schwester und Bruder, die das eheliche Lager teilten, vom Volk gesteinigt. Ja, das beschwor sie, als ich's nicht glaubte, bei ihren Göttern –«

»Halt«, unterbrach er sie. »Das stimmt doch alles nicht. Wir haben die Geschichten von Inanna und Dumuzi, dem Hirtenjungen. Die sind Geschwister und trotzdem ein Liebes- und Brautpaar. Tausend Lieder besingen ihr Glück, uns selbst wurden sie zur Hochzeit gesungen.«

»Aber Inanna ist eine Göttin und ich bin eine einfache Menschenfrau«, hielt Sarai dagegen. »Und du bist nicht Dumuzi, sondern mein Mann. Und dir ist ja wohl auch bekannt, wie böse die Geschichte der beiden ausgeht. Am Schluss hänge ich, Inanna, an einem Fleischhaken in der Unterwelt, während du oben auf der Erde anderen Mädchen nachstellst und sie mit Flötenklang verführst, dir zu Willen zu sein.«

»Albernes Geschwätz«, fuhr er sie an. »Übrigens ist ganz am Ende doch wieder dein Hirtenjunge der Dumme. Dann muss er nämlich anstelle seiner Schwester hinunter ins Staubland!«

Sarai wollte ihn unterbrechen, doch er ließ sie nicht zu Wort kommen.

»Überhaupt«, erhitzte er sich, »bist du nur halb meine Schwester, und es war schließlich Terach, unser Vater, der uns füreinander bestimmt hat.«

»Dabei konnte er sogar noch das Brautgeld sparen«, bemerkte Sarai.

»Jetzt wirst du gemein«, sagte er böse. »Als ob Vater an uns Geld sparen wollte.«

»Nein, nein, ich weiß schon«, sagte Sarai spöttisch. »Den Gottessamen rein erhalten – seine Worte, ich höre sie heute noch! Sein Same, Terachs Same, durch dich wie durch mich, alles im Dienst seines Gottes. Und jetzt straft mich Terachs Gott, dass ich als Wurzelverstockte unter den Frauen leben muss und keinen Erben sehen darf. Das habe ich davon.«

»Mein Schutzgott ist auch deiner«, sagte Abram so beherrscht, wie er nur konnte. »Schaddai wird sich fürbittend bei Vater Sin für uns verwenden. Du wirst sehen, es wird alles noch gut.«

»Rede ruhig weiter«, sagte seine Frau und wandte ihm den Rücken zu. »Du kannst reden, so viel du willst. Aber du sprichst mit dir, nicht mit mir. Denn ich glaube allmählich an gar nichts mehr.«

Abram verließ wortlos das Zelt. Langsam umwanderte er das kleine Lager, bemerkte den Schatten Terachs, der vom Licht gegen die Leinwand des Wagenzeltes geworfen wurde, blieb stehen, lauschte auf die halb singende Stimme des Vaters und wartete auf ihn. Doch auch Terach würde in ihrer Sache keinen Rat wissen, sagte er sich mutlos. Denn die Absichten der Himmelsleute sind selbst ihren Priestern verborgen. So setzte Abram schließlich seinen Weg fort. Er landete bei den Zelten der Sutu.

Falals Männer hatten einen Tanzkreis gebildet, eine Flöte, eine Handtrommel klang, die Männer schwenkten brennende Fackeln und in der Mitte ihres Kreises tanzte unverschleiert Schabais Sklavenmädchen. Mit einem Schwertmesser wehrte sie die Hände ab, die sie berühren wollten. Einem Mann lief bereits eine Blutbahn über Schulter und Brust. Das Blut aber störte offenbar weder ihn noch seine Kameraden, ja, der Anblick des roten Rinnsals versetzte den Kreis geradezu in Rausch. Noch mehr Blut floss, bis sich das Mädchen mit erhobenen Armen auflachend aus dem Kreis der Männer befreite. Nun fassten sich die Sutu um die Schultern und bewegten sich immer hitziger stampfend zum Rhythmus der Trommel und dann fiel die Runde mit einem gellenden Schrei auseinander.

Abram war fasziniert stehen geblieben. Er wollte weiter,

aber die Erregung hatte auch ihn ergriffen, und er verharrte wie angewurzelt, unfähig, sich zu lösen. Er kam erst zu sich, als ihn Falals Hand berührte.

»Komm, setz dich zu mir an den Herdplatz, Sohn meines Freundes«, lud der Sutu ihn ein.

Abram schüttelte den Kopf und wollte sich mit einer undeutlich gemurmelten Entschuldigung fortbegeben. Doch der Scheich nahm ihn am Arm, zog ihn mit sich und wies auf ein Lederkissen vor dem Frauenvorhang.

»Ich weiß, was dich drückt«, meinte er geradeheraus. »Schabai hat's mir erzählt. Versagt die Manneskraft oder weshalb verweigert der Gott dir den Erben?«

Ärgerlich scharrte Abram mit dem Fuß über den Boden. Wenn Frauen tratschen, dachte er böse. Doch er beherrschte sich. Schließlich meinte Falal es gut mit ihm und so antwortete er höflich: »Meine Manneskraft ist nicht gefesselt, mein Vater, und Liebeslust fehlt auch Sarai nicht. Wir haben keine Ahnung, warum uns die Götter so narren.«

»Ihr seid Geschwisterkinder«, bemerkte der Sutu-Scheich mit ernstem Gesicht, goss frischen Palmwein in die Trinkschale und reichte sie seinem Gast. Abram trank sie in einem Zug aus und Falal füllte von neuem nach.

»Nichts geht über frischen Palmwein«, seufzte er genießerisch. »Und er vertreibt die Sorgen. Lass es dir noch mal schmecken, mein Sohn!«

Das schwere Getränk stieg Abram schnell zu Kopf, aber er trank weiter. »Halbgeschwister sind wir«, nahm er das Gespräch wieder auf. »Terach hatte uns füreinander bestimmt.«

»Auch Priester sind Menschen und Menschen machen Fehler«, sagte Falal.

»Aber es war kein Fehler«, brauste Abram auf. »Meine Frau, die liebe ich wie zehn Söhne.«

»Sage das nicht«, beschwor ihn der Sutu. »Ein Mann ohne Leibeserben ist wie ein toter Wolf, auf den die Füchse pissen.«

»Und wir sind noch jung«, verteidigte sich Abram.

»Das ändert nichts«, meinte der Sutu. »Der Fehler ist nun einmal gemacht. Da kann euch keiner helfen, erbarmt sich nicht Ter, der Gott, über euch. Leg ein Gelübde ab, das ist mein Rat. Vielleicht wird er dann hören.«

Abram sah ihn zweifelnd an. »Was könnte ich dem Gottherrn anbieten, was er nicht schon hätte?«, meinte er endlich.

Doch Falal fasste ihn am Gewand und blitzte ihn mit funkelnden Augen an. »Versprich ihm dein erstes Kind«, sagte er kaum hörbar. »Das erste, das den Schoß deiner Frau aufbricht, das gelobe ihm als Opfergabe, und es werden andere folgen.«

Abram erstarrte, der Wein umnebelte seinen Kopf. Ein Gelübde ablegen, dieses Gelübde ablegen, klang es in ihm nach, und er spürte, wie seine Seele sich unruhig in ihm regte und ihn fragte: Kannst du dich ganz dem Gott geben, bist du zu allem bereit?

Schwankend stand er auf, ließ Falal ohne Antwort sitzen, ging an den Haarhäusern der Sutu vorbei zu seinem Zelt. Innen war es dunkel, Sarai hatte die Feuerstelle schon abgedeckt. Leise schlich er sich an seinen Schlafplatz, um den Schlaf seiner Frau nicht zu stören, und legte sich behutsam neben sie.

Doch Sarai hatte nicht geschlafen. Sie drehte sich zu ihm, roch seinen Atem und sagte: »Du riechst nach Palmwein, mein Mann. Bist du zu einem Sklavenmädchen gegangen und hast ihr Manneskraft bewiesen, während ich am Fleischhaken hänge und in meinem Blut schwimme?«

Das tat weh. Doch nicht so weh wie die Worte des Sutu, sein Rat, dem Gott die erste Leibesfrucht Sarais zu opfern. Das hatte ihn bis ins Innerste getroffen. Doch wer weiß, sagte er sich, vielleicht ist Falals Vorschlag gar nicht so abwegig. Hörte man doch immer wieder, dass die Himmelsleute dem Menschen auch das Liebste abfordern konnten, notfalls sogar ein Kindesleben: wenn der Pesthauch wehte, Hungerjahre sich verdoppelten, ein überstarker Feind die Stadt bedrohte. Doch über Falals Rat mit Sarai zu sprechen war nicht nur unmöglich, sondern völlig undenkbar. Nein, ihr Spott traf ihn nicht, weil ihn Falal so sehr beschäftigte. Darum antwortete er Sarai nach langem Schweigen nur: »Du weißt, so steht es nicht zwischen dir und mir, dass ich von dir zu einer anderen gehe, um mich zu trösten.«

Sie schluchzte auf und zog seinen Kopf an ihre Brust. »Ich hatte so einen großen Zorn, und wo soll ich mich damit lassen, wenn nicht bei dir! Aber verlass mich nicht, mein Mann, schick mich nicht fort, mich, eine wurzelverstockte Frau, die dich ohne Erben lässt.«

»Ich kann dich ja schlecht zu deinen Eltern zurückschicken«, versuchte er mühsam zu scherzen. »Dein Gott ist mein Gott, dein Haus ist mein Haus und wir haben auch dieselben Geschwister.«

Im Dunkeln glaubte Abram zu spüren, wie Sarai lächelte. Ja, sie beide waren unauflöslich aneinander gebunden. Unauflöslich nicht nur wegen der Bande des gemeinsamen Blutes, sondern aus freiem Willen, sagte sich Abram und fasste nach ihrer Hand. Keiner von ihnen beiden konnte sich vorstellen, ohne den anderen zu leben. Und nun lächelte auch er und wusste dabei, dass Sarai es gleichfalls merkte.

Am nächsten Tag strömten Wolken über den Himmel. Bald würden die Pforten des Himmelozeans sich öffnen, der Winterregen schickte seine ersten Boten. Vor ihnen, im Nordwesten, wurde jetzt auch der Gipfel des Chi-Chi-Berges im Gebirge Beschri sichtbar. Gestern, im Sonnenlicht, hatte der Berg scheinbar noch so fern gelegen. Doch Falal hatte erklärt: »Wir sind nicht mehr weit vom Oberen Land, das eurem Gott dient.« Nur ein paar Tage noch würden sie brauchen, bis er seinen Vertrag erfüllt habe, und dafür danke er Ter, der ja auch der Gott Terachs sei.

Unter der kühlenden Wolkendecke gingen die Schafe, deren Zahl Lot und Danum in den Siedlungen stromabwärts durch Tausch und Handel wieder aufgefüllt hatten, leichter voran, Böcke besprangen die läufigen Tiere der Herde und die Esel trugen ohne Mühe ihre Lasten. Terachs Leute waren guter Dinge. Jetzt konnte nicht mehr viel passieren.

Doch in der Morgenfinsternis des nächsten Tages schreckte Abram in seinem Zelt hoch. Die Eselshengste riefen erbärmlich, Waffen lärmten, Männerstimmen schrien durcheinander. Mit einem Ruck schüttelte Abram den Schlaf von sich, sprang auf, gürtete sich mit einem Messer, griff nach der Lanze an der Zeltwand und stürmte hinaus.

Undurchdringliche Finsternis empfing ihn zwischen den Zelten. Der Himmel war mit Wolken behangen, ein zugiger Wind ging. Den Speer zum Stoß bereit, schrie Abram eine Gestalt an, die schattenhaft zu seiner Linken auftauchte. Dann erkannte er die Stimme Lots und rief ihm zu: »Hierher, bleib an meiner Seite!«

Die Wolkendecke riss einen Augenblick auf und Mondlicht fiel zwischen die Zelte. Abram und Lot stürzten zu dem Maultierwagen, wo zwei Männer versuchten, über die Räder in das Gotteszelt zu dringen. Wo ist nur Falal?, ging es Abram durch den Kopf und er sprang, in Panik versetzt, auf den Wagen zu, brüllte, schrie, schleuderte seine Lanze und traf einen Mann unter den Rippen. Neue Eindringlinge tauchten auf, und jetzt warf er sich mit seinem Messer mitten zwischen sie, bemerkte Lot hinter sich, hieb und stach von neuem zu, spürte, wie seine Brust von einem Stoß getroffen wurde, aber hörte nicht auf, den Gott mit aller Macht der Verzweiflung zu verteidigen. Der Mond verschwand und im Dunkeln versuchte Abram mehrere Angreifer abzuwehren. Da erschien plötzlich Terach, fackelschwingend – auf den Wagen springend, riss er den Zeltvorhang beiseite, stieß dem Gott statt des Zepters eine lodernde Fackel in die Hand und seine Stimme übertönte drohend den Kampfeslärm: »Weicht von dem Gott, ihr Übeltäter!«, schrie er und warnte: »Schrecklich ist es, in die Hände des zürnenden Gottes zu fallen. Lasst ab, versündigt euch nicht länger!«

Abram ließ sein Messer sinken und starrte dem Gott ins Gesicht. Es glühte vor Hitze und Zorn, und Abram überlief es vor Gottesfurcht. Da erschien Falal mit seinen Leuten.

Die Eindringlinge ließen ihre Waffen fallen und verschwanden aufheulend in der Finsternis.

Der Sutu-Scheich war mit einem Satz bei dem Gott, entwand ihm die Fackel und jagte den flüchtenden Schatten hinterher. »Sleb-Banditen«, knurrte er, als er wieder auftauchte, und trat einem der Toten verächtlich in die Rippen. »Stellen sich keinem ehrlichen Kampf und nehmen Reißaus vor einem Schreckgespenst.«

Dann bemerkte er Abram.

»Ist das dein Mann?«, fragte er und deutete auf den Toten mit der Lanze im Zwerchfell.

Abram keuchte und griff sich übers Herz.

»Lass sehen, mein Sohn«, sagte Falal, sprang zu ihm und nahm im Fackellicht Abrams Verwundung in Augenschein. »Ah, nur eine Fleischwunde! Sie wird heilen, mein Sohn. Du hast deinen ersten Toten, du hast deine erste Narbe erworben! Ich bin stolz auf dich, Sohn Terachs. Jetzt erst bist du ein Mann, denn du hast begriffen: Bist du kein Wolf, pissen die Füchse auf dich!« Dann drehte der Scheich sich um, rief seine Leute zusammen.

Abram lächelte schief. Er sah, ohne zu sehen, wie Terach den Gott wieder verhüllte, und wankte, von Lot gestützt, die Hand auf den Wundriss gepresst, auf sein Zelt zu.

Sarai kam ihm mit einem brennenden Feuerscheit entgegen und schrie, als sie seine blutüberronnene Gestalt sah, dann umfing ihn schwarze Ohnmacht. Er lag lange in völliger Dunkelheit, merkte auch nicht, wie Falal seine Wunde vernähte. Als er wieder zu sich kam, fand er sich in seinem Zelt wieder, die Brust dick verbunden und Sarai neben sich, die ihm Gesicht und Hände wusch.

»Da bist du ja wieder, mein Mann«, flüsterte sie, als seine Augen ihr zulächelten. »Bleib liegen und rühre dich nicht«, ermahnte sie ihn rasch, als er sich aufrichten wollte. »Die Wunde ist tief, gleich überm Herz. Falal hat sie genäht. Mit einer aufgespleißten Sehne aus dem Körper eines der Sleb-Banditen. Der Scheich ist mächtig stolz auf dich. Wie ein Sohn seist du ihm, das hat er beim Vernähen in einem fort gesagt.«

»Es war sein ältester«, sagte er matt. »Der ist tot.«

»Ja, ich weiß«, erwiderte sie. »Mir hat er's auch erzählt. Er hat noch mehr Söhne, aber an dem einen hing er besonders.«

Später stand Terach mit Lot an seinem Lager und auch Terach pries die Tapferkeit seines Sohnes.

»Ein zweites Mal hast du den Gott gerettet«, sagte er bewegt. »Der gute Hirte wird dir's nicht vergessen.«

Abram aber wandte sich ab. Er spürte, wie sich erneut Blut in der Wunde sammelte, und ihm war elend.

Dank der heilkräftigen Hände Falals kam kein Brand dazu, und als der Sutu am dritten Tag die Verbände lockerte, war die Wunde dick verkrustet und schon dabei, abzuschwellen.

Ein breites Grinsen ging über Falals Gesicht. »Wer diese Narbe sieht, der weiß, wen er vor sich hat!«, stellte er zufrieden fest. Dann wandte er sich an Sarai. »Junge Frau, sieh zu, dass er sich bald wieder auf die Füße begibt. Vor allen Dingen braucht er jetzt viel Fleisch. Frisches, rohes Fleisch, damit er schnell wieder zu Kräften kommt. So halte ich's auch bei meinen Männern. Morgen brechen wir auf. Der Winterregen hat eingesetzt. Meine Leute und ich, wir müssen heim zu unseren Herden.«

Vier Tage später erreichten sie Tuttul, die südlichste Grenzstadt von Maitani, einen befestigten Ort, der zwischen den Flüssen Purattum und Balich gelegen war. Ihre Reise war zu Ende, der Himmelsherr war heimgekehrt in sein Reich. Terach entließ Falal aus seinem Vertrag, entlohnte ihn über das vereinbarte Maß hinaus mit Gotteslohn und bat ihn, ihren Schutz noch so lange zu gewährleisten, bis die Priester Sin, den wandernden Himmelsgott, im festlichen Geleit nach Charranum heimholten.

Harte Väter

Die Gottesmänner aus Charranum, durch Boten benachrichtigt, trafen nach Eilmärschen in Tuttul ein. Glücklich, den Gewandsaum ihres Gottes zu küssen, feierten sie dessen Heimkehr mit glänzendem Gepränge und mit einem öffentlichen Fest, zu dem das ganze Land nach Tuttul zusammenströmte.

Ochsen ließen unter den Äxten der Opfergehilfen ihr Leben, Trauben- und Dattelwein wurden in Mengen den Balich hinabgeführt, die ganze Stadt lachte, tanzte und roch nach tausend Sinnesfreuden.

Terachs Leute jubelten mit, auch Abram, der inzwischen von seiner Wunde genesen war. An Sarais Seite schlenderte er an den Marktbuden vorbei, trank ihr mit Wein aus dem Purpurland zu, und beide vergnügten sich an einer Gauklerschar, die waghalsige Kunststücke zum Besten gab und mit frechen Liedern auf das hochmütige Babil und seinen König die Menge belustigte.

Ihren Gott zu feiern hatten die Leute vom Oberen Land auch allen Grund. Denn wäre Sin, ihr Landesgott, dem feindlichen Babil in die Hände gefallen, wäre Babils König über kurz oder lang mit seiner Heeresmacht ins Obere Land eingefallen. So verkündeten es die Marijanni, die Wagenkämpfer von Maitani. Sie waren, bronzeschimmernd in Wehr und Waffen, zugleich mit den Priestern gekommen, um im Auftrag ihrer Könige Kirta und Schuttarna dem

Gott das Ehrengeleit zu seinem heiligen Zedernhaus in Charranum zu geben.

Nach Abrams Meinung brauchte das Obere Land jedoch einen Waffengang mit Babil nicht zu scheuen. Denn Maitanis Krieger waren ungestüme, tatenhungrige Männer, in deren blitzenden blauen Augen es wie Feuer loderte. Ja, und die Marijanni wiederum ließen den Sohn Terachs ein übers andere Mal hochleben, als sein Vater und Falal die Verdienste Abrams um den Gott priesen. Sie hoben ihn auf den Schild, schlugen mit ihren Schwertern aneinander, und als sie Abrams frische Kampfesnarbe über dem Herzen sahen, gaben sie ihm das Zeugnis: Dieser Sohn Terachs ist ein Mann, der nichts in der Welt fürchtet! Und der Sutu-Scheich freute sich, als er's hörte.

Beim Abschied küsste er Abram wie einem Sohn innen und außen die Hände und versprach, solle er, der Sohn Terachs, je wieder Geleitschutz benötigen, dann sei er ihm jederzeit willkommen! Dann machte Falal sich mit Lohn und Leuten auf, ohne der eisigen Hagelschauer zu achten, die der Wettergott Adad jetzt übers Land schickte.

Abram sah dem Sutu lange nach, bis dessen Eselsreiter den Purattum durchwatet hatten und über das benachbarte Steilufer wieder die Steppe erreichten. Ja, auch Abram achtete des Hagels nicht, der auf ihn herunterprasselte, denn der Abschied von Falal fiel ihm schwer. Wie der Scheich in Abram seinen Sohn wiedergefunden hatte, so war ihm selbst in diesen Monaten Falal wie zum zweiten Vater geworden.

Durchfroren und durchnässt erreichte Abram das schützende Dach seines Zeltes und entdeckte hinter Sarai eine

Fremde an der Zeltwand sitzen und den Buttersack schütteln.

Sarai bemerkte sein fragendes Gesicht und lachte. »Das ist Falals Abschiedsgeschenk an mich, die Handmagd seiner Frau Schabai. Hagar, so heißt sie, was immer der Name auch bedeutet. Falal will sie bei Händlern aus dem Hapi-Land erstanden haben, aber ein wenig spricht sie auch schon unsere Sprache.« Damit wandte sie sich zu der Magd um und befahl ihr: »Küsse dem Herrn den Gewandsaum!«

Als die junge Frau seinen Saum anhob und ihre Augen sein Gesicht streiften, wunderte er sich, wie sanft Hagars Züge waren. Damals beim Schwerttanz war ihm ihr Gesicht wie das einer Wildkatze erschienen. Doch in ihren Augen bemerkte er kein Wiedererkennen.

»Sie ist noch als Jungfrau verschlossen, hat mir Falal versichert«, ließ Sarai sich derweil vernehmen. »Unter meinem Zeltdach soll sie's auch bleiben.«

Abram zuckte gleichmütig die Schultern und wandte sich ab. Ein wenig jedoch war er verärgert, dass der Sutu in sein Hausrecht eingegriffen hatte. Wenigstens sein Einverständnis hätte er vorher einholen sollen. Denn natürlich hätte auch er selbst Sarai längst eine Handmagd schenken können, hatte es auch schon mal erwogen, dann aber davon Abstand genommen. Denn ständig jemand Fremdes um sich haben zu müssen war ihm unangenehm, er fürchtete, es könne Sarais und seine Zweisamkeit beeinträchtigen. Überhaupt, solange sie noch kein Kind hatte, schien ihm der Dienst einer Handmagd für Sarai auch nicht erforderlich zu sein. Nun aber war die Sache geschehen, die Fremde befand sich mit ihnen im Zelt, und so erweiterte Abram ihr Zelthaus um ein Koch-, Wasser- und Frauenabteil, wo Hagar hinter dem Vorhang wirtschaften konnte, solange die Herrin sie nicht für persönliche Handreichungen benötigte.

Um ein Mitglied also vermehrt, brach Sarais Haushalt mit der Festkarawane auf, die den Gott in sein Zedernhaus überführen sollte. Die Wegstationen wurden gemächlich genommen, denn immerzu strömten Menschen, die jetzt bereits der Spätsaat die Furchen öffneten, von ihren Feldern herbei, um dem Gott durch zugeworfene Küsse, Nasereiben und vielfältiges Freudengeschrei die Ehre zu erweisen.

In Charranum empfing sie noch einmal ein mehrtägiges Festgepränge, und Kirta, der Fürst der Stadt, schloss Terach in die Arme. Dann belehnte er ihn mit Häusern sowie mit Pflug- und Weidegrund vor der Mauer und erhob außerdem Terachs Kopf über die Häupter des Priesterkollegiums vom Echulchul, dem »Haus der Freude«, wie man in Charranum das Zedernhaus des Mondgottes nannte. Und niemand schien dem Mann aus Urim, dem Vater des hingemordeten Haran, die Würde des Hochpriesteramtes zu neiden.

Vielleicht hatte man auch im Zedernhaus spekuliert, der Alte werde ohnehin bald das Zeitliche segnen. Doch damit wurde es nichts. Die düstere Prophezeiung Beltanis war an ihr selbst in Erfüllung gegangen, auf Terachs Scheitel aber häufte Sin Jahre um Jahre und ließ ihn immer mehr zunehmen an Alter, Weisheit und Gnade beim Gott und bei den Menschen.

Und anders als die unglückliche Beltani wurde auch Sarai nicht um den Preis ihrer Reise betrogen. Sie fand in Charranum genau das, was sie gehofft und erwartet hatte: eine Chance, ihr Leben neu zu beginnen. Hier nämlich, im Oberen Land, rechnete ihr keiner die Ehejahre vor und erkundigte sich nach dem fälligen Nachwuchs, keiner musterte ihre Leibesmitte und das Wort »Wurzelverstockte« kannten die Leute von Charranum anscheinend nicht mal vom Hörensagen. Also begann Sarai sich zuversichtlich in dem Haus an der Krummen Straße einzurichten, verstand es auch, eine Atmosphäre der Behaglichkeit um sich zu verbreiten, die ihr bald Bekanntschaften und neue Freundschaften mit den reichen und adeligen Bürgerinnen der Stadt verschaffte. An eine Rückkehr nach Urim dachte sie jedenfalls keinen Augenblick.

In allem wurde sie tatkräftig von Hagar, der neuen Handmagd, unterstützt, so dass Sarai im Lauf der Jahre die junge Frau sogar an die Spitze ihres Gesindes stellte. Mithin erwies sich das Geschenk Falals im Nachhinein als höchst zweckmäßig, und das weitläufige Haus machte auch Abrams Sorge, die Anwesenheit einer Leibmagd könne die eheliche Zweisamkeit beeinträchtigen, gegenstandslos.

Sich so leicht und schnell in ihre neue Umgebung einzugewöhnen half Sarai gewiss auch der Name ihres Mannes, dem der Ruhm seiner Taten auf Tritt und Schritt vorausging. Den Sohn Terachs allerdings interessierten in Charranum in erster Linie die neuen Handelsbeziehungen, die er durch die Basar-Händler der Stadt zu knüpfen verstand. So wurde Abram bald zum begehrten Mittelsmann für den Handel zwischen dem Oberen und Unteren Land, in dem die Handelskette seines Bruders Nachor trotz aller politischen Krisen florierte. Gewürze, fein gewebtes Tuch aus

Leinen und Wolle, bunte Glaswaren, kunstgewerbliche Gegenstände aller Art, Schmuck und hochpolierte Handspiegel gingen mit Eselskarawanen oder stromaufwärts nach Maitani, und Abrams Handelskette führte über die örtlichen Basare Bausteine, Edelhölzer, Zinn und andere Metalle ins südliche Meerland aus. Beides zum Vorteil aller Beteiligten, so dass auch die Stadt Charranum davon reichlich profitierte.

Freilich, das alles ergab sich erst im Lauf von Jahren. In der Winterzeit, nachdem er mit Sarai das Haus an der Krummen Straße bezogen hatte, verbrachte Abram viel Zeit draußen vor den Mauern der Stadt bei Lot, seinem Bruderssohn. Der bewirtschaftete dort mit Saklu die Lehensäcker und das gelehnte Weideland des Fürstenhauses, errichtete Scheunen, Stallungen und Pferche, erstand Sklaven und schloss mit durchziehenden Nomaden Pachtverträge zur Nutzung seiner Stoppelweiden. Neben Saklus Hilfe waren Lot Rat und Tat seines Vatersbruders in diesem ersten Jahr besonders willkommen. Denn Abram griff selbst mit ans Pflugholz, schwang auch die Hacke, brachte ungezählte Frühjahrslämmer zur Welt, litt es aber auch gern, wenn der Bruderssohn ihm nach des Tages Mühe und Plage eigenhändig Trank und Speise servierte. So fand Lot Ersatz für seinen Vater und auch Abram, der Kinderlose, schloss Lot fest ins Herz. Ja, fast bekümmerte es ihn, dass es nach Überwindung der Anfangsschwierigkeiten im Lauf der Zeit immer weniger für ihn auf dem Lehensland zu tun gab. Denn Lot und Saklu verstanden es, mit vereinter Kraft erfolgreich ihrem Landgut vorzustehen.

Darum streckte Abram seine Fühler bald weiter aus, über

die Stadt und ihr Umland hinaus. Er folgte den Karawanen Maitanis nach Westen bis zu dem hochberühmten Festungs- und Handelsplatz Karkemisch und reiste im Jahr darauf bis jenseits des Purattum ins Land Jamchad. In dessen reicher Handelsstadt Chalab kreuzten sich die Karawanen aller vier Weltecken. Und in Chalab knüpfte Abram Geschäftsbeziehungen, die bis ins Hapi-Land reichten, dessen Händler Papyrus, Goldstaub, schwarze Sklaven und feines Königsleinen aus dem tiefen Süden bis hinauf nach Jamchad brachten.

Natürlich schlugen all diese weitläufigen Beziehungen zu Abrams Vorteil aus, so dass er sich allmählich mit den reichsten Handelshäusern von Charranum messen konnte. Doch auch ihm schien niemand die Segensfülle zu neiden. Traf doch auf den Sohn Terachs das Sprichwort zu: »Der Gerechte erreicht sein Ziel, und alle, die ihm begegnen, kommen ihm zu Hilfe.« Allem Segen jedoch mangelte das eine: der Sohn und Erbe. Und weil ihm der versagt blieb, konnten Selbstgefälligkeit und Stolz in Abrams Seele keine Wurzeln schlagen. Blieb er doch, ein Mann ohne Leibesspross, bei allem Segensüberfluss im Grunde ein Habenichts.

Noch saurer wurde Sarai die anhaltende Entbehrungszeit. Natürlich hatte sie gehofft, gewünscht, der Ortswechsel werde ihrem Leib helfen, fruchtbar zu werden und zu tragen. Doch selbst in diesen Segensjahren blieb Sarai »ein Acker, auf dem nichts wächst«, wie sie, selbst sich schmähend, ihren jämmerlichen Zustand benannte. Es konnte nicht ausbleiben, dass auch das gemeinsame Lager hart für beide Eheleute wurde.

In ihrer Not wandte sich Sarai sogar an einen Tempelspezialisten. Der lächelte bloß, als er Sarais blühendes Alter sah, und meinte, die Ursache für ihres Leibes Versagen sei doch wohl eher bei ihrem Gatten zu suchen. Entsprechend verfasste der Bardu einen zauberkräftigen Beschwörungstext, der Abrams Manneskraft auf die Sprünge helfen sollte. Sarai errötete, als ihr der Mann das frisch gebrannte Tontäfelchen vorlas, und protestierte lahm. Die Manneskraft ihres Gatten sei nicht gefesselt, gab sie dem Bardu zu verstehen. Es nützte ihr nichts, der Bardu wollte sein Täfelchen loswerden, empfahl ihr, es heimlich ans Bett zu binden, und verordnete ihr zusätzlich ein kräftigendes Pulver. Beides verkaufte er Sarai zu einem sündhaft teuren Preis und wünschte ihr, vom Erfolg seiner Rezeptur sichtlich überzeugt, viel Glück. Sarai aber warf das Päckchen auf dem Heimweg in die Gosse zu den Schweinen.

Gegen sie und Abram, gegen ihre Ehe, arbeitete allmählich alles wie von selbst. Stillschweigend schonten beide des anderen verletzliche Gefühle und trauten sich allmählich immer weniger, ihre Liebe zu erproben. Darum war es Sarai zunächst gar nicht so unlieb, dass ihr Mann seine Reisen beständig weiter ausdehnte, jetzt oft monatelang unterwegs war, dem Haus und ihr fern blieb. Von einem Feld, das nicht beackert wurde, war eben keine Frucht zu erwarten, so stellte es sich für Sarai dar und Abram stimmte der unausgesprochenen Übereinkunft wortlos zu. Mit offenen Augen dafür, dass es sich dabei um nichts anderes als um ein gegenseitiges Betrugsmanöver handelte, für das sie beide irgendwann würden zahlen müssen.

Seine Reisen führten Abram nun bis ans Obere Meer. In

der Hafenstadt Ugarit wurde ihm mit aller Klarheit deutlich, was Nachor bei ihrem letzten Treffen bereits angesprochen hatte: dass nämlich das Land am Unteren Meer, mit Urim und seinen anderen Städten, dabei war, zu einer unbedeutenden Provinz zu verkommen. Der Fernhandel hatte sich längst vom Süden nach dem Norden verlagert, wo blühende Städte wie Perlen die Purpurküste säumten.

Staunend, fassungslos betrachtete Abram die riesigen Handelsschiffe, die sich an den Kais drängten. Durch und durch aus Zedern- oder Eichenholz waren sie gefertigt, vom Kiel bis zum Mast, während die Schiffe des Meerlands eher riesigen Schilfflößen glichen. Und tatsächlich war ja Berdi-Schilf das einzige Material, das den Schiffsbauern des waldarmen Meerlandes zur Verfügung stand, ein preiswerter Rohstoff, der sich aber in Formbarkeit, Dichte und Festigkeit nicht mit Holz messen konnte. Kein Wunder also, dass die waldreichen Länder der Purpurküste im Überseehandel das Meerland inzwischen weit hinter sich gelassen hatten. Über die Purpurküste im Norden kam ein Strom von Gold ins Land, über Städte wie Ugarit und Beruta an der südlichen Purpurküste liefen die Handelswege des Bernsteins, kamen Techniker, Söldner und Schreiber. Hier, in den Ländern am Oberen Meer, lag die Zukunft. Entsprechende Briefe an seinen Bruder Nachor ließ Abram durch die Tafelschreiber ausfertigen, blieb auch mit Sarai auf diesem Weg in Verbindung und die Götter von Ugarit, an ihrer Spitze der Himmelskönig El, segneten den Fremden aus Charranum.

Denn im Gegensatz zu den Städten des Südens, wo ein geläufiges Sprichwort sagte: »Nicht mehr als ein Sklave gilt in der Stadt ein Fremder«, gab sich Ugarit weltoffen und aufgeklärt, auch seine Handelskontore verschlossen sich den Fremden nicht. Ja, man lernte dort Abrams Urteil zu schätzen, seine gemessene, bedächtige Art nahm die Menschen für ihn ein; die frühzeitigen Silberfäden im Bart- und Kopfhaar rundeten das Bild eines gesetzten, reifen Mannes ab. So erfüllte sich auch im Purpurland an Abram das Sprichwort: »Der Gerechte erreicht sein Ziel.«

Natürlich ehrten seine Gastfreunde Terachs Sohn auch mit manchen Gefälligkeiten, darunter fügsamen Sklavenmädchen. Doch zwischen sie und Abram drängte sich die Erinnerung an Sarai, an ihre vertrauliche Liebe während der ersten Ehejahre, und daran gemessen schmeckte die Lust an anderen Frauen ihm schal. Irgendwann verlor er das Interesse an dergleichen Gefälligkeiten, einer Vergangenheit nachtrauernd, für die es, wie ihm schien, nie mehr eine Gegenwart geben würde.

Schließlich wuchs in ihm das Gefühl, dass sich seine Reisezeit langsam dem Ende entgegenneigte. Nach Charranum wollte er wieder zurück, plante, sich dort dauerhaft niederzulassen und die restlichen Lebensjahre beschaulich zu verbringen. Eine Ahnung sagte ihm allerdings, dass damit die Zeit der Abrechnung gekommen war: Dafür, dass er und Sarai sich so lange gemieden hatten, würden sie beide bezahlen müssen. Ihm graute davor, doch er brachte seine Geschäfte im Purpurland zu Ende und reiste mit einer Karawane nach Charranum. Hatte er seine Lebensjahre richtig gezählt, musste er jetzt vierzig sein. Über drei Jahre hatte er Sarai, seine Frau, nicht mehr gesehen. Wie würde das Wiedersehen ausfallen?

In Charranum schloss er glücklich den Bruder in die Arme, Nachor, der jüngst aus dem Meerland hierher übergesiedelt war. Seit fünfzehn Jahren war die ganze Familie zum ersten Mal wieder vollständig beieinander. Entsprechend musste gefeiert werden. Auch Terach fehlte dabei nicht; an ihm war die Zeit wie spurlos vorbeigegangen. Das Haus an der Krummen Straße konnte die Kinder und Kindeskinder Terachs kaum fassen: Milka hatte dem Nachor inzwischen viele Male geboren, seine Nebenfrau brachte noch vier Kinder dazu. Auch Lot hatte geheiratet und seine Frau Adit hatte ihm bereits zwei Töchter geschenkt. So konnte sich Terach gar nicht satt sehen an all dem Nachwuchssegen und er dankte den Himmelsbewohnern mit einem öffentlichen Handerhebungsgebet.

Für Sarai war das Familientreffen eine Qual. Sie schämte sich mehr denn je ihrer Wurzelverstocktheit, neidete Milka und Adit den Kindersegen und schämte sich ihrer Missgunst zugleich. Darum saß sie stumm mit im Kreis, fand auch keinen Trost bei ihrem Mann, der ihre Bedrängnis, ja, ihre Not nicht einmal zu bemerken schien. Sicher, dachte sie bitter, hatte ihr Mann wie Dumuzi, der Hirtenjunge, sich während der vergangenen Jahre an anderen Frauen schadlos gehalten, während sie, Sarai, in ihrer privaten Hölle wie Inanna in der Unterwelt am Schlachthaken hing, schon wieder oder noch immer allein in ihrem Elend.

Als sich die Familie nach drei Tagen wieder verstreute, überhäufte sie Abram mit Vorwürfen. Sie alle endeten in dem einzigen Schrei: »Schaffe mir Kinder oder ich sterbe!« Dann warf sie sich an seine Brust und klagte: »Oh, Abi, was ist nur aus unserer Liebe geworden!«

Abrams Gesicht wurde eisig, sein Körper versteinerte. Doch war er bis in seine Seele erschrocken und fragte sich: War das schon die Stunde? Nein, noch nicht, noch war er nicht bereit. Sarai schien von seiner Angst nichts zu bemerken. Nach seiner Hand fasste sie, zog ihn mit sich und bettelte: »Lass uns versuchen neu anzufangen. Ich habe unser Lager gerichtet, alles zwischen uns soll wieder sein wie früher.«

Abram roch den Duft ihrer Haut, wusste plötzlich, dass Sarai sich für diesen Abend gebadet, geölt, mit süßen Harzen beräuchert hatte, sah, wie sie sich für ihn entkleidete, bemerkte, wie schön, wie begehrenswert Sarai auch jetzt noch mit ihren mehr als dreißig Jahren war, ja, und er spürte dankbar, dass sich zugleich die Manneslust in ihm regte. Seine Kraft aber blieb gefesselt, er war zu schwach, in sie einzugehen, so verzweifelt er sich auch darum bemühte. Irgendwann bemerkte es auch Sarai. Sie weinte laut auf, kehrte ihm erbittert den Rücken zu und schluchzte sich in den rettenden Schlaf.

Ihm jedoch wollte der Schlaf nicht kommen. Trostlos, mit trockenen Augen lag Abram die ganze Nacht wach und wusste, jetzt war es so weit. Die Stunde der Wahrheit war da, nein, sie hatte eben erst begonnen und würde sie beide noch teurer zu stehen kommen.

Morgens fand Sarai ihn im Schreibraum. Mit einer Handbewegung wies sie seine Schreiber vor die Tür und stellte sich Auge in Auge mit ihm vor Abram hin.

»Wir haben getan, was wir konnten«, sagte sie mit flacher Stimme. »Jetzt können uns nur noch die Götter helfen. Geh ins Zedernhaus, lass den Gottherrn im Traum zu dir kommen. Er soll uns zeigen, was mit uns werden soll. Denn anders muss ich sterben.« So sprach sie, langsam, als müsste sie jedes Wort zählen, und jetzt waren auch ihre Züge hart und starr.

Unwillkürlich spreizte Abram in Abwehr die Hände. »Nein«, brach es aus ihm heraus. »Niemals werde ich das tun. Noch nie im meinem Leben habe ich einen Bardu-Priester um ein Orakel gebeten.«

»Es geht doch um kein Orakel«, fuhr Sarai ihn an. »Der Gott schickt dir einen Traum und der Bardu soll ihn erklären. Mehr nicht. Ist das etwa zu viel verlangt?«

»Der Mensch versuche die Gottheit nicht«, protestierte er schwach, plötzlich in panische Angst versetzt, sich dem Gott Terachs preisgeben zu sollen: Terachs Gott, der sein Leben vergiftet hatte. Aber ja, das war die Stunde der Finsternis, die Abrechnung zwischen ihnen war fällig.

Denn Sarai redete weiter und sagte herausfordernd: »Was überlegst du noch? Wozu bist du eigentlich zurückgekommen!«

Es war die Frage, die er befürchtet hatte, denn er konnte sie nicht beantworten. Deshalb ließ Abram seine Hände sinken und versprach: »Also gut, ich gehe, gleich heute.« Dann kehrte er ihr den Rücken zu und bat sie: »Geh. Schick meine Schreiber zu mir. Und lass du mich jetzt bitte allein.«

Sarai antwortete nicht, marschierte zur Tür, rief über den Hof und gleich darauf meldeten sich Abrams Schreiber eilfertig zurück.

Abram sah sie an und überlegte verzweifelt, was er den beiden eigentlich hatte diktieren wollen. Er stotterte einen

Satz, verbesserte sich, begann von vorn, packte dann voll Wut einen Klumpen Schreibton, klatschte ihn auf den Boden und jagte die Schreiber wieder hinaus. Unschlüssig blieb er stehen, strich sich übers Gewand, fingerte an seinem Gürtel herum, verließ mit einem plötzlichen Entschluss den Raum und machte sich auf den Weg zum Tempel des Sin, zum Echulchul.

Geehrt durch den prominenten Klienten, wies Balasu, der oberste Priester, den Sohn Terachs ins Zedernhaus ein. Abram wurde gebadet, mit Seifenkraut und Soda abgerieben, bekam die Haupt- und Körperhaare abrasiert, Hand- und Fußnägel geschnitten, dann wurde er beräuchert, mit frischen weißen Kleidern angetan und in einen abgeschiedenen Raum gebracht. Dort setzte ihn Balasu auf eine Hungerkost von Wasser und Brot.

Er solle, belehrte ihn Balasu, so gut wie möglich den Schlaf von sich fern halten, bis er in die Zelle des Gottes gebracht werde, um dort vor dessen Füßen zu schlafen und seinen Traum zu finden.

Mehrere Tage lang wiederholte sich der gleiche Vorgang. Abram wurde aufs Neue gebadet, mit dem Bronzemesser rasiert, er wurde wieder beräuchert und auf Wasser und Brot gesetzt, ohne dass es ihm gestattet gewesen wäre, mit irgendjemand zu reden. Willenlos ließ er alles über sich ergehen und fühlte sich langsam wie Ton, aus dem die Priesterhände das Gefäß formten, in das der Gottherr seinen Traum legen würde.

Bilder stiegen in ihm auf, Erinnerungen kamen und gingen, innere Türen öffneten sich, Worte flüsterten in seiner Seele. Der Schlangenhalsvogel glitt ins Wasser, lautlos schwebte ein Boot durchs Schilf. Schließlich verlor er jedes Gefühl für Zeit und Raum, fühlte sich irgendwann aufgehoben, wie schwebend getragen und dann behutsam abgesetzt und gebettet.

Als er nach einiger Zeit die Augen öffnete, sah er Licht flackern und über sich den Himmelsherrn. Der reckte ihm seinen rechten Arm mit dem Mondzepter entgegen. Dann wurden Abrams Lider schwer wie Blei und eine endlose Ruhe überkam ihn, unwirklich sanft, und so schlief er zu Füßen des Gottes ein.

Sein Traum überfiel ihn so plötzlich, dass sein Herz augenblicklich losraste. Er sah sich selbst ins Zedernhaus eintreten, in jeder Hand eine Opferschüssel. Und die Himmelsleute, große und kleine, hatten sich zur Mahlzeit versammelt. Da stellte er seine Schüsseln unter sie und wartete, dass sie sich nähmen und sättigten. Aber sie rührten sich nicht. Auch nicht Sin, Terachs Gott, der als größtes Bild unter ihnen stand, das Zepter erhoben. Verschmähten die Himmelsbewohner sein Opfer? Nun greift doch zu, hörte Abram sich sagen. Doch die Himmelsbilder weigerten sich immer noch. Da hatte er plötzlich einen Knüppel in der Hand, hieb auf sie ein, schlug die Götter des Echulchul kurz und klein, und er traf dabei den großen Sin so hart, dass dem Gottherrn der rechte Arm abbrach. In diesem Augenblick öffnete sich in seinem Traum die Tür und Vater Terach trat ein. Er war sehr zornig und schimpfte, als er den Schaden sah, griff nach dem Mondzepter des Gottes, trieb Abram damit vor sich her und stieß ihn unter Verwünschungen zum Zedernhaus hinaus.

Mit einem Satz fuhr Abram hoch, prallte gegen den Fußschemel des Gottes, begriff, dass dies sein gesuchter Traum gewesen war, kam schreiend auf die Füße, stieß dabei den Lichtständer um, verfing sich in den Vorhängen und schrie immer noch um Hilfe, als es ihm endlich gelang, sich zu befreien.

Vor der Gotteszelle stürzte ihm Balasu mit einer Fackel entgegen. Er fing Abram auf und redete ihm gut zu. »Du hast gleich einen Schrecktraum gehabt«, sagte er und stellte die Fackel in einem Halter ab. »Das passiert am Anfang schon mal. Aber der Traum wird sich auflösen wie ein Erdklumpen, der ins Wasser fällt. Lege dich, Herr, dass der Gott weiter mit dir spricht.« Damit führte er Abram zurück hinter den Vorhang und bettete ihn wieder zu den Füßen des Gottes. »Schlaf weiter«, sagte er und murmelte eine Beschwörung: »Ein Messer aus Wind wird das Windschaf schlachten, und sein Fleisch essen die Toten, ihre Nahrung ist das Schattenschaf –« Danach überließ er ihn wieder sich selbst.

Abrams Herz beruhigte sich allmählich. Er streckte sich aus und merkte kaum, wie der Schlaf ihn abermals mit sich nahm.

Das nächste Traumbild kam sanft. Durch die menschenleeren Straßen von Charranum sah er sich schlafwandelnd gehen, und als er im Traum erwachte, befand er sich vor dem Westtor der Stadt und schaute vom Stadthügel hinab über das weite Land. Tiefer Friede überkam ihn. Dann spürte er jemand in seiner Nähe. Doch es drängte ihn nicht, sich umzusehen. Denn plötzlich war ihm klar, dass dieser unsichtbare Begleiter schon immer bei ihm gewesen war.

Es verwunderte ihn darum auch nicht, als der andere jetzt

mit der Stimme seines Schutzgottes zu ihm sprach und sagte: »Auf, geh aus deinem Land und aus deiner Verwandtschaft und aus dem Haus deines Vaters in ein Land, das ich dir zeigen werde. Ich will dich zu einem großen Volk machen und in dir will ich segnen alle Völker der Erde.« Da erwachte Abram aus seinem zweiten Traum.

Aber der Traum blieb ihm deutlich vor Augen und seine Worte blieben ihm im Ohr: »Lech lecha, auf und geh!« Sein Schaddai befahl ihm, den Göttern Terachs Abschied zu geben, sich vom Vater loszusagen und abzuschneiden. Von nun an würde er also seine eigenen Wege gehen. Erleichterung überkam Abram, aber auch Angst, den Vater zu kränken, Terach widerstehen zu sollen. Doch das Gefühl der Erleichterung überwog. Denn sein Schutzgott würde ihn, Abram, an die Hand nehmen und ins verheißene, erträumte Land bringen, um Sarai und ihn dort zu mehren, dass ihnen endlich die ersehnte Nachkommenschaft geschenkt würde. Und so erhob sich Abram und verließ das Zedernhaus und die Götter seines Vaters und ging.

Hinter sich hörte er die Priester zum Frühopfer marschieren. Doch er wandte sich nicht um, hastete durch die menschenleere Stadt und kam zu seinem Haus an der Krummen Straße. Der Türhüter fuhr auf, grüßte ihn verschlafen und starrte ihm hinterdrein. Durch den Innenhof betrat Abram seinen Raum, entkleidete sich und zog seine eigenen Gewänder an, umwickelte den nackten Kopf mit einem bunten Tuch und lief zu Sarais Räumen hinüber, eilends, war doch die Botschaft für sie beide bestimmt.

Es war erst die äußerste Grenze des Morgens, doch Sarai stand bereits an ihrem Webstuhl und zog die Spannfäden nach. Auf ihre Arbeit konzentriert, hatte sie ihren Mann nicht eintreten hören und fuhr herum, als er plötzlich bei ihr stand.

»Hast du mich erschreckt«, meinte sie. Dann sah sie Abrams Gesicht und holte Luft. »Hat der Gott zu dir gesprochen?«, erkundigte sie sich, zwang sich zur Ruhe, nahm einen der Spannfäden zwischen die Zähne und versuchte das andere Ende am Kettbaum zu verknoten. Doch ihre Finger flogen.

Und Abram schilderte ihr atemlos seinen Traum. Jedoch nur den zweiten, weil er fühlte, dass der Schrecktraum am Anfang allein ihn und Terach betraf.

Sarai aber ließ den Webstuhl stehen, fiel ihrem Mann um den Hals und küsste ihn ab. »O ja, das lass uns tun«, rief sie stürmisch. »Du kannst dir nicht vorstellen, wie ich dieses Haus hasse. Ja, lass uns in ein anderes Land gehen, reisen, in Zelten leben, wie damals, als wir noch jung waren. Und zu einem Volk sollen wir werden – das kam wirklich wortwörtlich vor in dem Traum, das hast du richtig gehört?«

»Ja«, bestätigte er ihr. »Ich will dich zu einem großen Volk machen – das waren die Worte des Gottes.«

»Dann müssen wir uns aber beeilen«, platzte Sarai lachend heraus. »Also auf. Lech lecha heißt es ab jetzt.«

Damit wand sie sich aus seinem Arm, langte nach seinem Gürtelmesser und durchschnitt mit einem Streich die Fäden am Kettbaum. Das begonnene Gewebe, einen Purpurschal, ließ sie achtlos verkrumpelt im Rahmen hängen und rief: »Lech lecha, ich wecke Hagar und die Mädchen, und wir machen uns, lech lecha, ans Packen.«

Abram lachte, zog sie an sich und küsste sie, die mit einem

Mal weich in seinen Armen lag. Das bunte Tuch rutschte von seinem Kopf, und Sarai platzte los, als sie seinen blanken Schädel sah, streichelte seine Kopfhaut und flüsterte: »Richtig verwegen siehst du aus ohne Bart und mit dem nackten Kopf. Komm, setz dich, ich hole uns zu essen.« Damit war sie zur Tür hinaus.

Abram sah sich in Sarais Raum um. Wie vertraut das alles war: der Webstuhl – ihr Stolz, ein Prachtstück aus bräunlich geädertem schwarzem Ebenholz –, Stühle und Hocker, belegt mit bunten Polstern, der Räucherständer, Wandbehänge, Teppiche, Sarais Bett, die Decke halb zurückgeschlagen, die Laken zerwühlt. Ja, wie vertraut ihn all die Dinge anblickten, doch auch schon fremd. Denn das meiste davon würden sie zurücklassen, wenn sie ins Unbekannte aufbrachen, in das verheißene, erträumte Land, das ihnen Schaddai, sein Schutzgott, zeigen würde. Abram bückte sich nach Sarais halb fertigem Purpurschal und legte den Stoffstreifen, der lose in den zerschnittenen Kettfäden hing, behutsam auf das Rahmenende.

»Lech lecha, auf, los, wir gehen« wurde in diesen Tagen zu Sarais Lieblingswort. Damit feuerte sie die Mägde und Sklavinnen und unaufhörlich auch sich selber an. Mit »Lech lecha« bedrängte sie ihren Mann, unverzüglich zu Terach zu gehen, um ihn von dem geplanten Aufbruch in Kenntnis zu setzen. Abram aber zögerte die Zeit hinaus, vor den Vater zu treten, denn er wusste, dies würde nicht nur einen Abschied bedeuten, sondern würde die endgültige Trennung von Terach sein.

So begab er sich zuerst vor die Mauern der Stadt zu Lot, seinem Brudersohn, und trug ihm an, mit ihm das Obere

Land zu verlassen. Nicht, indem er Lot bedrängte oder zu überreden versuchte. Aber er schilderte ihm seinen Traum und versprach ihm, Schaddai werde auch Lot und dessen Haus unter seine Flügel nehmen, wenn er sich denn entschließen könnte mitzuziehen. Zu seiner Überraschung willigte sein Bruderssohn ohne Umstände ein. Vielleicht, weil auch Lot eigentlich ein wanderlustiger Mann war, der sich zu lange schon an das Königslehen gebunden fühlte. Überdies, erklärte er Abram eifrig, sei jetzt gerade die beste Wegzeit. Der Frühling sei nicht mehr weit, die Steppe trage bald frisches süßes Gras, und wenn sein Vatersbruder nicht auf Eile dränge, dass auch die Frühlämmer mit ihnen Schritt fassen könnten, gehe er gern mit, denn er habe den abenteuerlichen Auszug ins Obere Land noch nicht vergessen.

Schließlich hatte Abram auch Nachor von seinem Entschluss in Kenntnis gesetzt. Der hatte die Hände zusammengeschlagen, war vor Entsetzen blass geworden und hatte ihn bestürmt, zu bleiben, ihn und den Vater nicht im Stich zu lassen. Aber Nachor hatte ihn nicht umstimmen können, und Abram war froh gewesen, als er sich endlich von dem lamentierenden Bruder losmachen konnte. Nun ließ sich auch der Gang zum Vater nicht länger hinausschieben. Doch schon auf dem Weg zum Echulchul zögerte Abram aufs Neue, kehrte um und suchte den Bruder in seinem Haus ein zweites Mal auf.

Nachors Gesicht erhellte sich, als er den Bruder zurückkommen sah.

»Nicht wahr, du überlegst dir alles noch mal«, empfing er Abram. »Jedenfalls muss es ja nicht gleich für immer sein, dass du deine Sachen packst. Lass Sarai hier. Ich werde ihr Haus durch Elieser, meinen Mann aus Dimaschki, mitversehen lassen.«

Diesmal standen bei ihrem Gespräch Uz und Bus, Nachors älteste Söhne, ehrerbietig hinter ihrem Vater. Zwei kräftige Jungen, fünfzehn und sechzehn, schätzte Abram, und sie wuchsen Nachor bereits über den Kopf. Ein kleiner Hemdenmatz klammerte sich an Nachors Knie, während seine restliche Kinderschar hinten auf dem Hof lärmte. Ein großes Volk, das Nachor mit seinen Frauen gezeugt hatte! Würde sich um ihn, um Sarai, später auch mal so eine Kinderschar tummeln? Abram konnte es nicht glauben, doch er zweifelte nicht an dem Wort.

»Nein, Bruder.« Abram kehrte aus seinen Gedanken zurück. »Die Sache ist unwiderruflich. Ich war schon auf dem Weg zum Vater, um es auch ihm mitzuteilen, da fiel mir unterwegs eine Angelegenheit ein, bei der ich dich um deinen Rat fragen wollte.«

»Bei der Milch meiner Mutter«, rief Nachor und schlug die Hände über dem Kopf zusammen, »willst du wirklich wegziehen, dann gibt es ja noch unendlich viel zwischen uns zu regeln!«

»Unter Brüdern dürfte das nicht schwer sein«, meinte Abram wegwerfend. »Sogar ganz leicht wird es sein, wo du jetzt hier und nicht mehr unten im Meerland bist. Wir können also von Mund zu Mund über alles sprechen. Das Haus, meine Handelskette, das Königslehen, das Lot verlässt –«

»Lot«, schrie Nachor so laut, dass Uz und Bus zusammenfuhren und Abram finstere Blicke zuwarfen, »Lot also«, fuhr Nachor, wieder zu Atem gekommen, fort, »geht der etwa auch mit?«

»So ist es zwischen uns beschlossen«, bestätigte Abram. »Aber du bist doch da, du und deine Söhne, ihr seid ja doch im Land, dass unser Vater nicht allein hier in der Stadt zurückbleiben muss.«

»Lot«, wiederholte sein Bruder noch mal halblaut. »Solche reisenden Leute, wie ihr seid, wie du's, Abram, vor allen Dingen bist, die werde ich nie verstehen. Denk nur, was du alles im Stich lässt!«

»Ich brauche nicht darüber nachzudenken, ich weiß es«, entgegnete ihm Abram. »Ich lasse nichts zurück.«

Eine Pause entstand, in der sich die Brüder musterten wie zwei Fremde.

»Um auf meine Bitte zurückzukommen«, beendete Abram ihr Schweigen, »ich suche einen tüchtigen Mann, den ich über meine Leute setzen kann. Denn ich kann mich unterwegs nicht allein um alles kümmern. Mir fällt aber niemand ein, den ich als Aufseher und Verwalter brauchen könnte, und so jemand kauft man ja nicht frisch vom Markt.«

Rat suchend sah sich Nachor nach seinen Söhnen um.

»Elieser«, schlug Bus vor. »Elieser, von dem du vorhin gesprochen hast, Vater.«

»Ja, Elieser«, wiederholte Nachor und scharrte mit seiner Sandale auf dem Boden. »Ein wenig jung noch, wenigstens für meine Begriffe, aber zuverlässig ist er. Er stammt, wie gesagt, aus Dimaschki und hat sich an unser Haus gewöhnt, ein bedächtiger, fleißiger Bursche. Und wenn ich's mir recht überlege, könnte ich ihn jetzt gerade gut brauchen. Zum Beispiel für die Verwaltung des Ackerlands, das Lot aufgeben will. Also, ich gebe ihn nicht gern her, aber wenn du mich fragst, kannst du ihn geschenkweise von mir kriegen.«

»Ich möchte ihn sehen und wir wollen ihn selber fragen«, sagte Abram.

»Dann schaut, wo er steckt«, befahl Nachor seinen Söhnen.

Sie kehrten bald mit einem schlanken, kraushaarigen jungen Mann zurück, der Abram höflich nasereibend und mit der Hand an der Stirn begrüßte.

»Das ist Abram, mein Bruder, er sucht einen Aufseher über seine Leute, der ihm unterwegs an die Hand geht. Ich habe dabei an dich gedacht, mein Guter«, eröffnete ihm Nachor. »Ich würde dich meinem Bruder vermachen. Würdest du mit ihm gehen?«

Elieser begegnete Abrams prüfenden Augen aufmerksam, aber ehrerbietig. Ja, dachte Abram, der Mann gefällt mir.

»Wohin zieht Ihr, Herr?«, erkundigte sich Nachors Handmann.

Abram hob die Schultern. »Zuerst vielleicht ins Land Jamchad, dann weiter hinunter nach Dimaschki, wie der Gott es fügt und will.«

Elieser warf seinem Herrn einen fragenden Blick zu.

»Sprich nur«, forderte der ihn auf. »Aber bedenke, was das Sprichwort sagt: Was einer in Hast beschließt, wird er später bereuen!«

»Ich hänge wie ein Sohn an Euch, Herr«, sagte Elieser.

»Und Eure Kinder sind mir wie Geschwister. Aber Ihr würdet mich Eurem Bruder lassen?«

»Geschenkweise«, betonte Nachor. »Und er bestand darauf, dass man dich erst selbst frage.«

»Dann gehe ich mit Euch, Herr«, sagte Elieser, bückte sich, hob Abrams Gewandsaum auf und küsste das Tuch.

»Danke, Bruder«, sagte Abram und umarmte Nachor.

»Und du«, wandte er sich an Elieser, »du kannst gleich mit mir kommen, dass ich dich in mein Haus einführe. Deine Habe kannst du später abholen.«

»Ich bin bereit, Herr«, antwortete Abrams neuer Verwalter, und Abram wusste, dass ihn sein rascher Entschluss nicht reuen würde. Denn er hatte gleich an den nachdenklichen Augen des jungen Mannes Gefallen gefunden.

Im Haus an der Krummen Straße übergab er seiner Frau den neuen Handmann, der, wie Hagar über die Frauen, nun das Regiment über das männliche Gesinde des Hauses führen sollte. Dann beschloss Abram, sich durch nichts mehr aufhalten zu lassen. Er musste nun den Vater sehen.

Der Türhüter Terachs erkannte ihn und brachte ihn zu seinem Vater ins Arbeitszimmer. Abram fand den Alten, behaglich zurückgelehnt in seinem gepolsterten Sitz, mit einem Sklaven zu Füßen, der ihm die eingeschrumpften Waden massierte.

»Lu schalmata«, grüßte Abram und rieb sich die Nase.

»Lu baltata, mögest du leben, mein Sohn«, grüßte Terach zurück. Seine Augen leuchteten auf, als er Abram sah, und er befahl dem Türhüter: »Schieb einen Lehnstuhl herbei. Ja, und lege die weichen Daunenkissen hinein! Dieser mein Sohn ist Tischgenosse der Fürsten bis ans Obere Meer, er ist mein Erbe.«

Abram nahm auf der Sesselkante Platz und ließ die Arme zwischen die Beine hängen. Schon jetzt fühlte er sich elend.

»Nun, mein Sohn, was führt dich zu mir?«, erkundigte sich

Terach und bedeutete dem Sklaven, mit der Massage fortzufahren. »Meine Beine wollen nicht mehr recht«, beklagte er sich, zu seinem Sohn gewandt. »Mitunter plagen mich scheußliche Wadenkrämpfe. Aber was bringst du Gutes, mein Sohn?«

»Ich komme, Abschied zu nehmen, Vater«, antwortete Abram.

»Abschied?«, fragte Terach verwundert. »Du bist doch gerade erst vom Purpurland zurück. Aber gut, dass du gekommen bist. Ich wollte ohnehin nach dir schicken. Es wird Zeit, dass wir deine Zukunft besprechen.« Terach machte eine nachdenkliche Pause, winkte dem Sklaven, das Bein zu wechseln, und fuhr fort: »Du wirst hoffentlich nicht wieder so lange ausbleiben wie zuletzt? Denn langsam kommt die Zeit, dass ich mein Amt im Zedernhaus in jüngere Hände legen muss, in die deinen. Aber dir fehlen dazu die Ausbildung, priesterliches Wissen, Kenntnisse der Tempelverwaltung und was sonst noch dem Haupt des Priesterkollegiums obliegt.«

»Ich gehe und kehre nicht wieder, Vater«, unterbrach ihn Abram behutsam. »Das Kollegium soll sich nach einem anderen Nachfolger umschauen.«

Terach blickte ihn entgeistert an, schnickte den Fuß nach dem Sklaven, der erschrocken innegehalten hatte. »Weiter, Kerl, weiter oben links!« Dann fasste er seinen Sohn stirnrunzelnd ins Auge. »Meine alten Ohren! Ich habe dich nicht richtig verstanden, sprich lauter!«

Abram richtete sich auf. »Entschuldige, Vater, aber ich sagte, ich gehe und kehre nicht wieder zurück. Ich verlasse Charranum und Maitani.«

»Du kannst nicht meinen, was du da sprichst«, protestierte Terach. »Wer bleibt mir denn, wenn du nicht mehr bist?«

»Nachor«, antwortete Abram.

»Nachor –«, wiederholte Terach lang gezogen.

»Ja, Nachor und seine Kinder«, sagte Abram heftig. »Oder zählen die etwa nicht?«

Der Alte machte eine gleichgültige Bewegung. »Alles kein Same vom reinen Samen«, meinte er. »Das seid nur ihr beide, du und Sarai. Nur ihr könnt der Familie das Priesteramt erhalten.«

»Wir haben keine Kinder, das weißt du, Vater«, erinnerte ihn der Sohn.

Terach lachte. »So jung, wie ihr beide seid! Als ich meiner zweiten Frau deine Schwesterfrau in den Schoß setzte, war ich älter, als du jetzt bist. Ja, Nachor hat einen ganzen Hof voll Kinder, ich kann sie gar nicht alle zählen, ständig kommen neue dazu, noch weniger kann ich mir ihre Namen merken. Aber ich sage dir, ein einziger Sohn von euch beiden würde alle Söhne Nachors aufwiegen.«

»Aber der Gott schenkt uns keinen Sohn«, hielt Abram dagegen. »Dein Gott ist Sarai und mir nicht wohlgesinnt.«

»Auch eines Gottes Sinn lässt sich erweichen, mein Sohn. Ich werde für dich bei dem großen Sin eintreten. Eine Prüfung ist's für euch beide, nur das«, wies ihn Terach zurecht. »Bisher habe ich mich zurückgehalten, ich wollte mich nicht in eure Angelegenheiten einmischen. Es war ja auch noch viel Zeit, Zeit genug. Aber jetzt werde ich vor dem guten Hirten für euch eintreten, eintreten mit aller Leibeskraft, die mir geblieben ist, hörst du? Ich will ihm den Gewandsaum halten, dem König der Götter, werde meine Augen auf ihn richten bei Tag und bei Nacht, ja, ich werde meine alten Knie vor ihm beugen, fußfällig für euch bitten, bis mich der gehörnte Gott erhört – dies alles und noch mehr zu tun gelobe ich dem König der Götter, um seinen Sinn zu erweichen, und Sin wird seinen Diener erhören: Sin palich schu ide, ist doch Herzenszerknirschung ihm angenehm! – Du hörst, was ich meinem Sohn sage«, rief Terach seinem Fußsklaven zu. »Du bist Zeuge dem Gottherrn gegenüber, dass ich's gelobe. Nun hör auf, lauf und hole den Arzt! Er soll eilen und kommen, dass er meine alten Knochen tüchtig mache zu Fußfall und Gebet!«

Der Sklave ließ von Terachs Waden ab, schnürte ihm die Sandalen und setzte behutsam beide Füße auf dem lapislazuliblauen Schemel ab. Dann verschwand er, indem er sich rückwärts gehend verneigte.

Terach ächzte. »Sohn, was kann ein Vater seinem Sohn mehr geben als sein Leben«, sagte er. »Und das habe ich eben gelobt. Einen Sohn sollst du haben, ich werde ihn dem Himmelsherrn abringen, Nachkommenschaft so zahlreich wie ein Volk, dass er deinen Namen groß mache.«

Abram fröstelte. Wäre da nicht das bestimmte »Lech lecha« seines Schutzgottes gewesen, dann hätte er in diesem Augenblick nachgegeben, so gewaltig erschien ihm der Glaube Terachs und er verneigte sich vor ihm.

Dann aber stand er auf und sagte: »Es ist zu spät«, band sein buntes Tuch vom Schädel und sagte dem Vater: »Du siehst meinen nackten Kopf, ich war im Echulchul. Und der Gott hat zu mir im Traum geredet, deiner und meiner. Deiner war zornig und ich habe mich von ihm abgeschnitten. Mein Gott aber führte mich vors Stadttor und sagte zu mir:

100

Lech lecha, geh aus dem Haus deines Vaters in ein Land, das ich dir zeigen werde! Deswegen gehe ich. Weil mein Schutzgott zu mir gesprochen hat und weil er es mir befiehlt.«

»Geh aus dem Haus deines Vaters –«, wiederholte Terach böse. »Kein Gott gibt gotteslästerliche Befehle. Wer ist denn das, dein Gott, der dich aufhetzt gegen deinen Vater, der dich heißt, dich an mir zu versündigen? Etwa Marduk oder einer von dessen üblen Gesellen, die ihre Väter fressen, um des Vaters Herrschaft an sich zu reißen? Wer also ist dieser dein Gott, der Vatermörder?«

Abrams Gesicht lief rot an, mühsam beherrschte er sich, um dem Vater keine unehrerbietige Antwort zu geben. »Scheddu ist es, den ich Schaddai nenne«, antwortete er langsam, stand auf und tat in Gedanken seinem Schutzgott, der ihn von Kindesbeinen an begleitet hatte, Abbitte für Terachs boshafte Worte.

Doch Terach war noch nicht am Ende. »Scheddu, Scheddu, dein Schaddai«, äffte er seinen Sohn gereizt nach. »Scheddu, ich kenne seinen Namen, aber was mehr? Hat dein Gott irgendwo auch nur einen Tempel, Priester etwa, die ihn versorgen, spricht man zu ihm mit Handerhebungsgebeten? Nein, nirgends. Ein Steppengott ist dein Schaddai, ein Göttchen nur und kein Gott. Und will er sich für einen Menschen verwenden, muss er sich an einen Großen in der Gottesversammlung hängen, den erweichen durch Kniefall und mit Nasereiben. Wir Priester müssen's doch wissen. Junge, komm endlich zu dir –«, rief Terach mit erhobener Stimme und verließ jetzt ebenfalls seinen Sessel. »Nimm Zucht und Lehre von deinem Vater an!«, befahl er.

»Der Tod, der Vater der Tränen, tritt mich an, wenn du weiter so trotzköpfig redest.«

Erblassend wich Abram hinter sich, während Terach ihn mit ausgestreckter Hand zu fassen suchte. Aber dann stand er mit dem Rücken zur Wand und sah Terachs Arm, riesengroß, wie mit dem Gotteszepter bewaffnet, auf sich zukommen.

»Nein, Vater, nein«, schrie er, »tu's nicht!«

Dann klärten sich seine Augen und er fand den alten Mann schwer atmend vor sich stehen. In diesem Augenblick öffnete sich die Tür, der Arzt trat mit dem Fußsklaven ein. Terach schwankte, konnte gerade noch aufgefangen werden. Abram aber verließ fluchtartig das Haus. Es war geschehen, was er befürchtet hatte. Nach dem göttlichen Vater hatte er nun auch den menschlichen sich zum Feind gemacht. Er flüchtete barhäuptig nach Hause, suchte Sarai, fand sie im Vorratsraum zwischen Säcken, Lederschläuchen, Körben hantieren, riss sie mit sich in ihr Zimmer und erzählte.

Sie wurde blass.

»Ja, er kam auf mich zu, als wollte er mich erschlagen«, schloss Abram. »Der Vater seinen Sohn, als wäre ich ein Opfertier seines Gottes.«

»Ein närrischer alter Mann«, stieß sie voll Abscheu hervor. »Aber du bleibst dabei, mein Mann«, bettelte sie ihn an. »Um meinetwillen bleibst du dabei, wir gehen, oder?«

»Ja, jetzt erst recht«, antwortete er und erzählte Sarai seinen ersten Traum im Zedernhaus, der sich vorhin für ihn alptraumhaft wiederholt hatte.

Sarai wurde noch blasser. »Dann müssen wir nicht gehen, wir müssen fliehen«, sagte sie. »Hoffentlich ist dein Gott stark genug für uns beide.« So ließ sie ihren Mann stehen, ging hinaus und trieb ihre Mägde zur Eile an.

Wie um ihrer beider Unglück voll zu machen, verlor Sin, die Himmelsleuchte, zwei Tage darauf am helllichten Tag sein Licht. Etwas Schwarzes, ein unsichtbarer Schatten kroch langsam über sein Gesicht und die Leute in der Stadt schrien vor Entsetzen. »Die Böse Sieben, die Utukku-Dämonen«, heulten sie, beschmierten, groß und klein, arm und reich, ihre Gesichter mit Flussschlamm und zogen sich ihre Gewänder über den Kopf. Sogar die Marijanni-Soldaten gürteten sich mit Buße, trugen ihr Schwertgehänge rechts statt links, im Tempel zogen Wachen auf für die Götter, die Priester sprengten Sühne- und Reinigungswasser und brachen in lautes Klagegeschrei aus. An allen Ecken und Enden wurden außerdem Reinigungsfeuer angezündet, um die bösen Utukku durch süß riechende Dämpfe von Zedern- und Zypressenholz zu vertreiben. Dann begab sich eine Abordnung des Zedernhauses zum Balich-Fluss, stärkte seine Wasser durch Opfer, um sie vor dem Versiegen zu bewahren, brachte auch den brachliegenden Feldern versöhnende Opfer dar und kehrte im Sturmschritt zurück in die Stadt, um die Häuser mit Salz gegen die Böse Sieben zu versiegeln, die den Himmelsherrn verschlang, der wie ein Skelett dünn und zerbrechlich am Himmel stand.

Seit ihrer Trennung hatte Abram nichts von seinem Vater gehört, doch jetzt, mitten beim Mondsterben, ließ sich Terach mit der Sänfte in das Haus seines Sohnes tragen, stieg im Hof aus und rief nach ihm. »Abram, Abram, wo bist du?« Der erschrak, als er die Stimme seines Vaters vernahm, und wollte sich verstecken. Doch Terach rief noch einmal: »Abram, wo bist du?«

Da trat Abram vor ihn und sagte: »Ich wollte mich vor dir verbergen, denn ich fürchtete mich, Vater, vor dir.«

Terach machte eine ungnädige Bewegung, entdeckte auch Sarai und winkte sie herbei. Dann wies er hinauf zu dem verdunkelten Mond.

»Genügt euch dies als deutliches Zeichen?«, drohte er seinen Kindern. »Kein Mensch reicht bis in den Himmel, aber eure Sünde tut es, dass ihr durch euren Ungehorsam dem guten Hirten das Horn abbrecht. Ich habe mich hierher tragen lassen, um euch ein letztes Mal zu ermahnen: Heute, da ihr dies Gotteszeichen seht, verstockt euer Herz nicht, kehrt um!«

Abram duckte sich.

Doch Sarai trotzte ihrem Vater. »Lech lecha, nein, wir gehen!«, rief sie. »Was bist du für ein Vater, verschonst deinen eigenen Sohn nicht, sondern verlangst, dass er sich deinem Gott opfern soll. Nicht unsere, nein, deine Sünde ist es, die zum Himmel schreit!«

Terach zuckte zusammen, hielt sich an den Schultern seiner Sklaven fest. »Dann zieht, zieht«, stieß er hervor. »Aber ohne meinen Segen. Wärt ihr doch von den Knien eurer Mütter gefallen! Ihr seid meine Kinder nicht mehr!« Den Sklaven ungeduldig zunickend, ließ er sich in die Sänfte heben und zog die Vorhänge zu. Zurück blieb ein halber Fluch, ein Schrecken, der sich über die Geschwister, über das ganze Haus legte. Und Sarai weinte.

Eher fluchtartig als in friedlicher Ordnung verließ die Eselskarawane beim ersten Tageslicht die Mondstadt. Die

Reinigungsfeuer rauchten noch immer, und Schlamm kleb-
te noch auf den Gesichtern der Leute, die Abrams Aufbruch vom Tor und von der Mauer aus verfolgten. Viele
mit betroffenen Mienen, denn Abram und Sarai ließen viele Freunde zurück; andere waren bloß aus Neugier gekommen, ein paar aber auch wohl aus reiner Schadenfreude,
Priester- und Tempelleute vor allem, die Terach, dem ewig
jungen Greis, die Niederlage gönnten. Einige der Zuschauer spotteten auch und keiner hinderte sie. Wie kann man
das Leben in der Stadt gegen ein Haarhaus in der Steppe
eintauschen, fragten sie sich laut, nannten nun endlich doch
Sarai eine Wurzelverstockte, riefen's ihr lauthals hinterdrein und schmähten zugleich den Sohn Terachs, dessen
Manneskraft zwar kläglich versage, der sich dafür aber am
Reichtum der Stadt schadlos gehalten habe. Nur wenige äu-
ßerten sich so. Die aber nicht hinter vorgehaltener Hand,
sondern dass es im Torbogen schallte, so dass Nachor, der
zum Abschied vors Tor gekommen war, sich seines Bruders
schämte und niemand sich fand, der ihm in dieser Stunde
das Haupt aufgerichtet hätte. Terach war erst gar nicht erschienen. Aber mit welchen Worten der Alte seine beiden
Kinder verwünscht hatte, war jedem bekannt: Es war seit
gestern Stadtgespräch.
Abram und Sarai aber wussten, dass sie jetzt den Preis zahl-
ten, den sie zahlen mussten, damit keine Schuld hinter ihnen zurückblieb. Darum traf der Spott, trafen die Anwürfe
und Verleumdungen sie nicht. Sie ritten auf ihren Maultieren als Letzte hoch erhobenen Hauptes durchs Tor hinaus
dem Gefilde jenseits des Balich entgegen, wo schon Lot
mit seinen Herden und Packeseln auf sie wartete.

Unter der Elah

Ja, die Steppe würde bald blühen, Lot hatte richtig einen milden, zeitigen Frühling vorausgesagt, das sahen nun alle. Stäubten zuweilen auch noch feine Schneeschauer über sie, so zeigte doch das Steppengetier das Nahen der lebensfreundlichen Jahreszeit an. Stare auf dem Weg in den Norden legten Pausen auf den Rücken der wandernden Schafe ein und pickten in der Winterwolle nach Zecken und anderem Ungeziefer, hoch fliegende Vogelwolken fingen mit ihrem weißen Untergefieder das gleißende Sonnenuntergangslicht auf. Und an den Bächen der sanft gewellten Steppenlandschaft, die sich gegen das Land Jamchad hinzog, hängten bereits prächtig geschmückte Ufervögel ihre Nester kunstvoll in die Sträucher, riefen »lar-lar« und lockten ihre Partner. Darüber stießen Adler mit messerscharfen Krallen in die Fischgewässer hinab, Blesshühner schlugen schäumend mit ihren Schwingen das Wasser auf, und am Himmelsrand marschierten, das Federkleid vom Frühlingswind aufgeplustert, hoch erhobenen Hauptes Straußenpaare einher.

Abram begeisterte sich an den Elefantenherden, die gelegentlich in ihrer Nähe auftauchten und deren Trampelpfaden sie manchmal tagelang folgten. Schon auf früheren Reisen hatte er in der Gegend von Karkemisch die vierschrötigen Stoßzahntiere mit ihrem breitstirnigen Kopf, dem Nasenarm und den säulenartigen Beinen unter den gewaltigen Leibern zu Gesicht bekommen, doch noch nie so von nahem wie jetzt auf ihrem Weg durch die Steppe.

»Das muss wahrhaftig ein großer Herr sein, der solche ungetümen Tiere erschaffen hat«, bemerkte Abram eines Tages zu Elieser.

»Vielleicht, um mit ihnen zu spielen«, antwortete sein Knecht. »Oder dass sie uns mit ihren Trampelfüßen Wege durchs Steppengelände bahnen«, fügte er scherzend hinzu.

Abram lachte. Er suchte gern die Nähe Eliesers, der sich nicht nur als Aufseher bewährte, sondern auch im Gespräch an den Herdsteinen umsichtiges Urteil, Bedacht und Weitblick bewies.

Und an Zeit zu Gesprächen mangelte es ihnen nicht. Denn ihre Karawane zog gemächlich, fast schon schrittweise ihres Weges, weil auf die vielen Junglämmer Rücksicht zu nehmen war, die erst lernen mussten, mit ihren Müttern Schritt zu halten. Ja, Lots Herden kamen mit einer wahren Segensfracht nieder, die Ziegen wie auch die Schafe. Sarai und Abram hoben sich Zicklein und Lämmer auf ihre Schultern und trugen sie behutsam, zärtlich an sich gedrückt, ihren eilig einhertrappelnden Müttern hinterdrein. Die kleinen zutraulichen Tiere, ihre warmen Leiber erinnerten beide unaufhörlich an die Verheißung von Nachkommenschaft, mit der sie über die zu neuem Leben erwachende Steppe unterwegs waren.

Das gemeinsame Zeltleben brachte ihnen viel von der Vergangenheit zurück, die sie schon ganz verloren geglaubt hatten: das stillschweigende Einverständnis der Blicke, die ungezwungene Berührung, den vertraulichen Austausch an ihren Herdsteinen. Doch diese zurückgewonnene Zweisamkeit hatte nun ein anderes Gesicht als früher. Eher als aus Hunger suchten sich beide jetzt aus Dankbarkeit füreinander, in dem Bewusstsein, eine Beziehung neu eingegangen zu sein, in der keiner mehr allein unterliegen oder gewinnen konnte. Sarai ging oft ein Sprichwort des Meerlands durch den Kopf: »Wer liebt, trägt ein Joch«, und ihr wurde klar, dass sie früher das Wort nur halb verstanden hatte, nämlich nur in seiner nachteiligen Bedeutung. Denn dass das gemeinsame Tragen von Last wiederum auch ihre Liebe stärkte und reicher nährte, erfuhr sie erst jetzt. So wurde sie auch nicht ungeduldig, als sich zum zweiten, zum dritten Mal ihre Regel wieder einstellte. Ja, sie schämte sich heute der Szene, die sie Abram nach dem letzten Familientreffen gemacht hatte, als sie ihn angeschrien hatte: Schaffe mir Kinder oder ich sterbe! Doch sie wusste, dass Abram ihr diese unselige, bittere Nacht nicht nachtrug.

Als Sarais Regel zum dritten Mal einsetzte, Abrams Haupt- und Barthaar seine volle Länge zurückgewonnen hatte, befand sich die Herdenkarawane bei den ausgehöhlten Kalksteinufern des Purattum unterhalb von Karkemisch. Ein ganzer Nomadenstamm hatte in den Höhlen überwintert und begab sich gerade auf den Weidegang in die Steppe, die längst in allen Blütenfarben leuchtete. Im Schilfdickicht des Flusses gingen schon die Wildschweine mit ihren Jungen trächtig, riesige Herden des zottigen Schwarzwildes wühlten sich mit lautem Krachen durchs schaukelnde Schilf, angeführt von eselsgroßen Keilern mit gefährlichen Hauern. Und das Wasser des Purattum hatte bereits begonnen zu steigen. Für Mensch und Vieh war es also nicht ganz einfach, das gegenüberliegende weiße Steilufer zu erreichen.

Nur mit Mühe gewannen sie den Übergang, verloren dabei sogar zwei Lämmer, aber auch danach kamen sie nur langsam vom Fleck. Denn nicht nur die Segensfracht der Jungtiere gebot ihnen weiterhin ein gemächliches Wandern, sondern allein die Tatsache, dass die Karawane mit ihren dreißig, vierzig Zelten im Verlauf der Wanderung einen beträchtlichen Umfang angenommen hatte.

Endlich erreichten sie aber doch das Land Jamchad und hielten dort auf Chalab zu. Die Stadt unterstand zwar, wie Abram von seinen Reisen in Erinnerung war, einem Militärgouverneur des Oberen Landes, doch ihr Umland wurde trotzdem regelmäßig von plündernden Rabbu-Nomaden heimgesucht. Die Wegeverhältnisse wurden also unsicherer, und so galt es auf der Hut zu sein, die Karawane beständig durch Wachen zu sichern, von Spähern begleiten zu lassen und die Männer waffentüchtig zu halten. Elieser von Dimaschki aber besorgte das alles zur größten Zufriedenheit Abrams, der sich zu dem Geschenk seines Bruders nur immer wieder beglückwünschen konnte.

Das ließ er auch Elieser merken. Häufig lud er ihn an sein Herdfeuer, sprach mit ihm die fälligen Entscheidungen im Hinblick auf die nächsten Wegstrecken durch und lobte den Mann aus Dimaschki überdies vor aller Ohren. Elieser dankte es seinem kinderlosen Herrn damit, dass er sich Abram wie ein Sohn unterstellte.

Bei den Frauen gewann Elieser besonderes Ansehen durch seine kulinarische Spürnase. Nach den Regengüssen des Frühjahrs nämlich stocherte er unzählige leckere Trüffelpilze aus der Erde, fleischige, knollige Erdfrüchte, die unterirdisch in großen Nestern wuchsen, sich aber nur dem geübten Auge verrieten. Auf diese Weise bereicherte er wochenlang die gleichförmige Zeltnahrung mit Gaumengenüssen, die ihresgleichen suchten. Die Frauen zeigten sich ihm mit kleinen Aufmerksamkeiten erkenntlich, mit Ohrringen, bunten Bändern, geflochtenen Sandalen. Es blieb nicht aus, dass Elieser mit Einwilligung seiner Herrschaft bald ein Mädchen als Braut in sein Zelt führen konnte.

Unter freiem Himmel feierte man zwischen Pinien, Wacholder und Pistazienbäumen Hochzeit, Gesinde und Herrschaft, Kinder und Kindeskinder, alle stießen Freudentriller aus, umtanzten das Paar und wünschten reichen Kindersegen: »Die Frau, die du freist, die Frau, die du zu dir holst, die junge Frau in deinem Zelt, die soll dir sieben Manneskinder tragen, ja, acht Söhne soll sie für dich zur Welt bringen –« So sangen die Leute, riefen es Elieser, riefen es der Braut zu, die, wie Sarai schätzte, im gleichen Alter sein musste, wie sie selbst es am Anfang ihrer Ehe gewesen war, dreizehn, vierzehn Jahre. Sarai rührte das Brautlied darum zu Tränen. Dasselbe Lied hatte man ihr ehedem auch gesungen, und natürlich war sie, Sarai, damals gewiss gewesen, an Gebärtüchtigkeit keiner anderen Frau nachstehen zu müssen. Wie anders war es heute! Und so blieb ihr der Mund verschlossen, während die anderen sangen, und als Sarai die Braut umarmte, erinnerte sie die junge Frau an das Wort der Weisen: »Kinder sind eine Gabe des Gottes, Leibesfrucht ist sein Geschenk!« Die Braut, die wie jede andere Frau im Lager Sarais besondere Umstände kannte, bückte sich daraufhin vor der Herrin und küsste ihren Gewandsaum. Abram aber war im Kreis der Männer schon so voll süßen Weins gewesen, dass er nicht nur das Hochzeitslied unbekümmert mitgeschmettert hatte, sondern dann auch, wie die Sitte es wollte, im Verein mit den übrigen Männern wetteiferte, vor den Ohren des Bräutigams deftige Witze zu reißen. Sarai hörte es und lächelte.

Im Monat Nisanum, am Rand des Jahres, wenn sich die Sonne dem Sommer zuwendet, befand sich Abram mit den Seinen vor Chalab, dem Knotenpunkt der Handelswege, die vom Purpurland ins Land der zwei Ströme führten. Die Gärten dufteten nach Oleander, die Tage waren angenehm warm, die Nächte zwar noch kühl, doch nicht mehr frostig, und an den Ufern des Kuwek, der die Stadt reichlich mit Wasser versorgte, blühten Sumpfrosen und Hahnenfuß. Eine Wegstrecke von der Stadtmauer entfernt ließ Abram den Elieser ein Standlager aufschlagen, um hier die Karawane auf den Sommer vorzubereiten.

Die Bewohner von Chalab betrachteten die Neuankömmlinge zunächst misstrauisch, fürchteten Banditentum und Diebstahl, doch als Abram sich als Anführer der Fremden zu erkennen gab, wurde er herzlich begrüßt. Denn mit der Stadt war er jahrelang in geschäftlichem Kontakt gestanden und so befand er sich hier gleich als hoch geschätzter Gast unter guten Freunden. Man trug ihm sogar an, mit seinen Leuten in den Dattelhainen der Stadt Hand anzulegen, denn die Zeit der Blüte war da und die Bäume mussten befruchtet werden. Eine beide Seiten zufrieden stellende finanzielle Regelung wurde ausgehandelt. Dann begaben sich Abrams Männer in die Haine, befruchteten die Stängelgehäuse der weiblichen Bäume mit den männlichen Blüten und banden darauf, damit der fruchtende Staub nicht vom Wind verweht würde, das Gehäuse mit Blättern und Bastschnüren zusammen. Eine Arbeit in schwindelerregender Höhe, die doch Spaß machte, denn sie wurde, wie üblich, tagelang von ausgelassenen Festlichkeiten begleitet.

Unterdessen machten sich Lots Leute an die Schafschur. Ganze Berge langhaariger Alum-Wolle führte Lot auf den Eseln zur Stadt, wo er durch Vermittlung seines Vatersbruders auch die nötigen Kaufinteressenten fand. Alles in allem zeigte sich ihnen das Land Jamchad von der freundlichsten Seite. Abram wartete sogar noch den Schnitt der Wintergerste ab. Die Tennen der Ackerflur füllten sich, keine Sichel blieb ungenutzt. Auch hier half Abram den Stadtbürgern mit Arbeitskräften aus. Wie ein Herdenkönig residierte er im Land Jamchad. Schließlich wurde er sogar durch den Besuch des Militärgouverneurs geehrt, der Abrams Schultern und Wangen küsste, so dass die dunklen Erinnerungen an Charranum langsam verblassten.

Noch lange nämlich hatte ihn die fluchbeladene Auseinandersetzung mit dem Vater belastet. Und wer weiß, hätte nicht Sarai so entschlossen auf dem »Lech lecha« gegenüber Terach bestanden, hätte Abram sich am Ende doch nicht getraut, dem Vater zu widerstehen. War er doch wie alle Kinder, aber als Schüler des Tafelhauses noch besonders, mit der Mahnung der Weisen aufgewachsen, die Eltern, den Vater voran, zu fürchten und zu lieben. Entsprechendes las man vielhundertmal in den Tafelworten: »Ein gefügiger Sohn ist des Vaters Freude, doch wer einen Toren zeugt, dem wird's zum Verdruss, denn nicht froh wird der Vater eines widerspenstigen Sohnes.« Ja, und hieß es nicht sogar ausdrücklich an die Ohren der Väter gerichtet: »Wer seinen Sohn lieb hat, der züchtigt ihn« –? Das alles hatte natürlich seine unsichtbaren, aber doch unauslöschlichen Spuren in Abram hinterlassen.

Ein Rest Unsicherheit blieb ihm denn auch: das nagende, sehr schlechte Gewissen, sich an Terach versündigt zu haben. Angesichts dieser schlimmen Erfahrung war sich Abram seines eigenen Sohneswunsches vielleicht gar nicht mehr so sicher. Mindestens konnte es nicht verkehrt sein, wenn mit der Zeit erst die eigenen Wunden verheilten. Die eigene Einsicht also hielt ihn davon ab, gegenüber seinem Gott, dem »El«, wie er seinen Schutzgott jetzt nach des Landes Sprache nannte, auf alsbaldige Erfüllung der Segensverheißung zu pochen.

Gewiss war dieses freundliche Land Jamchad auch nicht das Land der Verheißung, von dem sein El gesprochen hatte, denn der El Schaddai meldete sich hier nicht, weder im Traum noch mit einem Wort. Darum hieß Abram eines Tages die Zelte abbrechen, die Herden wieder in Bewegung setzen. Diesmal in Richtung Süden. An die westliche Purpurküste zog es ihn nämlich nicht. Im Monat Duzu, kurz bevor der Pfeilstern sichtbar wurde und die große Hitze einsetzte, ging der Zug weiter.

Abermals drängte es sie nicht. Die Winde bliesen von Nord und von West, zeitweise bildeten sich sogar Wolken und mehrmals kam es noch zu Gewitter- und Regenschauern. Sie zogen durch die bergig ansteigenden Länder Barga und Nuchasche, passierten Lehmziegel- und Flechtwerkdörfer. Ihre Bewohner waren von schöner Gestalt, aber sehr arm. Doch sie nahmen ihr Leben gelassen und auch den Herdenzug ließen sie freundlich passieren. Blumenbekränzte Mädchen und Jungen, Männer und Frauen sahen sie im Mondlicht zum Klang der Handtrommel tanzen. Sie schlugen ihre Zelte in der Bergeinsamkeit auf, dann aber auch wieder vor den Mauern kleiner Städte mit winkligen Gassen. Dabei gerieten sie immer tiefer ins Bergland hinein. Dort wohnten die mondgehörnten Steinböcke, in den Baumwipfeln nisteten Reiher, Lämmergeier schwebten über verhangenen Talgründen, und die kleine wandernde Zeltstadt fand zwischendurch Ruhe in Wäldern und neben Quellorten, an denen Platanen, Weiden, Pappeln, Ahorn-, Walnussbäume und Eschen wurzelten. Fremde Herdenleute zogen ihnen entgegen oder überholten sie, aber es kam zu keinen Feindseligkeiten, denn das Land war weit und reich und bot jedem Raum. Doch auch hier meldete sich Abrams El nicht. Wo lag das Land, in das ihn sein El Schaddai führen wollte? Noch weiter südlich? »Wir werden sehen«, sagte Abram zu Elieser. Doch er hätte es gerade jetzt gern genauer gewusst, denn aus dem Süden kamen schlechte Nachrichten, die Furcht und Entsetzen verbreiteten.

Wanderhirten brachten die Nachrichten über die Berge, zuerst nur Gerüchte, dann Augenzeugenberichte. Der König vom Hapi-Land, hieß es, sei vom Süden her im Anmarsch. Die Flusstäler des Landes herauf wälze sich ein riesiges Heer von Fußsoldaten und Wagenkämpfern nach Norden, und wie einen Gott führe es seinen König mit sich, den man im Hapi-Land das Hohe Haus nenne. Seine Macht sei gegen Maitani, das Obere Land, gerichtet, das der Hapi-König sich tributpflichtig machen wolle. Während der letzten Monate habe der König die feste Stadt Magidda in der südlichen Ebene belagert. Die Stadt habe schließlich kapitulieren müssen und mit ihr alle Fürsten des Landes, die vor dem Zorn des Hohen Hauses dort Zuflucht gesucht hätten und nach der Kapitulation bäuchlings, mit der Nase im Staub, hervorgekrochen seien, um dem Hapi-König die Sandalen zu küssen. Damit, so folgerten Abrams Gewährsleute, sei das ganze hiesige Land bis zur Skorpionensteige im Süden dem Hapi-Reich abgabepflichtig und dienstbar geworden.

Abram erschrak. War er im Meerland Babil und der Hand Agums entronnen, nur um alsbald unter die Hand eines anderen Gewaltherrschers zu geraten? Wohin sollte sich die Karawane wenden? Abram suchte Rat bei seinem El, doch auch diesmal meldete sich sein Schutzgott nicht. Vielleicht, damit ich mir selber rate, dachte Abram bei sich. Also beriet er sich mit Lot, Saklu und Elieser, und sie beschlossen, das Zeltdorf unter Lots Obhut in den Bergen von Nija zu lassen; Abram und Elieser aber sollten in die Flusstäler hinabsteigen, um sich mit eigenen Augen einen Eindruck von der Lage zu verschaffen.

Tiefe Schluchten machten das »Gebirge der Vierzig«, wie es die einheimischen Wanderhirten nannten, nur schwer passierbar. Es kostete sie beide viel Kraft, bis sie dessen Vorberge erreichten, die sich in einer weiten Ebene verliefen. Dann lag unter ihnen, von steilen, gewundenen Felswänden begleitet, der wasserreiche, schäumende, strudelnde Fluss.

»Da sind wir oben in den Bergen sicher«, rief Elieser. »Ich kann mir nicht denken, wie Soldaten hier hochmarschieren sollten.«

»Und Streitwagen schaffen das sowieso nicht«, stimmte ihm Abram zu. »Wir dürfen mit unseren Herden also nicht an Höhe verlieren.«

»Die Ebene da vorn sieht aber verlockend aus«, sagte Elieser und umfasste mit einer Armbewegung eine grüne, wassergleißende Senke, die sich bis an den südlichen Himmelsrand dehnte. »Es erinnert mich ans Schilfland von Urim, an zu Hause«, meinte Abram. »Nur muss man sich die Wälder und Berge wegdenken. Bei uns im Meerland leben Leute im Schilf, die haben schwimmende Häuser, und zu jeder Hausinsel gehören Wasserbüffel. Die Hapi-Leute werden das Wasserland da unten jedenfalls umgehen müssen, wenn sie nach Norden wollen.«

Im Weitergehen wurde plötzlich ein kleines Dorf am Hang sichtbar. Die Häuser sahen sonderbar aus, wie spitz zulaufende Bienenkörbe, aus Ziegeln geschichtet, mit Lehm überworfen. Wie mochte es sich darin leben? Sie konnten niemand fragen, denn als sie sich der Einfriedigung des Dorfes näherten, sahen sie, dass es von seinen Bewohnern verlassen war. Nur ein paar Hunde blinzelten sie träge an und ein ganzes Heer von Tauben flog spektakelnd von den Bienenkorbdächern auf.

Elieser steckte seinen Kopf in eins der dunklen Türlöcher und schnupperte. »Man riecht noch das Herdfeuer«, sagte er.

»Vermutlich sind sie geflohen«, meinte Abram. »Es müssen Hapi-Soldaten in der Nähe sein.«

Unvermittelt griff er nach Eliesers Schulter und zeigte hinüber ins Schilf.

»Elefanten«, riefen beide.

»Hunderte müssen das sein«, flüsterte Abram ehrfürchtig. »Sie kühlen sich und fressen.«

»Und mit dem Nasenarm spritzen sie Wasser über sich«, sagte Elieser und lachte. »So eine Dusche hätte ich auch gern. Es muss bald Mittag sein und die Luft ist so stickig.« Sie gingen weiter und jetzt hörten sie die Herde sogar prusten, platschen und schnaufen.

»Wir gehen lieber in Deckung«, sagte Abram. »Die Tiere haben bestimmt scharfe Augen.«

»Nur noch ein bisschen näher«, sagte Elieser.

So tasteten sie sich zwischen Hecken und verstreuten Felsen weiter an die Herde heran, bis Elieser sich schlagartig duckte.

»Soldaten«, zischte er.

Jetzt bemerkte auch Abram die Bewaffneten.

Glänzende Lichtreflexe verrieten die lautlos Herannahenden. Elieser und Abram warfen sich einen Blick zu. Zurück konnten sie nicht mehr. Dicht zwischen zwei wurzelüberzogene, mit Buschwerk bestandene Felsblöcke gekauert, starrte Abram zu der Postenkette links vom Schilfwasser hinüber, die sich immer dichter auffüllte. Was haben die bloß vor?, dachte er und spürte sein Herz bis in den Hals. Dann plötzlich wusste er es: Sie hatten es auf die Elefanten abgesehen.

Ja, jetzt verließ einer von ihnen die Postenreihe, schlich sich geduckt mit dem Langbogen weiter an die äsende, prustende Herde heran, richtete sich dann abrupt auf, spannte die Sehne. Flirrend schoss ein Pfeil durch die Luft und sank hinter der Schulter eines der größten Dickhäuter ein. Einen winzigen Augenblick später hörte man den Aufschlag und dann brach ein donnernder, heulender Lärm los. Die Tiere hatten die Zweibeiner ausgemacht, stapften aus dem Morast und gingen schrill trompetend auf die Postenkette los. Eine Wolke von Pfeilen ergoss sich über sie. Zwei, drei Elefanten stürzten, noch mehr fielen, die Soldaten wichen langsam vor den Tieren zurück. Nur der erste Bogenschütze erwartete in der Deckung eines Felsens die Spitze der Herde, schoss furchtlos einen Pfeil nach dem anderen ab, jauchzte laut und sein Helm und die Rüstung streuten Lichtgarben wie ein funkelndes Gottesgewand. Das muss ihr König sein, sagte Abram sich, sah einen Bullen mit riesigen Stoßzähnen seinen Nasenarm schwingend gegen den König anstürmen und dachte, das ist das Ende! Der Fels versperrt ihm den Rückzug!

Doch einer der Leibgardisten rettete den Hapi-König. Der Soldat hackte mit seinem Sichelschwert den Nasenarm bis auf den Stumpf ab, und ein Bach von Blut ergoss sich über die beiden Männer, die mit zwei, drei Sätzen vor dem erstarrten Tier das Weite suchten.

Unterdessen ging rings um das Schilf und in dem hangaufwärts liegenden Gelände die Jagd weiter. Rufe, Todesschreie, Trampeln, der Jubel der Soldaten und das hohe Angsttrompeten der Elefanten ließen die Luft über der Schilfsenke erzittern, Schwaden von Blutgeruch drangen bis an ihr Versteck hinter den Steinen. Abram schüttelten Panik und Ekel. Wie lange sollte das noch weitergehen? Da marschierten noch mehr Soldaten auf, aber bis sie das Schilfwasser erreicht hatten, war die restliche Herde über die Baumsteppe davongaloppiert. Dreißig, vierzig Tiere mussten das sein, die tot oder schwer verwundet auf der Strecke geblieben waren, und die Soldaten machten sich jetzt mit Äxten daran, ihnen die Stoßzähne abzuschlagen und sie in mehreren Stößen aufzutürmen. Ein winziges Elefantenkind irrte allein noch verstört durch das Schilf. Ein paar Hapi-Leute machten sich einen Spaß daraus, das Kleine mit Steinwürfen noch mehr in Panik zu versetzen, bis es schließlich im Sumpf feststeckte, noch einmal kläglich weinend trompetete und sich dann entkräftet auf die Seite fallen ließ.

»Ich kann nicht mehr«, flüsterte Abram und schob sich flach am Boden zurück, bis er die Deckung der nächsten Felsgruppe erreicht hatte. Dann stürmte er in Riesenschritten hinüber zu dem Bienenkorbdorf.

Hinter der Einfriedigung entdeckten sie einen steingefassten Quellort. Abram wusch seine Hände, spülte den Mund aus, platschte sich nochmals und nochmals Wasser ins Gesicht.

»Bestimmt war das ihr König, der Tapfere, der den ersten Pfeil schoss«, meinte Elieser.

Abram reagierte nicht. Sein Kopf war immer noch wie umnebelt von den bitteren Blutschwaden und in seinen Ohren wollte das Schmerz- und Schreckensgeschrei der großen Stoßzahntiere nicht verstummen. Tief innen brannten in ihm Scham und Empörung, die ihm den Hals zuschnürten. Wie Meuchelmörder hatten die Hapi-Soldaten sich über die friedlichen, nichts ahnenden Tiere hergemacht und in ihrem unschuldigen Blut hatte der Hapi-König triumphierend gebadet. Banditenübermut war das, eines Königs nicht würdig, sollte doch dessen Schmuck die Gerechtigkeit sein. Dann aber meldete sich das Entsetzen, die Angst vor der nackten Gewalt, deren unfreiwillige Zeugen sie gewesen waren. Diesem König war alles, das Schlimmste zuzutrauen, der war ein Schlächter wie Marduk, der Gottherr von Babil. Dem König aber liefen sie geradewegs in die Arme, je weiter sie nach Süden, in Richtung des Hapi-Landes, zogen. Warum nur hatte ihn sein Schaddai gewähren lassen, statt ihm mit einem Warnzeichen den Weg zu verlegen? Abram schluckte, sah zu Elieser hinüber, der aus ihrem Beutel Dattelkuchen herausgezogen hatte, wie abwesend kleine Stücke davon abbrach und sie verzehrte. Elieser ist ein guter Mann, sagte sich Abram, verlässlich in allen Dingen, doch die Verantwortung für die Karawane, für Mensch und Tier, Zelte und Habe, trage ich allein. Noch nie hatte ihn seine Verantwortung so sehr gedrückt wie jetzt, wo ihr Weg ins Ungewisse drohte, in einer Katastrophe zu enden.

»Ihr Heer haben wir noch nicht gesehen«, bemerkte Abram nach langem Schweigen. »Es muss weiter südwärts stehen. Da kamen die Soldaten her.«

Elieser beschrieb mit der Hand einen Bogen über die Berge. »Wir könnten sie da oben umgehen«, schlug er vor.

»Ja«, sagte Abram, »das werden wir. Jetzt will ich genau wissen, woran wir sind.«

Frühabends, zur Krähenzeit, befanden sie sich oberhalb des Heeres, das in der Ebene, die an den Schilfsee anschloss, lagerte. Und Krähen flatterten tatsächlich in der Abendluft. Sie kamen in Scharen über die Berge gestoßen, schwarz und schreiend, und kreisten dann über dem Heerlager.

»Soldaten holen das Fleisch«, sagte Elieser und Abram nickte. Einzelheiten konnte man aus dieser Entfernung schlecht ausmachen, aber sie bemerkten eine dunkle Menschenreihe, die sich vom Schilf bis an den Heereslagerplatz

120

bewegte. Wie winzig sah das aus der Höhe aus! Und doch bedeckte das Aufgebot des Hapi-Landes sicher einen halben Stundenweg tief die Ebene. Unter den Krähenwolken schimmerte die weiße Zeltstadt und Hunderte, nein, Tausende von Streitwagen warfen ihre Lichtreflexe gegen die Berge. In mehreren Koppeln tummelten sich Pferde und Esel, und als die beiden Männer unbeweglich lauschten, drang mit dem Wind das Geräusch der Menschenmenge zu ihnen hinauf wie die Stimme eines dicken, summenden Bienenschwarms.

»Ihr König ist wie ein Gott«, sagte Elieser ergriffen.

»Ja«, bestätigte Abram widerwillig. »Wie ein Gott. Jetzt habe ich's mit eigenen Augen gesehen.«

Nachdem ihre Blicke noch eine Weile stumm über die Ebene gewandert waren, zogen sich die beiden Männer in die Berge zurück. Träge flatternd kehrten später auch die am Aas gesättigten Krähen um und hielten über ihre Köpfe hinweg aufs Waldland zu. Bei Einbruch der Dunkelheit fanden die Männer unter der Krone eines allein stehenden Baumes einen Schlafplatz, entzündeten ein winziges Feuer und sprachen den Wechsel der Nachtwachen ab.

Sie überlegten, was der Erkundungsmarsch ihnen gebracht hatte. Sie hatten sich von der Macht und Herrlichkeit des Hapi-Königs selbst überzeugen können, das war der nachhaltigste Eindruck. Und sie waren Zeugen eines Massakers geworden, das ihnen den gnadenlosen Angriffswillen des Königs vor Augen geführt hatte. Doch was sie selbst, ihre Herden und Zelte betraf, so waren sie sicher, sich außerhalb der Reichweite des Hapi-Heeres halten zu können. Gerade das erdrückende Aufgebot an Menschen und Material hielt den König in den Tälern gefangen, während ihnen und ihren Herden die Berge gehörten. Ungewiss jedoch blieb, wie lange sie, weiter ins Südland ziehend, die Karawane außerhalb der Gefahrenzone halten konnten. Und diese Ungewissheit lastete schwer auf den beiden Männern, als sie sich in der Morgenfrühe auf den Rückweg in die Zeltstadt machten.

Dieselben Worte, die Elieser gebraucht hatte, wiederholte Abram Sarai gegenüber, als er ihr von dem Hapi-König erzählte. »Ja, er ist wie ein Gott«, schloss er seinen Bericht und nickte heftig, noch überwältigt von dem Eindruck des ungeheuren Heeres.

Doch Sarai lachte bloß. »Denk daran, was Terach immer sagte«, erinnerte sie ihn. »Kein Mensch reicht bis in den Himmel!«

»Du hast ihn nicht gesehen«, hielt er ihr entgegen.

»Ach, ihr seid wie die kleinen Kinder«, meinte sie und schnaubte verächtlich. »Alles, was riesig ist, macht riesigen Eindruck auf euch. Dabei sind es gerade die kleinen Dinge, auf die es ankommt. Stell dir vor, was ist eine Nähnadel ohne Öhr oder was wäre denn ein Beutel ohne Öffnung?«

Abram lachte. Dann aber gestand er: »Ich habe einfach Angst, was auf uns zukommt. Immer weiter nach Süden – laufen wir da nicht den Hapi-Leuten geradewegs in die Arme?«

»Darüber lass mal deinen kleinen Gott entscheiden«, riet ihm Sarai.

Abram zuckte die Schultern. Aber seine Zweifel blieben.

Dennoch gab er am nächsten Morgen das Zeichen zum Aufbruch. Es ging weiter südwärts über die Berge.

Zur Rechten begleitete sie nun in der Ferne eine ununterbrochene Folge von gewaltigen Bergrücken.

Während einer Mittagsschattenpause kam Elieser an Abrams Seite und zeigte hinüber nach Westen. »Das sind die Libanum-Berge«, erklärte er. »So heißen sie bei uns in Dimaschki. Die Stadt liegt am Ende dieses Gebirges, meine Geburtsstadt.«

»Hast du Heimweh?«, fragte Abram. »Ich schenke dir hiermit die Freiheit, Freund. Wenn wir an deiner Stadt vorbeiziehen, kannst du, wenn du willst, dort bleiben.«

»Ich bleibe bei dir, Herr«, antwortete Elieser. »Dein Volk ist mein Volk geworden und dein Gott auch meiner.«

Abram blickte seinen Aufseher schweigend an, dann lächelte er, schloss ihn in die Arme und klopfte ihm zärtlich den Rücken. »Aber frei bist du«, wiederholte er, als sie sich losließen. »Auch wenn du bleibst.«

»Frei war ich schon vorher, Herr«, sagte Elieser und lachte. »Frei bin ich, seit ich bei dir bin.«

»Und hast du keine Angst, was aus uns allen wird?«, fragte Abram.

»Nein, Herr, du hast ja die Verantwortung für uns«, sagte Elieser. »Es wäre auch nicht gut, wenn du gar keine Angst hättest.«

So hat noch niemand zu mir gesprochen, dachte Abram. Nicht einmal Sarai. Wie gut würde es sein, einen Sohn zu haben, der ein Mann wäre wie Elieser. Und wer weiß, spann Abram seine Gedanken weiter, als er das Maultier bestieg, ja, wer weiß, vielleicht setze ich irgendwann sogar ihn, den Elieser, als meinen Erben ein.

Der Mond wechselte und welkte, Abend- und Morgensonne streckten ihre Schatten. Abrams Herdenzug hatte Dimaschki, die Elieser auch »Eselsstadt« nannte, weil ihre Zucht einen großen Namen hatte, mittlerweile hinter sich gelassen und zog übers Bergland weiter südwärts. Als sie die Jarden-Aue mit ihren zahllosen Gewässern, kleinen und großen Seen gewonnen hatten, meldete sich die Winterregenzeit. Ihre Herden hatten die Sommerdürre überstanden, jetzt besprangen die Böcke die Schafe und unter den ersten Regenschauern lebte das Land auf. Ein gutes Land, dessen bewaldete Höhen und schluchtartige Täler, wie sich Abram von einheimischen Wanderhirten unterrichten ließ, fernab der Küstenstraßen lagen, über die das Hapi-Land seine Militärmacht hinauf- und hinabführte.

Auf den Höhen oberhalb des Sees Kinneret schlugen sie ihr Winterlager auf. Die Zeltstadt bot inzwischen einen imponierenden Eindruck, denn die Zahl ihrer Haarhäuser war seit dem Aufbruch aus Charranum fast ums Doppelte gewachsen, ebenso ihre Herden, immer mehr Kindersegen stellte sich ein und auch Eliesers junge Frau erwartete noch während der Regenzeit ihre Niederkunft. Waren sie hier im Land am See endlich am Ziel? Abram wusste es nicht, aber beschloss, in der kalten Jahreszeit das umliegende Land auf eigene Faust zu durchstreifen, um es der Länge und Breite nach zu besehen. Jede Begleitung wies er von sich. Denn er musste allein herausfinden, wohin der Gott mit ihm wollte.

Vergraben in eine federleichte, wasserabweisende Ziegenhaardecke, die von Sarais Webrahmen kam, ritt er auf Kulla, seinem Maultier, los, das er seit Charranum unter sich hatte. Es war ein starkes, weiß-schwarz gezeichnetes Tier, genügsam und ihm anhänglich ergeben.

»Bleib nicht so lange aus«, rief Sarai ihm nach. »Du weißt, dass ich auf dich warte!«

Ja, das wusste er. Und im Weiterreiten dachte er darüber nach, wie sich im Lauf der letzten neun Monate ihr Leben neu verknüpft hatte. Wie hatten sie sich in Charranum gegenseitig schonen müssen, um einander auch nur zu ertragen, über wie vieles hatten sie schweigen müssen, um überhaupt noch miteinander reden zu können! Doch wie anders war es derweil zwischen ihnen geworden, selbst der Zwang, ein Kind bekommen zu müssen, war von ihnen gewichen, dieser Krampf, der doch eigentlich der ganze Grund ihres Elends gewesen war.

Während Abram sich tiefer unter den mit feinem Hagel versetzten Regen duckte, dachte er nach. Hatte Sarai ihren Kinderwunsch inzwischen endgültig begraben? Er schüttelte den Kopf. Nein, das konnte er sich nicht vorstellen. Vermutlich hatte sie ihn nur zurückgestellt, bis sie in ihrer neuen Heimat angekommen waren. Und vielleicht hatte sie ihn deswegen lächelnd ziehen lassen, weil sie hoffte, dass er mit guter Nachricht von seinem Gott, dem Schaddai, zurückkäme. Und so bat Abram, während der Regen von dem Saum der Ziegenhaardecke tropfte, seinen Gott um ein Zeichen.

Das Maultier merkte, dass sein Herr in Gedanken war. Kulla war einfach stehen geblieben und schälte gemächlich mit ihren langen gelben Zähnen die Zweige eines Mandelbäumchens ab. Er ließ sie eine Weile gewähren, denn eilig hatte er's nicht.

Er zählte auch nicht die Tage und Nächte, nahm nur still die Landschaft in sich auf, wechselte Grüße, half Hirtenkindern ihre Ziegen und Schafe zu pferchen, saß an fremden Feuern und wärmte sich und ritt am nächsten Tag wieder alleine weiter, ohne bestimmte Richtung, jedenfalls ohne ein festes Ziel. Denn die Zeit wurde ihm nicht lang, auch nicht, als er drei Schneetage in einer aufgelassenen, allein stehenden Hütte festsaß.

Oleander und anderes hohes Gestrüpp umwucherten ihre Rückseite und innen bestand sie aus einem einzigen Raum. Er war aus Lehm gestampft und seine Decke bildeten von Rauch geschwärzte Zweige. Über die Hälfte des Raumes hingen sie nachlässig herunter, der feine Schnee rieselte darüber ins Innere der Hütte und sammelte sich in einer Ecke; die andere Dachhälfte war mit einem alten Tuch unterspannt. Die Tür besaß keine Angeln, sie wurde hin und her geschoben. Fast unterm Dach saßen die beiden Fenster, winzige Löcher, durch die etwas Helligkeit in den Raum fiel. Eine an die Wand gefügte Lehmbank verlief an einer Seite und diente ihm tagsüber als Sitz, nachts als Schlafstätte. Schließlich stand noch ein roher Tisch aus Ton und Gestein an der Schmalseite der Hütte, auf dem er ein winziges Feuer unterhielt. Wie gut, dass er so eine komfortable Unterkunft für sich und Kulla gefunden hatte, sagte er sich. Er ließ tagsüber die Tür auf, dass Kulla kommen und gehen konnte, wie sie wollte.

Abram war in einem wohlhabenden Priester- und Kaufmannshaus groß geworden, er hatte bei reichen Handelsherren und Königen gespeist, aber noch nie, schien ihm, war er so sehr bei sich zu Hause gewesen wie gerade in dieser schneedurchstäubten Hütte.

Am vierten Tag zerteilte abends die Sonne den Wolkenzug.

Sie goss pfirsichfarbenes Licht über die Hügel, die den kleinen Talgrund umdrängten, und warf den langen, tiefschwarzen Schatten der nackten Bäume über den bläulich schimmernden Schnee vor seiner Hütte. Es hatte aufgehört zu schneien, doch es war zu spät, um noch aufzubrechen. Also verbrachte er eine weitere Nacht auf der Lehmbank.

Kulla weckte ihn am nächsten Morgen. Er tätschelte ihr zärtlich die weiche Schnauze und sagte: »Du hast recht, lech lecha, wir wollen weiter!« Nach einem sehr steilen Aufstieg über nackte Felsstufen erreichten sie die Höhe eines Grates, der einen weiten Ausblick nach Norden bot. Unmittelbar vor ihm tauchte über einer Reihe von niedrigen Kuppen die massive Form zweier scharf umrissener Berge auf und deutete auf ein Tal hin, das zwischen ihnen liegen musste. Ganz hoch im Norden ragte in das tiefe Himmelsblau, einer blendenden Wolke gleich, die schneebedeckte Krone des Hermon, zu dessen Füßen Dimaschki, Eliesers Geburtsstadt, lag. Abram stieg mit Kulla den steilen, steinigen Grat bis zu einem grasigen Abhang hinab, wo sie auf eine Straße stießen, die weiter nach Norden führte. Rechts unter ihr verlief eine lang gestreckte Ebene, durch die ein hoch mit Reiserholz bepackter Eselszug schwankte, und mittags öffnete sich mit einem Mal zwischen den beiden hohen Bergen ein Tal nach Westen. Eine hoch ummauerte kleine Stadt riegelte den Taleingang ab, und Abram beschloss, dort in den Basaren seine Vorräte aufzufüllen.

Die Torwächter von Schakim, wie die Stadt sich nannte, argwöhnisch wegen Abrams fremdartigen Akzents, durchsuchten sein schmales Gepäck und winkten ihn dann durch den schweren, rechtwinklig vermauerten Torgang hindurch.

Abrams Ziel waren die Basarstraßen, doch es war schwierig, sich in den kreuz und quer führenden Gängen und Gässchen zu orientieren. Stadthunde, eine boshafte gelbe Rasse mit langem Kopf, verfolgten ihn und Kulla mit grimmigem Geheul.

Dann hatte er den Markt gefunden. Mengen bemalten Geschirrs lagen in den Ständen aus, Getreidehaufen warteten in roh gemauerten Gewölben auf Käufer. Abram bückte sich zu einem Mädchen, das auf einer Steinstufe saß. Sie vermahlte Linsen zu Mehl und er fragte nach dem Preis ihrer Ware. Das Mädchen kicherte und wandte den Kopf ab. Abram zuckte die Schultern, fasste nach Kullas Halfter und zog weiter. Die Straße bestand aus Löchern und Pfützen. Bäche von Spülwasser rannen das Gefälle hinab, überall stapelten sich Kehrichthaufen, Steinblöcke lagen im Weg. Eine alte Frau mit tätowierten Zeichen im Gesicht wich vor ihm zurück und machte das Zeichen gegen den bösen Blick. Weiter stadteinwärts boten Fischfrauen ihre Ware in Körben an, Träger mit Getreidelasten und Hausgerät bahnten sich laut schreiend einen Weg durch die Menschen, und irgendwo saß mutterseelenallein ein junger Mann und vergnügte sich an einem Vogel, den er an einem Bein festgebunden hatte. Das Tierchen flatterte vor Todesangst. Es hielt Abram nicht lange in Schakim. Nachdem er irgendwo Pistaziennüsse, Öl, Traubenkuchen und ein paar Klumpen Datteln erstanden hatte, passierte er wieder das Tor und dessen mürrische Wächter und saß auf.

Nicht weit von Schakim erblickte er auf einer kleinen Anhöhe oberhalb der Straße eine Elah-Eiche mit weit ausladenden Ästen, die jetzt in der Winterzeit ihre Blätter abgeworfen hatte, sonst aber gewiss der Stadt einen willkommenen Schattenplatz vor dem Tor bot. Beim Näherkommen entdeckte er jedoch, dass diese Elah einer der heiligen Bäume des Landes war, denn kleine Stoffstreifen hingen in ihrem Geäst und auch andere Gegenstände waren an den Zweigen angebracht. Abram stieg, Kulla hinter sich herziehend, den Hügel hinan und leinte sein Maultier außerhalb des geweihten Platzes an. Dann näherte er sich mit bloßen Füßen andächtig dem Baum. Jemand hatte eine kleine Frauenfigur mit spitz zulaufenden Füßen in eine Borkenkerbe verkeilt. Die Figur war roh gearbeitet und umfasste betend ihre Brüste. Auf der rückwärtigen Baumseite entdeckte er eine dürftig aus Steinbrocken aufgeführte kleine Höhle, in der ein Öllicht brannte. Vielleicht für jemand Krankes in der Stadt. Noch mehr Tonschüsselchen mit ausgebrannten nassen Dochten waren auf einem der beinah waagrecht gestreckten Äste aufgereiht. Ehrfürchtige Scheu überkam Abram. Wie eine altersgraue Persönlichkeit stand der Elah-Baum in gewaltiger Größe vor ihm, ein Geschöpf aus den ersten Tagen der Welt.

Abram richtete sich auf und blickte durch das kahle Geäst hinüber zur Stadt. Der winterkalte Boden unter den nackten Sohlen sandte ihm Kälteschauer über den Rücken. Doch es war nicht die Kälte allein, die ihn erschauern machte. Das nahe Stadttor rief die Erinnerung an seinen Wahrtraum zurück, als er am Stadttor von Charranum gestanden und das »Lech lecha« gehört hatte. Wort für Wort noch hatte er es im Ohr, das Verheißungswort, das sich für ihn mit dem Namen seines Schutzgottes verband: »Geh aus deinem Land und aus deiner Verwandtschaft und aus dei-

nes Vaters Haus in ein Land, das ich dir zeigen werde –«
War dies das Land, war er angekommen? Er wartete auf
die Stimme, doch sein El erschien ihm nicht im Wort. Dennoch spürte Abram hier unter der Elah seine tröstliche Gegenwart, die Schutz bedeutete, weitere Führung und Begleitung. Nein, er war noch nicht am Ziel, doch auf dem
richtigen Weg, und das zu spüren, dafür zu danken genügte
ihm. Und das, beschloss er plötzlich, wollte er jetzt auch
tun, hier unter der Elah des El.

Sich umblickend entdeckte er bald, wonach er Ausschau
hielt: einen schweren rundköpfigen Stein unter den Fels-
blöcken unten am Straßenrand. Er ging hinüber zu Kulla,
entledigte sich seiner Oberbekleidung, kletterte zur Straße
hinab und griff nach dem Stein, um ihn den Hang empor-
zuwuchten. Doch sein Gewicht war um vieles schwerer, als
er gedacht hatte. Der Stein ließ sich um nichts, nicht um ein
Stückchen bewegen. So machte sich Abram daran und
kratzte ihn mit bloßen Händen an der Unterseite frei, eine
Fingerbreite nach der anderen. Dann stemmte er sich erneut mit aller Kraft gegen den widerstrebenden Stein, der
jetzt um eine Handbreite nachgab, keilte Geröllbrocken
darunter, damit die Masse nicht zurückrutschte, und drückte das ungeheure Gewicht noch einmal eine Handbreit höher. Er gab nicht auf, wollte und konnte nicht nachgeben.
Denn je mehr Mühsal der Stein ihm bereitete, umso mehr
verschmolz er mit dessen dunkler Kraft. Bis an die Tageswende plagte er sich. Losgerissene bleiche Graswurzeln
und eine tiefe Spur im zerfurchten Erdreich zeichneten
schließlich den Weg, den der Stein bis zum Stamm der Elah
genommen hatte. Ein Sinnbild für seine eigene Lebensspur.

Denn herausgerissen und in Gang gesetzt worden war auch er – und unter welchen Mühen! Genau wie der Stein, der jetzt unter dem Astwerk der Elah sein Haupt erhob. Keuchend, von Schrunden übersät, mit aufgerissenen Händen, blutenden Fußsohlen stand Abram vor dem Stein, hatte es geschafft und wusste doch selbst nicht, wie.

Er humpelte fort, entdeckte bei der Straße eine starke Quelle und reinigte sich sorgfältig von Kopf bis Fuß. Dann bekleidete er sich, nahm das Ölkrüglein und kehrte damit zu der Elah zurück. Behutsam löste er den Wachspfropfen und entleerte das Gefäß über seinem Stein, verteilte das herabrinnende Öl, rieb es mit den Händen in die dunkle Steinhaut ein, bis der Kopfstein aufleuchtete im Sonnenuntergangslicht. Abram hatte unter der Elah zu seinem El gesprochen, er hatte diesen Stein aufgestellt und seinem Gott gesagt: »Hier bin ich!« Mehr wollte er nicht und das wenige genügte auch. Mit dieser Gewissheit ritt er in die einbrechende Nacht hinein.

Als er Tage später Sarai von dem Stein erzählte, lachte sie. »Das ist doch die gleiche Geschichte wie damals«, erinnerte sie ihn. »Wie du dich im Meerland an dem Gott kaputtgetragen hast.«

Verdutzt schaute er seine Frau an. Dann hockte er sich wortlos, verwirrt zu Boden, griff nach einem Aststück und begann mit dem Messer die Rinde abzuspänen.

»Es ist doch so, oder –?«, fragte sie.

»Auf dem ganzen Rückweg habe ich über den Stein und die Elah nachgedacht«, sagte er. »Doch auf diese Verbindung wäre ich nie gekommen. Vielleicht ist ja was Wahres an deinen Worten. Aber trotzdem –«

Aber trotzdem, dachte Abram. Da war zum Beispiel kein Gott, der immer gleich tödlich beleidigt war, wenn er nicht richtig versorgt wurde. Sein Schaddai brauchte keinen Priester, keinen Tempelturm und kein Zedernhaus, er kam ohne das alles aus, auch ohne jedes Ritual, und vor allen Dingen war sein El nicht mit einem Vater im Bund, der einem ständig über die Schulter schaute. Nein, mit der Elah und dem Stein war es anders, bekräftigte Abram bei sich selber, ganz anders sogar war es mit seinem Schaddai als mit Sin, mit Marduk oder Enlil, Baal oder wie die Himmelsleute sonst alle hießen, die sich den Menschen aufdrängten, ihnen den Rücken blutig ritten. Von all denen hatte er sich abgeschnitten. Nein, Sarai hatte Unrecht. Dieser Schaddai, sein El unter der Elah, war anders als alle anderen.

Er spänte stumm weiter an seinem Aststück. Schließlich warf er es in hohem Bogen fort, stand mit einem Ruck auf und hielt Sarai unvermittelt seine Hände unter die Augen.

»Auf dem Weg hierher habe ich es gleich an zwei Plätzen noch mal gemacht«, erzählte er ihr. »Ich habe meinem El einen Stein gesetzt, jedes Mal, wenn ich einen Elah-Baum sah.«

»Und was wolltest du damit?«, fragte sie verblüfft.

Abram zuckte die Schultern und holte sich ein neues Aststück, um es mit seinem Messer zu bearbeiten.

»Ganz einfach«, meinte er endlich. »Ich merkte, der El war da, und dann habe ich einen Stein aufgestellt und ihm gesagt: Ich auch – hier bin ich! Das ist alles.«

Sarai rutschte zu ihm. »Mein kleiner Junge«, sagte sie. »Hätte es denn nicht auch ein kleines Steinchen getan?«

Abram lachte. »Du hast merkwürdige Einfälle«, sagte er. »Ein Steinchen –«

»Nun lass mal«, sagte Sarai. »Aber was denkst du, sind wir jetzt da? Ist das hier unser Land, von dem du geträumt hast?«

»Ich weiß es nicht«, sagte er langsam. »Da war kein Wort, nur eben so ein Gefühl unter der Elah, ein gutes Gefühl, dass wir auf dem richtigen Weg sind.«

»Langsam wird es auch Zeit, dass wir ankommen«, sagte sie. »Wir werden schließlich nicht jünger, wir beide.«

Abram steckte sein Messer weg, nahm Sarais Gesicht zwischen seine Hände und küsste sie.

»Glaubst du eigentlich noch immer daran«, fragte sie, als er sie losließ, »dass wir noch Kinder kriegen?«

»Vielleicht, wenn wir angekommen sind, vielleicht dann«, meinte er.

»Vielleicht –«, wiederholte sie. »Hoffentlich. Sonst hätten wir gleich im Oberen Land bleiben können.«

»Bereust du?«, wollte er wissen.

»Nein, bereuen tu ich es nicht«, sagte Sarai mit Nachdruck. »Es ist gut, dass wir hier sind.« Sie rieb ihren Kopf an ihm, stand dann auf und begann das Lager zu richten.

Abram sah ihr abwesend zu. Sarais Bemerkung ging ihm nicht aus dem Kopf: die Verbindung zwischen dem Stein unter der Elah und dem Gott auf dem Rücken im Meerland, von dem er sich doch losgeschnitten hatte. Irgendeine Verbindung gab es da dennoch, das spürte er, irgendeine Beziehung zu seiner Vergangenheit, die ihm immer noch nachhing. Doch worin diese Verbindung bestand, war ihm nicht klar.

Wichtige Arbeiten standen an, darum berührten sie das Thema in den folgenden Tagen nicht mehr. Die Feldfurchen mussten mit Hacke und Pflug geöffnet werden, und Elieser und Lot verdingten dazu all ihre Leute den umliegenden Dörfern und Städten, damit unter Anrufung Baals, des Wolkenreiters, die Saat ausgebracht werden konnte. Zu dieser Zeit brachte Eliesers Frau ein gesundes Kind zur Welt, einen Jungen, den seine Mutter Daduscha, Liebling der Gottfrau, nannte. Pünktlich mit dem wechselnden Mond setzte dann auch die Spätregenzeit ein. Doch die Luken des Himmels schlossen sich vorzeitig wieder und ein trockenes Jahr stand zu befürchten.

Im Nisanu-Monat, wenn man den Flachs rauft, eilte die Nachricht durchs Land, der König vom Hapi-Land, das man hierzulande auch Mizrajim nannte, kehre vom Norden her wieder zurück in sein Reich. Anbetung und Gottesfurcht gingen ihm voraus. Denn, so verlautete es, der König habe das Obere Land im Norden unterworfen, seinen Triumph auf Steinsäulen verewigen lassen, und damit seien nun aller Herren Länder bis an die Salzsee im Süden der Hand Mizrajims tributpflichtig geworden! Sarai und Abram sorgten sich um ihre Leute in Charranum, um Nachor und Terach. Aber auch die Leute am See Kinneret wiegten besorgt ihre Köpfe, und man sprach bald von nichts anderem mehr als von diesem doppelten Schrecken, der das Land bedrohte: von einem heraufziehenden Hungerjahr und von dem herabziehenden König Mizrajims, dessen Größe bis hinauf in den Himmel reichte.

In Sarais Innerem verband sich beides zu einem einzigen nächtlichen Traumgesicht. Sie erwachte daraus mitten in der Nacht und fasste nach ihrem Mann, damit er ihr aus dem Traum heraushelfe.

»Wach auf, Abi«, verlangte sie und rüttelte ihn. »Mir träumte was, das ich dir gleich erzählen muss!«

»Morgen«, murmelte er und drehte sich auf die andere Seite, um weiterzuschlafen.

»Nein, gleich, hör zu«, verlangte sie. »Komm zu dir.« Etwas in ihrer Stimme ließ ihn aufhorchen, den Schlaf abschütteln und sich zu ihr wenden. Lachte Sarai, weinte sie, beides auf einmal? Das hinuntergebrannte Feuer zwischen den Herdsteinen glomm trübe und warf düsteres Licht durchs Zelt.

»Du nämlich kamst auch in meinem Traum vor«, erklärte Sarai und setzte sich mit hochgezogenen Knien auf. »Du sogar vor allen Dingen, darum geht es dich an.«

»Dann erzähl doch endlich«, sagte er gähnend.

»Es kam die Hungersnot ins Land«, begann sie mit träumerisch flacher Stimme. »Da zogst du mit uns hinauf nach Mizrajim, damit wir dort vielleicht unser Leben erhalten könnten. Und als wir nahe an Mizrajim waren, sprachst du zu mir, deiner Frau: Siehe, ich weiß, dass du schön bist. Wenn dich nun die Leute von Mizrajim sehen, dann werden sie sagen: Das ist seine Frau! Und sie werden mich umbringen und dich am Leben lassen. So sage doch, du seist nicht meine Frau, sondern meine Schwester, damit ich am Leben bleibe.«

»Hör auf«, unterbrach Abram sie gereizt. »Ich lag nicht mit in deinem Schlaf, ich mag mir das dumme Zeug nicht länger anhören.«

»Doch, doch«, verlangte sie jetzt wirklich zwischen Lachen

und Weinen. »Es kommt nämlich noch viel schöner. Eine Geschichte, wie man sie an den Herdsteinen erzählt. Als wir nun nach Mizrajim kamen, da sahen die Leute, wie sehr schön ich bin. Und es sahen mich auch die Vornehmen des Hohen Hauses und die priesen mich vor ihrem König. Da wurde ich in sein Haus gebracht. Und dir tat das Hohe Haus Gutes um meinetwillen. Du bekamst Schafe, Rinder, Esel, Knechte und Mägde, Maultiere und Pferde. – Schläfst du auch nicht wieder?«, unterbrach sie sich.

»Nein doch«, antwortete er grollend. »Rede nur weiter, nun will ich auch wissen, wie deine Geschichte ausgeht.«

»Ja«, gickelte sie jetzt, »das will ich tun. Das Schönste kommt nämlich erst. Denn als das Hohe Haus bei mir eingehen wollte, war seine Kraft gefesselt. Und das plagte ihn sehr. Es konnte auch nichts und niemand ihm helfen und er konnte sich auch im Schoß keiner anderen Frau mehr freuen um meinetwillen. Da rief er dich, Abi, und sprach zu dir: Warum hast du mir das angetan? Warum sagtest du mir nicht, dass sie deine Frau ist? Und nun siehe, da hast du deine Frau, nimm sie und verlass das Land! Und so bestellte der König Leute, um dich außer Landes zu bringen, dich und mich und alles, was du in Mizrajim dazuerworben hattest. – Das war mein Traum, danach wachte ich auf und mir war zum Lachen und zum Weinen«, schloss sie unvermittelt, von Abrams Schweigen eingeschüchtert.

»Mir ist viel mehr zum Weinen«, sagte er. »Ich wünschte, du hättest die ganze Sache für dich behalten. Wie stehe ich denn da in deinem Traum? Wie ein blamierter Betrüger. Ein schönes Bild hast du von mir.«

»Ach was«, meinte sie wegwerfend. »Du kannst ja nichts

für meinen Traum. Doch jeder Traum hat seine Deutung. Und dieser sogar besonders. Vielleicht hat ihn mir doch dein El in die Seele gelegt, oder?«

»Was willst du damit sagen?«, erkundigte er sich vorsichtig.

»Eigentlich sollst du's mir ja sagen«, verbesserte sie ihn. »Denn der eine träumt, der andere weiß die Deutung, so soll es eigentlich sein. Aber du bist verärgert, darum hängt dir die Sache zu hoch, und ich muss es selbst in die Hand nehmen und dir erklären. Also, selbst der große Hapi-Mann könnte mir kein Kind machen, denn der Gott hat mich aufgespart, hörst du, das ist die erste Bedeutung und vielleicht die einzige, die uns beide betrifft. Dann gibt es noch eine lustige Nebenbedeutung, ich bin gespannt, ob du nicht selbst darauf kommst!«

Mit einem Mal begriff er. »Hast du ihn wirklich richtig gesehen?«, flüsterte er lachend und griff nach ihrer Hand.

»Sicher doch«, kicherte sie. »Wie klein und hässlich er war! Und das bei einem so großen Herrn, bei dem der Kopf bis in den Himmel reicht.«

»Der große Jäger vor dem Herrn, der Elefantenschieße –«, spottete Abram. »Aber ich fühle mit ihm. Ich weiß, wie das ist.«

»Deswegen habe ich dich ja auch geweckt«, sagte sie zärtlich. »Das nämlich ist, wenn du willst, die dritte Bedeutung.«

Abram lachte leise und zog sie an sich.

So deutete sich Sarai mit Hilfe ihres Mannes das nächtliche Traumgesicht und sie schlief darüber gelöst und glücklich ein.

Es war ein Traum, der für sie beide wichtig wurde, besonders eben seine erste Bedeutung, wenn sie an ihrer Kinderlosigkeit verzweifeln wollten. Denn Abram hatte sich das Wort Sarais gemerkt, dass sie eine »Aufgesparte« sei, und das gab ihrer Wurzelverstocktheit einen ganz neuen Sinn. Mein El, sagte er sich, hat zum zweiten Mal zu mir gesprochen. Diesmal durch den Mund meiner Frau.

Sodom oder Mamre?

Ein Jahr des Mangels hatte sich angesagt, zu einem Jahr der Fülle wurde es tatsächlich. Denn Baal, der Herr der Frucht und ihr Besamer, hatte sich Mot, dem Tod, ein letztes Mal entreißen können, um noch die Luken des Himmels an die Seite zu schieben, ehe er endgültig den jährlichen Frühjahrstod starb und kein Regen mehr fiel. Und so ergoss sich die zurückgehaltene Segensflut zwar verspätet, dafür aber reichlich aufs Land. Das Erdreich deckte sich mit süßen Kräutern: Ungezählte Windröschen, scharlachrot, blau und purpurn, füllten die Fluren, wetteiferten mit der weißen Kamille, mit rotem Mohn und Hahnenfuß, Margeriten färbten über Nacht die Hänge gelb, schließlich belaubten sich auch die Feigen- und Mandelbäume. Die jungen Leute bekränzten sich, tanzten Reigen auf den Hügeln, an den heiligen Plätzen und Orten, und aller Hände rochen nach duftenden Kräutern, nach Lavendel, Minze und Koriander. Gerste und Weizen wuchsen mit Macht, reiften und wurden gesichelt und überall hatten die Reben reichlich angesetzt. Ja, ein Segensjahr wie selten ging durchs Land, salbte auch Abram und Lot und vermehrte ihren Reichtum und Besitz an Herden und aller Habe.
Als aber im Herbst und im nächstfolgenden Frühjahr die Schafe lammten, die Ziegen ihre Zicklein warfen, viele gleich in doppelter Zahl, die Eselherden sich mit noch mehr Füllen füllten, da wurde während der heißen Som-

merzeit das Land zu eng für sie beide. Ja, das Land ertrug es nicht, dass Abram und Lot beieinander wohnten, und es war immerzu Zank und Streit um Wasser und Weide zwischen ihren Hirten. Mit bösen Worten begann es, dann flogen Steine und bald drangen Rauferei und Händel bis in die Zeltstadt.

Da setzten sich Abram, Elieser, Lot und Saklu an die Herdsteine und suchten einen Ausweg. Es gab nur einen, das war allen Beteiligten klar. Abram und Lot mussten sich trennen, jeder musste fortan seine eigenen Wege gehen. Ein schmerzhafter Entschluss, denn die Männer hingen aneinander. Zwei volle Jahre und mehr waren verstrichen, seit sie zusammen das Obere Land verlassen hatten, Segen hatte ihre Hände gestärkt, Segen, der nun aber mit einem Mal zur Last geworden war. Man versuchte, die Trennung hinauszuzögern, neue Absprachen zu treffen, doch nichts half. Und als dann mitten zwischen den Zelten, vor den Augen aller, einer von Lots Männern im Zorn einen Hütejungen Abrams erschlug, musste gehandelt werden.

Um diese Zeit trieben sie ihre Herden nahe dem Berg Lus, auch Beitin oder Bet-El geheißen, wo Abram ehedem einen seiner Elah-Steine gesetzt hatte, und eben dorthin machten sich der Vatersbruder und sein Brudersohn auf, um ihre Sache zu schlichten.

Das Jahr war unterdessen in Hitze gekommen, Berge aus kahlem, grauem Gestein erstreckten sich vor ihnen und nur noch ein wenig abgenagtes Buschwerk behauptete sich in den Felsspalten neben ihrem Weg. Er führte sie steil bergauf. Jenseits des Weges versteckten sich im Tal ein paar zusammengewürfelte, rohe Hütten aus Stein und Lehm an einem alten Regenteich, einige von lockeren Steingehegen umgeben, die ein paar kümmerliche Feigenbäume schützten. Nach einer weiteren Strecke hangaufwärts hatten sie beide die Höhe des Lus gewonnen. Seine Kuppe krönte eine weit schattende Elah-Eiche, an deren Stamm Abrams Stein lehnte.

Damals, erinnerte sich Abram, als er in ihr Winterlager am See Kinneret zurückgekehrt war, hatte ihn Sarai gefragt: Sind wir jetzt da? Ist dies das Land, von dem du geträumt hast? Ich weiß es nicht, hatte er ihr geantwortet und er wusste es immer noch nicht. Und jetzt war das Land zu eng geworden für Lots und seine Herden: Ihnen blieb keine andere Wahl, als sich zu trennen. Sein El Schaddai aber hatte ihn diesen Weg geführt und er musste ihm folgen. Doch es tat ihm weh, sich von dem Bruderssohn abschneiden zu müssen.

»Hier sind wir«, sagte er aus seinen Gedanken zurückkehrend zu Lot. »Da drüben am Elah-Baum steht der Stein, den ich meinem El weihte. Denn dies ist gewiss ein heiliger Ort, und du findest weit und breit keinen anderen Platz, wo das Land sich so weit den Augen öffnet wie hier auf der Höhe des Lus. Schau dich um.«

Mit einer ausholenden Armbewegung deutete Abram über die Bergkuppen und zeigte dann hinab in die Jarden-Aue. Aus der Tiefe blinkte das Nordende des Salzsees glitzernd zu ihnen herauf im Sonnenaufgangslicht. Jenseits seiner Ufer erhoben sich steil und abweisend die Pisga-Berge wie eine Mauer aus den Tagen der Urzeit.

»Ja«, bestätigte Lot. »Dies ist ein heiliger Ort. Wie weit ist das Land von hier oben!«

Sie setzten sich, packten Fleisch und Brotfladen aus, teilten sie unter sich und ließen die Landschaft auf sich wirken. Winzige, braunrot gefärbte Vögel gesellten sich zwitschernd zu ihnen und pickten die herabfallenden Krumen ihrer Mahlzeit auf.

»Hast du dich mit den Eltern des Jungen geeinigt?«, erkundigte sich Abram nach einer Weile.

Lot zog ein unglückliches Gesicht. »Ich habe ihnen Blutgeld geboten, doch sie schlugen es aus«, berichtete er. »Aber kann ich den Jungen etwa wieder lebendig machen?«

»Nein, das können wir nicht«, sagte Abram. »Doch so sammelt sich böses Blut unter den Leuten und daraus erwachsen Blutfehden.«

»Ich weiß«, sagte Lot niedergeschlagen.

»Es war ihr einziges Kind«, fuhr Abram fort. »Die beiden haben jetzt niemanden mehr für ihr Alter.«

Lot schwieg.

»Es ist ja nicht deine Schuld«, kam ihm sein Vatersbruder zu Hilfe. »Wir alle hätten längst sehen müssen, dass es so nicht weitergeht. Das Land ist zu eng für uns beide, wir müssen jetzt unsere eigenen Wege gehen. Kehrst du zurück nach Maitani?«

»Das bestimmt nicht«, wehrte Lot ab. »Soll ich wie ein geprügelter Hund nach Hause laufen?«

»Ich würde dich reichlich ausstatten«, bot ihm Abram an. »Du kämest reicher ins Obere Land zurück, als du weggegangen bist. Nur, ich selbst kann nicht umkehren, denn mein El ist in diesem Land.«

Lot fasste nach seiner Hand. »Du machst es uns beiden

schwer«, sagte er. »Ist doch das Land groß und weit für uns beide, nur zusammenbleiben können wir nicht.«

»Dann müssen wir uns also entscheiden«, sagte Abram und erhob sich. »Sieh dich um, Brudenssohn. Das ganze Land steht dir offen. Willst du zur Linken, so will ich zur Rechten; oder willst du zur Rechten, so will ich zur Linken gehen.«

Und Lot erhob seine Augen, sah das Land vor sich liegen und wählte für seinen Teil die Aue am Jarden. Denn sie war wasserreich wie ein Gottesgarten.

Unter der Elah trennten sich beide mit einer wortlosen Umarmung. Lot ging hinab in die Zeltstadt, Abram aber verweilte noch auf der Höhe und ließ seine Augen über das Bergland wandern, das sich nach Süden endlos weit seinen Blicken auftat. Dann trat er an den El-Stein, hob die Hand und sagte: »Hier bin ich.« Denn er spürte die Gegenwart seines Gottes.

Aufbruchsstimmung lag schon in der Luft, als er zurückkam. Blökende Schafe drängten sich in den Pferchen, Rufe schallten durchs Tal, Lachen, Kindergeschrei lärmte zwischen den Zelten, wie jedes Mal, wenn die Esel beladen wurden und es dann weiterging. Abram begann sich zu eilen. So vieles musste noch besprochen und geregelt werden!

Da erblickte er bei der Bodenwelle gegenüber vom Lager die Eltern des erschlagenen Hütejungen. Sie trauerten am Grab ihres Sohnes. Der Ausspruch eines Weisen kam Abram in den Sinn: Das menschliche Herz ist eine Grube, mit Blut angefüllt. Über ihre Ränder bücken sich die geliebten Toten, das Blut zu trinken und wieder lebendig zu werden, und je lieber sie einem sind, umso mehr Blut trinken sie.

Abram stockte, zögerte und ging schließlich zu den beiden hinüber, legte die Hand an die Stirn und entbot ihnen den Trauergruß: »Titnachmu! Möget ihr getröstet sein!«

Der Mann blickte flüchtig auf, ließ gleich darauf den Kopf wieder hängen und streute weiter Erde über sich. Aus den tiefen Einschnitten, die er sich im rußbeschmierten Gesicht, an Armen und Beinen beigebracht hatte, rann frisches Blut. Seine Frau reagierte erst gar nicht. Sie kniete vor dem steingeschichteten Mal, stöhnte leise und pendelte dabei mit dem Oberkörper hin und her. Büschelweise hatten sich beide die Haare ausgerissen und zwischen die Steinfugen gesteckt. Drei Tage nämlich, so hieß es, weile der Totengeist noch an seinem Begräbnisplatz, bevor er sich endgültig auf die Reise ins Staubland mache. Und es würde ihn trösten, den Trauerschmerz der Seinen am Grab zu sehen.

»Ihr seid jetzt allein«, sagte Abram mitfühlend. »Ich weiß, wie schlimm das ist.«

»Ja, Herr«, murmelte der Mann ohne aufzublicken, »du weißt es.«

»Nein, er weiß es nicht«, widersprach die Frau, ohne in der Bewegung einzuhalten. »Oder irrt etwa sein Kind in der Finsternis umher, weil es niemanden hat, der es versorgt?«

»Sie meint, was wird aus unserem Jungen, wenn wir weiterziehen«, erklärte der Mann und scheuchte die Fliegen aus seinem Gesicht.

»U-a-u-ai«, weinte die Frau, ihre Brüste schlagend, auf. »Wer wird meinem Kind Wasser bringen, wenn es Durst hat da unten im Staub – wer ruft es zum Essen und sagt: Steh auf und sättige dich –?«

144

»Ja, Herr, so klagt sie die ganze Zeit«, erklärte der Mann und hob diesmal seine Augen zu Abram auf.

»Dein Sohn soll nicht unversorgt bleiben«, versprach er.

»Bist du nicht einer von den Eselstreibern?«

»Ja, Herr, der Dakkum bin ich«, antwortete der Vater des Hütejungen und stand auf.

»Sage deiner Frau, dass der Herr dich schickt, deine Hand auf einen Esel aus seiner Herde zu legen«, fuhr Abram fort.

»Sag deiner Frau auch, dass du den Esel zu der Herrin führen wirst, damit sie das Tier mit Speise belädt, und sage weiter zu deiner Frau: Höre, ich führe diese Last hinab ins Dorf unterhalb des Lus, binde das Tier an einen Türpfosten und bitte den Herrn des Hauses: Versorge meinen Sohn an jedem Fest des Jahres, bringe ihm zu essen und zu trinken ans Grab, dafür will ich dir den Esel lassen! – Sag das alles deiner Frau, dass sie sich tröstet.«

»Den Jungen bringt mir nichts zurück!«, jammerte sie.

»Das habe ich auch nicht gesagt«, entgegnete Abram. »Aber es gibt ihm Frieden.«

»Danke, Herr«, sagte Dakkum und wollte Abrams Gewandsaum aufheben.

Doch dann wich er einen Schritt zurück. »Nicht dass du unrein wirst, Herr«, sagte er entschuldigend und ließ die Arme hängen.

Abram schlug die Augen nieder. »Titnachmu«, wiederholte er, legte die Hand an die Stirn, grüßte das Grab und ging, den Blick zu Boden gerichtet, zur Zeltstadt hinüber.

Wer würde später einmal ihn und Sarai am Grab rufen und sagen: Steht auf, kommt, esst und trinkt –? So fragte er sich beim Gehen. Wie die Eltern des Hütejungen waren auch er und seine Frau arme Leute, weil sie keinen Sohn und Erben besaßen.

Von solcher Art Armut freilich bemerkten die Neugierigen und Gaffer nichts, die aus den kleinen Siedlungen, den Weilern und ummauerten Städten herausgelaufen kamen, wenn Abrams wandernde Zeltstadt in einer Wolke von Staub an ihnen vorbeizog. Die vielen Esel, Maultiere und Maulesel, die mit geschnürten Lasten trippelnd dem herrschaftlichen Paar an der Spitze folgten, die Ziegen und die Schafe, eine Herde nach der anderen, der ganze Haufen von Abrams Gesinde, Frauen, Mägde, Sklavinnen, Kinder, Männer und Aufseher, alle wohl gekleidet, gut genährt, mit glänzender Haut vom Überfluss an Öl und Salben – dieses Schauspiel eines wahrhaft herrschaftlichen, fröhlich bunten Heerzuges musste den Leuten an den Hecken und Zäunen als Aufgebot eines Herdenkönigs erscheinen, der reich an göttlicher Segensfülle ihre Fluren durchmaß. So verbeugte man sich vor dem hohen Paar, warf dem Gesinde Kusshände zu, lief auch wohl ein Weilchen mit im Karawanenzug, bis es heraus war, wer da ihr Land beehrte. Abram, der Vater ist groß, sei sein Name, flüsterte man sich zu, und die schöne Frau an seiner Seite heiße Sarai, einer Herrscherin käme sie gleich, einer Fürstin, was eben auch ihr Name bedeute. Und aus der Stadt Urim kämen die Herrschaften, von so weit her! Mitten aus dem sagenhaften Zweistromland, wo das berühmte Geschlecht der Turmbauer wohne, das es an Größe selbst mit den Göttern aufnehme! Nein, von Armut konnte bei diesem Aufgebot, wenigstens dem Augenschein nach geurteilt, wahrhaftig keine Rede sein.

Dabei geriet Abrams Marsch hinab ins Südland fast zu einem Wettlauf ums Leben mit Schamasch, dem sengenden Sonnengott. Ständig umschwärmten Eliesers Leute den Zug, um unterwegs ein paar Hände Gras aufzuklauben, Blätter abzustreifen, vielleicht sogar eine versteckte Senke mit frischem Grünwuchs auszumachen. Das aber war schon ein Glücksfall, denn Schamasch hatte ringsum das ganze Südland gefressen. Menschen und Tiere ließen die Köpfe hängen: die Tiere, um noch ein letztes Hälmchen zu rupfen, die Menschen, weil die Last des Sommers sie schier zu Boden drückte. So ging zwischendurch eine ganze Anzahl von Tieren verloren, Jungtiere vom Frühjahrswurf zuerst, dann aber auch ausgewachsenes Kleinvieh, ja, selbst die robusten Fettschwanzschafe verschonte die Auszehrung nicht.

Auf diese Weise nahm Mot, der Gott des Todes, während des Sommers alles wieder zurück, was Baal den Menschen im Frühjahr in überreichlicher Fülle ausgeteilt hatte. Es war ein gerechter Ausgleich, so sah es Abram. Darum haderte er nicht, obwohl die Sorge um die Seinen schwer auf ihm lastete, während er mit seiner wandernden Zeltstadt immer weiter südwärts strebte.

Zum Glück für Mensch und Vieh zogen zeitig Wolken auf. Sie brachten noch kein Nass, linderten aber doch den Gluthauch der Sonne. Gleich mit der Traubenernte stellte sich der erste Frühregen ein. Die Luken des Himmels öffneten sich immer weiter, so dass die Pächter und Bauern des Südlands in einem Zug ackern und ernten, Trauben keltern und ihre Wintersaat ausbringen konnten.

Um diese Zeit erreichte Abrams Karawane den Ort Chebron. Der Ort markierte die äußerste Grenze des Berglands zwischen der Jarden-Aue und dem Oberen Meer. Ein wenig weiter südlich fiel das Land steil ab. Dort begann die Steppe, hinter der sich, in blaue Nebel gehüllt, die Wüste verbarg.

In einer flachen Senke zwischen den kleinen, mit struppigem Ginster bewachsenen Anhöhen um Chebron ließ Abram für eine Rast die Zeltstadt aufschlagen. Während seine Leute die Zeltschnüre spannten, den Eseln die Lasten abnahmen, Frauen, ihre Wasserkrüge geschultert, zur Quelle marschierten, zog es Abram in den Schatten eines Waldstücks über der Senke.

Die Bäume standen dort einzeln und gepaart, knorrig, jeder eine altersgraue Persönlichkeit wie aus der Zeit, als noch die großen Bäume Fürstinnen und Fürsten, Herrscher und Könige waren. Abram ging ein Stück in den Hain hinein, die Stämme rückten allmählich dichter um ihn, bis sie seinen Augen die Sicht nach draußen versperrten. Die gewaltigen Kronen über seinem Kopf bildeten jetzt ein einziges zusammenhängendes Dach, das die Ruhe der Baumriesen und ihren Wurzelort hütete.

Nun spürte Abram es deutlich: Er befand sich in einem heiligen Hain, dessen Wurzeln bis hinab in die Tiefen der Unterwelt reichten. Die Zeit schien mit einem Mal stillzustehen. Ein unmerklicher Windzug fächelte oben im Laubdach, eine Maus raschelte, der verlorene Ruf eines Singvogels, fernes Grillenzirpen drangen, während er der Stille lauschte, gedämpft an sein Ohr. Und plötzlich überkam ihn Gewissheit, dass er angekommen, Gewissheit, dass seine Reise jetzt zu Ende war. Ein untrügliches inneres Wissen rief wie ein Echo die Worte zurück, mit denen er vor Jahren seinen Weg begonnen hatte: »Geh aus deinem

Land und aus deiner Verwandtschaft und aus dem Haus deines Vaters in ein Land, das ich dir zeigen werde –«

Seine Seele weitete sich schmerzhaft, dass ihm die Brust eng wurde, und er wagte kaum zu atmen vor Glück, einem Gefühl, so durchdringend und stark, dass es ihn fast betäubte. Als er sich wieder rühren konnte, noch wie im Traum den Baumschatten verließ, richtete er oberhalb der Zeltstadt am Waldrand zwischen den Elah-Bäumen einen Stein auf. Während der Arbeit redete er gedämpft mit sich selbst und versprach, noch an diesem Tag, ehe die Sonne sich entfernte, zu kommen, den Steinkopf mit Öl zu salben, die Hand zu erheben, um ihm, seinem Schutzgott, zu sagen: Hier bin ich, Abram, der Sohn Terachs!

Mit diesem Entschluss kehrte Abram zu seinen Leuten in die kleine Ebene zurück, ließ jetzt völlig abladen, die Lasten aufschnüren. Unterdessen hatten sich die ersten Leute aus Chebron bei der Zeltstadt eingestellt, junge Männer auf ihren Eseln, um sich die Fremden zu besehen und mit ihnen Neuigkeiten auszutauschen. Jetzt erfuhr Abram auch den Namen des Baumheiligtums oberhalb der Senke. Mamre, so nannten die Einheimischen den Hain, in dessen Nähe Abram fortan in der Gegenwart seines El leben und wohnen wollte. Er fragte sich nicht, warum es ausgerechnet dieser abgeschiedene Ort sein musste, sondern gehorchte seinem Gefühl, das ihm sagte, dass er angekommen und am Ziel war: geführt von seinem Gott, der hier seinem Namen eine Heimstätte zu geben gedachte.

In ihrer neuen Heimat, hart am Rand von Steppe und Wüste gelegen, lebte auch Sarai sich schnell und mühelos ein. Als Stadtkind war sie zwar aufgewachsen, verwöhnt mit duftenden Wannenbädern, mit zahllosen feinschmeckerischen Genüssen, und, von städtischem Luxus umgeben, hatte sie in Urim und Charranum Haus geführt, doch trauerte sie dem allen in ihrem Zelthaus nicht nach. Ja, Sarai wäre, wenn nötig, sogar bis in die Hölle hinabgestiegen, nur um endlich, endlich gebärend ihren Schoß öffnen zu können. Dies aber, so hoffte sie, musste und würde jetzt hier in Mamre geschehen. Die Wüstennachbarschaft und Abgeschiedenheit schreckten sie darum nicht. Nein, unter Freudentränen hatte sie ihren Mann umarmt, als er, die Hände in Öl getaucht, von dem El-Stein zurückgekehrt war und ihr verkündet hatte: Wir sind angekommen, wir sind da! Und so richtete sich Sarai während der nächsten Wochen häuslich in ihrem Zelt ein.

Vieles, unendlich viel musste zwischen den drei Mittelstangen jetzt seinen endgültigen Platz finden: Teppiche, steif gestopfte Kopfpolster, kostbar verzierte Packsättel, die beim Sitzen als Armstützen dienten, Teig- und Speiseschüsseln, hölzerne Gefäße, die Steinmühlen aus dunklem Basalt, Mörser und Stößel, lederne Schöpfeimer, Schläuche aus Schaf- und Ziegenhäuten; an der westlichen Zeltwand fanden die Getreideschütte, das Mehlsieb ihren Platz, der große Schöpflöffel, kleine Holzlöffel, verschiedene Trichter zum Einfüllen der Milch in den Butterschlauch und was alles mehr Sarais Haushalt an Einrichtungsgegenständen und Gerätschaften brauchte. In einer Ecke des hinteren Raumes, dem Frauenabteil, wurden später alle möglichen kleinen und großen Behälter abgestellt, darunter die Truhen, welche den kostbarsten Besitz ihrer Ehe bargen: edle metallene Gefäße, Elfenbeinschnitzereien, Zierrat und

Schmuck in reichen Schatullen, fein gewirkte Stoffe, Festgewänder, duftende Öle, Spiegel und aus hellem Schildpatt geschnitzte Kämme. Dann hieß Sarai ihre Leibmagd unterm Zeltdach an waagrechten Seilen wohlriechende Kräuterbündel aufhängen, Myrrhe und Aloe, süß duftende Kassia, Kränze von Granatäpfeln, Feigen, Knoblauch und blauvioletten Zwiebeln. Und sie vergaß endlich auch nicht, Hagar anzuweisen, neben den Schlafpolstern ihrer Herrin einen Platz unterm Zeltdach auszusparen, wo bald das Wiegentuch ihres Kindes hängen sollte. Volksweisen aus dem entfernten Meerland, halb vergessene Schlaf- und Schlummerlieder kehrten ihr plötzlich ins Gedächtnis zurück, und vor sich hin summend, träumerisch, in Erwartung lächelnd, musterte Sarai zuletzt unaufhörlich ihr neues Zelthaus, in dem ihr Kindchen endlich zur Welt kommen sollte. Sie war zufrieden mit dem Werk ihrer Hände. Ja, und es war ihr eigentlich nur recht, dass Mamre so fernab von allen großen Straßen lag. Versprach doch die stille Steppen- und Wüstennachbarschaft ihrem Kind mehr Sicherheit und Schutz vor den Menschen als die Mauerkränze der großen Städte, denen ihr Reichtum oft gerade zum Verderben wurde.

So ganz abgeschieden war Mamre allerdings auch wieder nicht, als dass nicht wenigstens reisende Händler mit ihren Packeseln und Maultieren vorbeigezogen wären. Die Straße nämlich, die Abram nach Chebron gebracht hatte, führte an dem Städtchen vorbei südwestlich in Richtung der Meeresküste mit ihrer reichen Handelsstadt Gadjut. Von dorther kamen sogar Kaufleute eigens nach Chebron, um Wein einzukaufen, von dem hier große Mengen produziert wurden; und das in vorzüglicher Qualität, denn die Nachbarschaft zur Steppe und die Höhenlage ließen die roten Trauben dieser Gegend besonders aromatisch gedeihen. Die meisten Handelsleute jedoch, die von Gadjut aus ins Bergland hochzogen, ließen Chebron links liegen und zogen an dem Ort vorbei nach Norden, um mit den Städten der Jarden-Aue ihren Handel zu treiben. Aus der Palmenstadt nördlich des Salzsees etwa kamen Oliven, Honig und Datteln, und die Händler aus Gadjut boten dafür feine Textilien und andere Luxusartikel.

Mit den Händlern kamen auch die Nachrichten. Eine davon ließ Abram, als er sich schon geraume Zeit in der neuen Umgebung eingelebt hatte, vor Schreck erblassen.

Während der Winterzeit nämlich erschien eines Tages ein Handelsreisender von der Küste durchnässt und halb erfroren auf seinem Esel und suchte bei seinem Zelt um Gastfreundschaft nach. Abram gewährte sie bereitwillig, denn der Mann befand sich in einem elenden Zustand. Sarai melkte für den Gast und Abram selbst legte ihm frisches Brot vor. Als der Wein ihn erwärmt hatte, erzählte Garm – so der Name des Händlers – ihm folgende Geschichte: Er habe in der Palmenstadt gewinnbringende Geschäfte getätigt und sei mit einem Gürtel voll Silber über die Stadt Sodom zurückgereist. Dort habe er alle Rasthäuser belegt gefunden, weshalb er irgendwo in einer Gasse seinen Esel angebunden und sich dazugesetzt habe, um unter seiner Decke die Nacht im Freien zu verbringen.

Abram nickte zustimmend. Erinnerungen an seine Reisen in Jamchad und an der Purpurküste tauchten in ihm auf. Wie oft hatte auch er sich als Händler mit wenigem zufrieden geben müssen.

Unterdessen erzählte Garm weiter: »Da kam ein Mann und fragte: Woher kommst du, Freund, und wohin gehst du? Und ich antwortete ihm, dass ich über Chebron nach Gadjut unterwegs sei, hier in Sodom aber keine Unterkunft gefunden hätte. Da lud mich der Mann ein, unter sein Dach zu kommen. Er führte mich in sein Haus, stellte meinen Esel in den Stall, nahm meine kostbare Decke und die Packschnur in Verwahrung und lud mich an den Tisch. Am nächsten Morgen wollte ich weiter, mein Gastgeber aber nötigte mich, noch einen Tag zu bleiben. Das tat ich auch. Als ich schließlich meinen Esel aus dem Stall zog und sattelte, bat ich den Mann um meine schöne Decke, die er in Verwahrung genommen hatte.« Garm unterbrach sich und schaute Abram an. »Du wirst nicht glauben, Herr«, sagte er, »was jetzt geschah –«

»Weiter«, drängte ihn Abram.

»Nun gut«, fuhr Garm fort. »Ich sagte also: Gib mir die Decke und meine Schnur! Da antwortete mein Gastgeber: Freund, da hast du aber etwas Schönes geträumt, ich gratuliere dir! Und deinen Traum will ich auch gerne deuten. Die Bedeutung liegt ja fast auf der Hand. Die Schnur nämlich zeigt die Länge deines Lebens an, danke also deinem Gott. Die bunte Decke aber besagt, dass dir demnächst ein schöner Garten mit Fruchtbäumen zufallen wird. – Was redest du, sagte ich, meine Decke, die Schnur will ich wiederhaben! – Die Leute hierzulande, erklärte mir der Kerl ungerührt, gäben ihm vierzig Silberschekel für eine Traumdeutung, aber ich sei sein Gast, darum wolle er sich bei mir mit dreißig Schekel begnügen! Da lief ich zum Gerichtshaus und stritt mich dort mit meinem Gastgeber. Der Richter hörte uns an und antwortete mir schließlich: Dein Gastgeber ist in der Stadt als ehrlicher Mann bekannt. Er hat deinen Traum gedeutet, und es ist nicht recht, dass du ihm seinen Lohn schuldig bleibst. Darum verurteile ich dich, ihm vierzig statt dreißig Schekel zu zahlen und Sodom zu verlassen! Alle Umstehenden klatschten Beifall, und da erkannte ich, dass ich ganz Sodom gegen mich hatte, und ich weinte über das Unrecht, das mir zugefügt worden war.«

Abram aber ergrimmte über den ungerechten Richter. »Gerechtigkeit erhöht ein Volk, Unrecht aber ist der Leute Verderben«, grollte er und versprach Garm, ihn mit allem Nötigen zu versorgen, dass er seinen Weg nach Gadjut unbeschwert fortsetzen könne. Dann aber kam der Schreck: Lot nämlich fiel Abram ein, Lot, der ihm kürzlich erst Nachricht hatte zukommen lassen, dass er mittlerweile in der Stadt Sodom ansässig geworden sei. Unter was für Leute war sein Geschwisterkind da geraten! Abram machte sich Vorwürfe, dass er Lot von sich gelassen hatte, den Sohn seines Bruders, für den er väterliche Pflichten übernommen hatte. Vielleicht hätte es doch eine andere Lösung gegeben, sagte er sich jetzt. Noch tagelang, nachdem er Garm verabschiedet hatte, brütete Abram vor sich hin und machte sich Gedanken, ob er Lot eine Warnung zukommen lassen sollte. Doch er fand zu keinem Entschluss und auch Sarai wusste keinen Rat. Lot habe sich schließlich aus freien Stücken für das Land am Jarden entschieden, meinte sie, und wie sie ihren Geschwistersohn kenne, habe er seinen eigenen Kopf, und weder er noch seine Frau Adit würden sich von Sodom trennen, nachdem die Familie sich gerade erst häuslich dort eingerichtet hätte.

Nein, es war kein völlig von der Außenwelt abgeschnittener Ort, den Abrams El Schaddai seinem Freund als neue Heimat zugewiesen hatte. Abram hatte durchaus teil am Lauf der Welt. Doch ein wenig am Rand der Welt lag Mamre schon. Allerdings war das auch ein Vorteil. Denn wegen der Abgeschiedenheit von Chebron hatte nie einer der Könige von Mizrajim oder der Jarden-Aue Interesse gezeigt, auf diese Gegend in der Nachbarschaft der Wüste seine Hand zu legen. Gewährte das Land doch nur gerade Kleinviehhirten, ein paar Weinbauern und Handwerkern bescheidenen Lebensraum. Und so kam Abram auch nicht, wie er sich auf seiner Herreise gesorgt hatte, unter die Botmäßigkeit eines Herren, dem er hätte dienstpflichtig sein müssen. Es gab bestimmt reichere, von Lage und Witterung begünstigtere Landstriche als die Gegend um Chebron, doch hier in Mamre war Abram König und das letztlich zählte.

Nach der Schafschur drang dann aber doch der Lärm der großen Welt bis hinauf nach Mamre. Seit der König von Mizrajim das Jarden-Land verlassen hatte, nutzten die Stadtkönigtümer die Gelegenheit, ihre Kräfte miteinander zu messen. Fünf Könige aus dem Norden, so berichteten Reisende den Leuten der Zeltstadt, seien gegen die Könige und Fürsten der Städte am Salzsee ausgezogen und das Land am Jarden halle wider von Kampfeslärm. Doch das Kriegsgetümmel war zu weit weg, als dass es Abram in Mamre ernstlich beunruhigt hätte. Dann aber wurde er überraschend doch mit dem Geschehen konfrontiert.

Eines Tages nämlich galoppierten plötzlich Eselsreiter heran, eine mehr als hundertköpfige Schar. Abram hatte sie vom Elah-Stein aus erspäht und rief schleunigst nach Elieser.

»Mach unsere Männer kampffertig«, befahl er ihm. »Tribut leisten wir, wenn es sein muss. Aber ausplündern lassen wir uns nicht!«

Inzwischen schwärmten die Bewaffneten gegen die Zeltstadt aus, ihre Lanzen glänzten im Sonnenlicht. Eine Bogenschussweite vor den Schafpferchen machten sie Halt, zwei Reiter lösten sich von der Schar, näherten sich den Zelten, rutschten dann aus ihren Sätteln und warfen Sand in die Luft. Abram ging den beiden entgegen. Eine Erinnerung wurde wach, das Erkennen folgte. Es waren Sutu-Reiter, Leute wie die von Falal, und der Mann, der da auf ihn zukam, war dem Sutu-Scheich wie aus dem Gesicht geschnitten.

»Lu schulmu«, rief Abram ihnen zu, den Gruß des Zweistromlands.

Die beiden rieben ihre Nasen, legten die Hand aufs Herz und grüßten zurück: »Lu baltata!«

»Du bist Abram, der Sohn Terachs«, sagte der Erste. »Und ich bin Rum, der Sohn des großen Falal. Unsere Familien sind durch Beistandsbande verbunden!«

»Das sind wir, Sohn Falals«, bestätigte Abram. »Komm in den Schatten, dass ich dich erquicke.«

Rum machte seinem Begleiter ein Zeichen, worauf dieser sich auf seinen Esel schwang und zu seinen Leuten ritt, und Abram sah, dass die Sutu-Reiter absaßen und sich lagerten.

Er geleitete Rum ins Zelt, reichte ihm Trank und Speise und die beiden Männer wechselten ein paar höfliche Worte.

Dann aber erkundigte sich Abram: »Freund, was ist geschehen? Und wie hast du hierher gefunden?«

Rum lachte. »Es war nicht schwer«, meinte er dann. »Die Leute im Gebirge kennen doch Abram, den Herdenkönig.«

»Und was ist geschehen?«, wiederholte Abram.

»Ah, es hatte erst überhaupt nichts mir dir zu tun«, begann Rum zu berichten. »Ich war mit meinen Leuten im Land Jamchad. Dort hörten wir von dem Kampf der Könige hier unten im Tal Siddim, und da dachten wir, vielleicht fällt dabei auch für uns Beute ab. Doch als wir in die Gegend von Sodom kamen, war die Sache schon entschieden. Wir waren zu spät. Man führte gerade Bürger der Stadt als Geiseln nach Norden. Da erkannte mich einer und schrie mir zu: Falal, erbarme dich meiner! Rufe Abram, denn ich bin Lot, sein Bruderssohn! Ja, mein Vater, und da bin ich nun, Rum, der Sohn Falals, und ich rufe dich. Lot erwartet, dass du ihn auslöst.«

»Bei der Hand meines El, das werde ich«, rief Abram erschrocken.

Der Sutu legte die Hand auf seinen Arm. »Ich würde es nicht tun«, meinte er. »Du bist zwar ein Fürst, aber hinter dir sind keine Mauern. Man könnte dich mit zu den Gefangenen stecken, um noch mehr Lösegeld zu erpressen.«

Abram blickte unter sich. »Ich lasse doch Lot nicht unterm Nackenholz stehen –«, sagte er.

Rum unterbrach ihn. »Wie viele Männer hast du zum Kampf?«, erkundigte er sich.

»Vielleicht sechzig oder siebzig«, antwortete Abram.

»Und wie viele Reitesel?«, fragte Rum.

»Gegen hundert«, sagte Abram.

»Dann holen wir uns deinen Bruderssohn«, schlug Rum vor. »Mit Gewalt. Und meine Männer machen dabei auch noch Beute. Also, das ist mein Vorschlag. Du wirst sehen, zusammen kriegen wir deinen Bruderssohn aus dem Holz. Bist du einverstanden?«

Abram zögerte. Der Vorschlag war zu schnell gekommen, viel zu schnell. Doch dann dachte er an Falal und vertraute dessen Sohn. Lot jedenfalls konnte nicht warten.

»Einverstanden«, sagte er also. »Und wann reiten wir?«

»Heute ein Tag Ruhe, morgen sind wir in den Bergen«, triumphierte Rum und streckte sich vergnügt.

Abrams Bedenken aber blieben. Doch er hatte die Pflichten eines älteren Bruders gegen Lot wahrzunehmen und die Wahl der Mittel war begrenzt. Hatte er überhaupt die Wahl? Im Grunde musste er sogar froh sein, dass Rum ihm ein Bündnis angetragen hatte.

Also wurden in der Zeltstadt umgehend die nötigen Vorbereitungen getroffen. Elieser gab Waffen aus, teilte Esel und Sättel zu, sorgte für Marschverpflegung, ließ die Wassersäcke mit Butter ausfetten: Elieser war überall. Er würde während Abrams Abwesenheit auch der Zeltstadt vorstehen, so wurde es beschlossen.

Der Rettungsplan stieß allerwärts auf Zustimmung, nur nicht bei Sarai.

»Merkst du nicht, das ist ein Mann, dessen Herz von seinem Gesicht getrennt ist«, hielt sie ihrem Mann hinter der Zeltwand vor. »Du lässt dich von dem Sutu einspannen, für seine eigenen Zwecke –«

»Ich kann mir meine Freunde jetzt nicht aussuchen«, protestierte er. »Nicht, solange Lot unter dem Nackenholz geht.«

»Und wir kommen überhaupt nicht zur Ruhe«, beklagte sich seine Frau. »Da sind wir endlich angekommen, haben uns eingerichtet und gleich treibt es dich wieder fort!«

»Aber das hat doch nichts miteinander zu tun«, wehrte er sich.

»Vielleicht doch«, widersprach Sarai. »Was ist, wenn du nicht wiederkommst, kannst du mir das sagen? Schließlich bist du nicht mehr der Jüngste, oder?«

Damit marschierte sie zum Zelt hinaus. Abram grollte. Doch zurück konnte er nicht.

Mit geschnürten Sandalen, die Lanze in der einen, Bogen und Köcher in der anderen Hand, das Elfenbeinmesser im Gürtel, ging er hinüber zu den Eselspferchen. Rum wartete bereits.

Aus dem Ritt wurde die wildeste Hetzjagd, die Abram je erlebt hatte. Immer nach Norden, über Salem, Schakim, mit dem El-Stein, weiter den See Kinneret entlang bis zu den Quellorten des Jarden. Abram, sonst gemächliches Fortrücken gewöhnt, sank jeden Abend durchgerüttelt bis auf die Knochen von Kulla, seinem Maultier, unfähig, noch zu sitzen oder zu stehen. Er konnte sich nur auf die Seite rollen und hoffen, dass bald der Schlaf seine schmerzenden Glieder löste.

Irgendwann aber steckte die Abenteuerlust auch ihn an. Nach acht Tagen war sein Gürtel zu weit geworden, die Augen blickten schärfer, seine ganze Gestalt hatte sich gestrafft.

Rum bemerkte es und schmunzelte. »Noch ein paar Tage,

Herr, und du bist wieder gut beieinander«, rief er ihm zu. »Dann suchen wir uns einen Waffenplatz und üben.«

Ja, und es tat gut, mit der Waffe in der Hand sich wieder einmal Mann gegen Mann zu erproben. Wie ehedem bei der Stadtwache von Urim, aber wie lange war das her! Doch unversehens waren sie wieder da, die alten Griffe, die alten Tricks, das Gefühl, die straffe Bogensehne zu halten. Seine Ausbilder in Urim hatten gute Arbeit geleistet, stellte auch Rum nach einer Weile zufrieden fest.

Nach einigen weiteren Waffengängen jedoch schüttelte der Sutu stirnrunzelnd den Kopf. »Dir fehlt eins«, meinte er vorwurfsvoll, »der Wille zu töten. Ich habe das Gefühl, du nimmst das Ganze nicht richtig ernst. Ernst aber wird's, wenn es erst mal heißt, er oder ich!«

Abram wusste, wovon der Sutu sprach. Rum hatte das, was er den Willen zu töten nannte. Darum war er ein gefährlicher Mann und er war stolz darauf. Doch Abram wusste auch, dass er selbst anders war. Bedenken oder Selbstzweifel kamen ihm deswegen nicht.

Vor dem Quellort des Jarden hatten sie, wie Rums Späher berichteten, das Aufgebot der Nordkönige überrundet und legten sich ins Versteck. Der Heereszug traf erst am nächsten Abend ein. In der Nacht aber überfielen Rum und Terachs Sohn die Ahnungslosen in ihren Zelten. Der Sieg war schnell und leicht, fast unblutig. Die Sutu und Abrams Männer jauchzten. Die Beute des ganzen Königsaufgebots war ihnen zugefallen.

Doch Abram wurde des Sieges nicht froh. In der allgemeinen Verwirrung war in der Dunkelheit nämlich eine Abteilung entkommen, mit Sack und Pack und allen Geiseln.

Unter ihnen musste auch Lot sein, denn unter den Gefangenen befand er sich nicht.

Am nächsten Morgen ließ Rum den Großteil seiner Leute zurück und setzte mit Abram und dessen Männern den Flüchtigen nach.

Unterhalb des Hermon, in der Nähe von Choba, stellten sie Tidal, einen der Könige des Nordens. Diesmal wäre ein Kampf Mann gegen Mann fällig gewesen. Den jedoch scheuten beide Parteien, weil sie sahen, dass ihre bewaffneten Haufen annähernd gleich stark waren. So verbrachten sie einige Zeit mit Scheingefechten, lautstarken Drohungen und gelegentlichen Ausfällen hin und her über den Bach, der ihre Lager trennte. Dann bot Tidal ihnen einen Waffengang zweier Kämpfer als Gottesurteil an. Rum war einverstanden, Abram erleichtert, und beide Parteien trafen die Absprache, den entscheidenden Zweikampf am nächsten Morgen auszutragen.

Unter den Gefangenen hinter den feindlichen Linien hatte Abram seinen Bruderssohn bisher nicht entdecken können. Aber er hoffte sehr, dass Lot noch am Leben war. Denn sonst wäre für ihn das ganze Unternehmen sinnlos gewesen.

Rum setzte sich, nachdem die Vereinbarung beschworen war, zu Abram an den Eselspferch.

»Wir müssen uns besprechen, wir beide«, sagte er. »Vor allem, wer morgen gegen Tidal antritt. Ich habe darüber nachgedacht. Wenn Tidal den Gott entscheiden lässt, müssen auch wir die Sache zwischen uns mit dem Los entscheiden. Doch ich bete, dass es auf mich fällt. Denn von uns beiden, mein Vater, bin ich der bessere Kämpfer.«

Abram ließ seine Augen über das jenseitige Lager wandern. Fern über Tidals Zelten stand der schneebedeckte Gipfel des Hermon. An seiner Flanke schwebten dunkle Punkte. Adler sind das, sagte sich Abram, Adler mit ihren Jungen. Und sie werden dort auch morgen kreisen. Aber werde ich sie dann noch sehen?

Er wechselte seine Sitzstellung und sagte: »Den Losgang können wir uns schenken. Ich werde gegen Tidal kämpfen.«

Rum starrte ihn an, ohne zu begreifen. »Wieso denn gerade du –«, wollte er wissen.

»Meinen El versuche ich nicht«, erklärte Abram. »Mein Schutzgott ist da durch seine Gegenwart. Darum muss ich selbst, nicht das Los, entscheiden und ich habe meine Wahl getroffen.«

»Du verlangst viel von mir«, murrte Rum. »Ich soll deinem Gott vertrauen, wie du es tust. Aber es ist kein schöner Gedanke, morgen vielleicht mit unterm Nackenholz zu stehen.«

Abram legte dem Sutu die Hand auf den Arm. »Schließlich sind deine Leute in der Nähe«, erinnerte er ihn. »Die werden dich schon heraushauen.«

»Also, meinetwegen«, sagte Rum. »Ich gebe nach. Dann wollen wir jetzt nach deinen Waffen sehen.«

Sie bespannten den Bogen neu, überprüften die Fiederung der Pfeile, Rum polierte die Lanzenspitze, dass sie glänzte, und Abram schärfte die Klinge seines Elfenbeinmessers. Er war bereit, morgen selbst gegen Tidal anzutreten, weil er spürte, dass sein El ihn dazu rief.

Auf freiem Feld legte man am nächsten Tag die Anfangsentfernung zwischen den beiden Kämpfern fest, die äußerste Distanz eines Bogens.

Tidal ist um Jahre jünger als ich, sagte sich Abram, während er an der Ausgangslinie Aufstellung nahm. Und auch an Kampfeserfahrung ist er mir weit überlegen. Im Hintergrund erstarb das Gemurmel seiner Leute, und Abram merkte, wie sich sein Inneres unruhig regte. Dann aber sammelte er seine Aufmerksamkeit und verbannte jeden anderen Gedanken.

Tidal deponierte an der gegenüberliegenden Linie seine Nahkampfwaffen, Streitaxt und Schild, eine Hand voll Speere. Abram stieß seine Lanze in den Grund und hob mit ausgestrecktem Arm den Bogen. Da zischte schon der erste Pfeil heran. Tidal setzte auf Schnelligkeit und sofortigen Angriff, kam ihm laut brüllend entgegen und deckte ihn unter Drohrufen mit weiteren Pfeilschüssen ein. Abram wich aus, duckte sich, versuchte kein festes Ziel abzugeben und bemerkte plötzlich, dass der Gegner seinen Köcher leer geschossen hatte. Jetzt wich Tidal geduckt hinter sich, um seine Nahkampfwaffen zu holen. Es summte in Abrams Ohren, an seiner linken Hüfte hatte ihn ein Pfeil gestreift, die Wunde blutete und brannte. Dann war sein Gegner wild schreiend, drohend, mit Schild und Streitaxt zurück, stürmte ihm entgegen, während Abram die Sehne spannte. Der Bogen summte, schwang nach, als er den ersten Pfeil losschickte. Das Geschoss durchschlug Tidals Kehle unmittelbar unter der Kinnlade. Sein Schild sank, Tidal röchelte, gurgelte, taumelte und stürzte schwer auf seinen Rücken, während Abram den Bogen fallen ließ, auf ihn loslief und ihm am Hals die Lebensadern durchhieb.

Seine Leute rasten. Rum stürzte sich auf ihn, schloss Abram in seine Arme.

»Kaltblütig, einfach eiskalt hast du ihn in die Falle tappen lassen!«, schrie er ein übers andere Mal. »Das war schon kein Kampf mehr, du hast ihn als Schießscheibe benutzt, einfach kaltblütig –«

Abram drängte den Sutu zur Seite und winkte Tidals Leuten zu, die fassungslos hinter dem Bachufer standen.

»Holt euren Toten«, rief er ihnen zu. »Bringt euren Herrn zurück in sein Land. Ich lasse euch die Freiheit.«

Zögernd erst kamen Tidals Männer herbei, rannten dann alle auf einmal los, um sich über ihren toten König zu werfen, stimmten laut die Totenklage an, beschmierten sich die Gesichter mit Schlamm und weinten laut.

Abram aber ging mitten zwischen ihnen hindurch, watete durch den Bach, lief an den Kampfwagen vorbei zu den Gefangenen, die unter dem Nackenholz auf ihren Befreier warteten.

Lautes Geschrei, Segensrufe empfingen ihn. Und endlich auch erspähte er Lot. Als er ihn glücklich, noch mit zittern den Händen, losschneiden wollte, bemerkte er das Blut an seinem Messer, Tidals Lebensblut. Da ging er zurück an den Bach und säuberte die Klinge im fließenden Wasser. Dann löste er die Gefangenen, Vatersbruder und Bruderssohn sanken sich in die Arme, und Lot fand kein Ende, den Gott Abrams zu preisen.

So brachte Abram seinen Bruderssohn wieder zurück und mit ihm das geraubte Gut aus den Südstädten, das die Könige des Nordens mit sich geführt hatten. Beutegut und viele Menschen, darunter Frauen und auch Kinder.

Am Quellgrund des Jarden hatte er zuvor von Rum, dem Sutu, Abschied genommen. Sie hatten die Freundschaftsbande zwischen ihren Familien neu gefestigt und die Eselsreiter hatten dabei ihre Hände reich voll Beute bekommen. Als Abram dann übers Bergland zurückritt, fuhr ihm, eigenhändig sein Pferdegespann zügelnd, der König von Sodom entgegen. Er pries Abram, ehrte ihn und sprach: »Gib mir nur die Leute aus meiner Stadt, die Beute aber, die du mit deines Armes Kraft erworben hast, die behalte für dich!« Er aber antwortete dem König: »Ich hebe meine Hand auf, dass mein El mich hört: Von allem, was dir gehört, will ich nicht einen Schnürriemen noch Faden nehmen, dass es nicht heiße, ich hätte mich an dir bereichert. Nur meinen Männern lass den Teil der Beute, den sie sich selbst erworben haben.« Da zog der König mit Mensch und Gut zurück nach Sodom.

Lot aber ging mit ihm. Abram hatte ihn gebeten, bestürmt, mit Adit und seinen Töchtern nach Mamre zu übersiedeln, dort sei das Land weit genug für sie beide! Er stieß auf taube Ohren. Er sei des Wanderns, der Zeltwohnungen müde, beschied Lot seinen Vatersbruder, überdies habe er mit den Seinen in Sodom ein gutes Auskommen gefunden, ja, er gedächte bald auch dort seine beiden Töchter zu verheiraten. So also nahmen die beiden Männer an der Straße Abschied. Abram aber tat es weh, als er Lot dem Sodomiter-König hinab in die Jarden-Aue folgen sah.

Der doppelte Segen

Zwei Monde fast hatten gewechselt, bis Abram wieder in den Schatten des Haines Mamre zurückkehrte. Er sah, dass Elieser gut gewirtschaftet hatte, so dass sie hoffen konnten, bequem Anschluss an den Winterregen zu finden. Darum lobte Abram seinen Ersten Knecht und tat noch ein Übriges. Er ging an den heiligen Stein, hob seine Hand und sprach zu seinem El: »Ich gehe dahin ohne Kinder, denn mir hast du keine Nachkommen gegeben, keinen Erben, der von meinem Leib gekommen ist. So soll denn, wenn ich dahingegangen bin, mein Knecht Elieser mich beerben.«

Es war ihm nicht recht wohl bei diesen Worten, doch nun war es heraus und ausgesprochen, was er sich schon manchmal im Stillen gesagt hatte.

Auch Sarai teilte er seinen Entschluss mit, ohne Bitterkeit, und er war froh, dass sie es auch ohne Bitterkeit aufnahm.

Doch sie sagte: »Du machst es mir leicht, mein Mann, dir einen anderen Weg vorzuschlagen, dass wir einen Erben gewinnen, der später unser Grab mit Wasserspenden versorgt. Bisher traute ich mich nicht, dir's vorzuschlagen. Nun aber, wo du deine Gedanken mit mir geteilt hast, will ich dir auch meine sagen.«

So redete Sarai, ein wenig ausholend, wie um sich selbst Mut zuzusprechen, und fuhr dann fort: »Geh doch zu meiner Leibmagd Hagar ein und zeuge mit ihr ein Kind für uns beide! Von Hagar, wie von einer Leihmutter, will ich's dann als mein Kind annehmen.«

Abram schluckte. Dies aus dem Mund seiner Frau zu hören kam ihm so unerwartet, dass ihm zunächst keine Antwort einfiel, weder Zustimmung noch Ablehnung.

Im Grunde ist der eine Vorschlag so gut und schlecht wie der andere, sagte er sich. Hinter jedem stand das Eingeständnis, dass sie es aufgegeben hatten, weiterhin auf eine Erfüllung der Verheißung zu hoffen. Wenn sie aber schon darangingen, die Dinge selbst in die Hand zu nehmen, verdiente doch eher Sarais Vorschlag seine Zustimmung, denn der Erbe würde ihrer beider geschwisterliches Blut in sich tragen. Also folgte Abram der Stimme Sarais, und von seinem Plan, Elieser an Sohnes statt anzunehmen, war fortan nicht mehr die Rede.

Auf diese Weise kam Hagar, der die Herrin ihren Mann Abram in den Arm legte, zu einem eigenen Zelt. Seine Schnüre wurden neben dem Zelthaus Sarais gespannt und Abram ging in Hagars Zelt ein und aus. Man redete in Mamre lang und breit darüber, doch ohne der Zunge allzu freien Lauf zu lassen. Wussten doch alle in der Zeltstadt, wie sehr Sarai sich wegen ihrer Kinderlosigkeit härmte.

Jungfräulich war Hagar um diese Zeit nicht mehr. Allerdings hatte sie, die nur wenige Jahre jünger war als ihre Herrin, erst spät ihre Unschuld verloren. Sei es, weil ihr eigener Stolz ihren Leib hütete, oder sei es, weil auch sie gewissermaßen aufgespart war. Dann aber hatte sie doch, in einem Weingarten bei Chebron, beim Fest der ersten Trauben einem Mann ihren Leib geöffnet. Voll des süßen Weines war sie gewesen, gestand sie sich hinterher ein, hatte gar nicht recht begriffen, was ihr da durch diesen jungen Mann geschah, der an ihren Brüsten in Hitze geriet. Doch es tat ihr danach auch nicht Leid. Sie war dem Leben geöffnet worden und hätte sich gern noch weiter geöffnet, um auch Leben zu empfangen. Genau das sollte ihr jetzt, kraft der Maßnahme ihrer Herrin, widerfahren und Hagar jauchzte bei dem Gedanken. Innerlich, bloß in Gedanken freilich, denn ihr war deutlich, dass Sarai ihr Abram letzten Endes nur höchst widerwillig überließ, sie nur gerade als Leihmutter betrachtete und nicht etwa als gleichberechtigte Gefährtin ihres Mannes.

Aber das Feuer brannte heiß in ihr, als der Herr ihr Gewand zum ersten Mal aufhob.

Und es war gut für Abram, dass Hagar ihn mit Freuden willkommen hieß. Denn er war zu ihr gekommen, weil er gehorchte. Doch plötzlich, als er Hagars Augen begegnete, kam die Erinnerung an das schwerttanzende Mädchen im Kreis der Sutu-Krieger zurück. Er hörte wieder ihr Mädchenlachen, sah wieder die Wildheit in ihrem Wildkatzengesicht und spürte, wie es ihn von neuem erregte. Mit der Magd die Worte wechseln, wie es Liebende tun, brachte er jedoch nicht über sich. Wären es doch so oder so die gleichen Worte gewesen, die Sarai gehörten, die jetzt allein mit sich in ihrem Zelt lag, unschuldig-schuldig von ihm geschieden, während er mit ihrer Magd ein Fleisch wurde.

Hagar hätte diese Worte natürlich alle gern gehört, doch sie verstand, warum Abrams Lippen gefesselt waren, und sie akzeptierte es auch. Sie konnte nicht alles haben, nicht diesen ganzen Mann, sondern musste sich an dem genügen lassen, was er ihr geben konnte. Und das war ihr schon genug, um vor Freude zu weinen. Das tat sie auch. Während Abram an ihre Brust gebettet einschlief, weinte sie, streichelte ihn zärtlich, ohne dass er's merken durfte, und sie segnete, zu ihrem eigenen Erschrecken, Sarais Wurzelverstocktheit, die ihr zum Glück ausgeschlagen war.

Dass sie von ihm empfangen hatte, gleich in der ersten Nacht, wusste sie sehr bald. Vierzehn Tage später, in den Dunkelmondnächten, blieb zum ersten Mal ihre Regel aus. Hagar war schwanger.

Am liebsten wäre sie mit Freudentrillern auf den Lippen durch Mamre gelaufen, hätte es am liebsten allen erzählt, doch gerade das durfte sie nicht, denn damit wäre ihr Schoß wieder verwaist gewesen. Aus diesem Grund verbarg sie ihre Schwangerschaft vor ihrer Herrin, aber auch vor Abram. Und so kehrte ihr Herr auch während der nächsten wechselnden Monde bei ihr ein.

Sarai reagierte mit zwiespältigen Gefühlen auf die ausbleibende Schwangerschaft der Magd. Hatte es also vielleicht überhaupt nicht an ihr selbst gelegen, dass sie nicht empfangen konnte? War etwa Abram der Wurzelverstockte? So begann Sarai sich allmählich zu fragen und damit rückte das ganze Elend ihrer unfruchtbaren Jahre plötzlich in ein neues Licht. Ja, es erleichterte sie fast, dass ihr Mann offenbar auch der Hagar keinen Kindeskeim ins Innere setzen konnte. Andererseits, was wurde jetzt aus ihrem Plan? Mussten sie nun vielleicht doch Elieser zum Erben ernennen?

Wie gern hätte Sarai über das alles mit ihrem Mann gesprochen! Doch sie musste es sich verbieten, weil sie ihn nicht verletzen mochte. Kamen ihm aber nicht selbst allmählich

Zweifel an seiner Manneskraft? Ging er vielleicht darum unaufhörlich in Hagars Zelt, fragte sich Sarai, weil er mit Gewalt erzwingen wollte, was der Gott ihm offensichtlich versagte?

Abram wusste es auch nicht. Selbstverständlich stellten sich auch bei ihm mit der Zeit Zweifel ein, Zweifel, was die Kraft seines Samens betraf. Doch mit wem hätte er darüber reden sollen? Mit Sarai? Mit Hagar, die vielleicht aber auch wieder eine wurzelverstockte Frau war? Oder war da ganz einfach der Schadzauber eines missgünstigen Menschen im Spiel? Gönnte ihm jemand den Erben nicht und hatte, als er bei Hagar einging, Lilit, die Nachtdämonin, gegen ihn beschworen? Sollte das der Fall sein, welche Gegenmaßnahmen wären dann zu treffen? Zweifel über Zweifel, die er bei sich verbarg, wie Sarai ihre versteckte Erleichterung und Hagar ihre geheime, lang geheim gehaltene Schwangerschaft.

Dann aber schwoll Hagars Leibesmitte an, und Sarai sah, dass Hagar sie mit ihrem Mann betrogen hatte.

»Schwanger bist du, hochschwanger schon!«, schrie sie auf, als sie's entdeckte, schlug die Hände vors Gesicht und heulte los.

»Ja, schwanger bin ich, hochschwanger«, bestätigte Hagar mit triumphierendem Unterton. »Und ich will's auch nicht länger verbergen. Ich trage dem Herrn ein Kind.«

»Warum lässt du ihn dann noch zu dir kommen, dass er sich weiter an dir abmüht?«, schrie Sarai sie an.

»Vielleicht tut er's ja gern?«, fragte Hagar spitz.

Das war zu viel. »Oh, du –«, heulte Sarai auf und stürzte sich mit erhobenen Fäusten auf ihre Magd.

170

In diesem Augenblick trat Abram ein, stand mit einem Schritt zwischen den Frauen und schimpfte los: »Was ist in euch gefahren!« Er ahnte Schlimmes und blickte ärgerlich von einer zur anderen.

»Schwanger, hochschwanger ist sie!«, schrie Sarai und wies mit ausgestrecktem Finger anklagend auf Hagars Leibesmitte. »Warum hast du's nicht gesehen, wieso bist du trotzdem weiter zu ihr gegangen?«

Ja, warum waren seine Augen gehalten gewesen, dass er's nicht sehen sollte oder wollte? Denn jetzt sah Abram es genau, den gewölbten Leib unter dem Gewand, den Hagar ihm und Sarai herausfordernd entgegenstreckte. Wie konnte er nur so blind gewesen sein!

Er wusste selbst keine Antwort und sagte darum nur matt zu Sarai: »Da muss man sich doch freuen, oder nicht? Jetzt kommen wir doch endlich zu unserem Kind!«

»Aber so darf es nicht sein, dass sich die Magd damit über ihre Herrin setzt!«, protestierte Sarai heftig. »An meiner eigenen Zeltwand demütigt sie mich.«

Abram warf Hagar einen Blick zu. »Was hast du mit deiner Herrin getan?«, wollte er wissen.

»Nichts, Herr«, beteuerte Hagar. »Sie sollte lieber dich anschreien als mich.«

»Das Unrecht, das mir geschieht, komme über dich«, schrie jetzt Sarai ihrem Mann ins Gesicht. »Ich habe meine Magd dir in den Arm gegeben, nun aber, wo sie sieht, dass sie schwanger ist, bin ich nichts mehr in ihren Augen. Dein El richte zwischen dir und mir!«

So standen sie alle drei mit hochroten Gesichtern voreinander. Da nahm Abram Hagar und führte sie in ihr Zelt.

Was im Dreieck so einvernehmlich zwischen ihnen begonnen hatte, entzweite sie jetzt und die Zwietracht wuchs in den folgenden Tagen immer mehr. Abram saß bei Sarai, versuchte ihre Tränen zu trocknen, ging dann ins andere Zelt und tat bei Hagar das Gleiche, hörte beiden zu, gab jeder Recht und machte sich dabei selbst die schlimmsten Vorwürfe. Ihn aber tröstete keiner, auch nicht sein El unter der Elah im heiligen Hain. Denn Abram traute sich nicht mehr unter den Schatten der heiligen Bäume. Unrecht hatte er, hatte auch Sarai seinem El Schaddai angetan, weil ihnen das Warten zu lang geworden war und sie es endlich selbst in die Hand genommen hatten, sich den Segenserben zu verschaffen.

Ganz und gar unerträglich wurde die Situation, als Sarai blind vor Wut und Tränen dazu überging, Hagar öffentlich zu demütigen. Ohne Rücksicht auf deren gesegneten Umstand ließ sie ihre bis dahin hoch gestellte Leibmagd die niedrigsten und schwersten Dienste verrichten. Dass Hagar ihr nicht mehr den Spiegel halten durfte, verstand sich von selbst. Aber sie in die Steppe zu schicken, um Holz zu lesen, es auf ihrem Rücken heimzutragen, das war nicht recht. Das Maß des Unerträglichen machte voll, als Sarai vor den Ohren Eliesers die Magd beschuldigte, sie habe sich den Leib von einem der hiesigen Bauernlümmel füllen lassen. Da war es um Hagars Fassung geschehen.

»Wie ein Sklavending, dem man die Ohren eingeschnitten hat, behandelt sie mich«, beschwerte sie sich bei Abram und in derselben Nacht lief sie fort. Es war der einzige Weg, der ihr noch offen stand.

Dass ihr Zelt leer war, bemerkte Abram erst nach dem

Morgenlicht. Er ging zu Sarai. Die saß am Zelteingang und schaukelte den Buttersack. Sie schaute kaum auf, als er sie ansprach.

»Wo ist Hagar?«, wollte er wissen. »Ihre Herdsteine sind kalt.«

»Soll ich etwa für meine Magd die Aufpasserin spielen?«, fuhr Sarai ihn an.

Abram biss sich auf die Zähne und wandte sich ab.

Er suchte Hagar bei Eliesers Frau, bei den Hürden, strengte seine Ohren an, ob er nicht irgendwo ihre Stimme hörte, und ergrimmte über den Hund, der ihn verbellte, den ständigen Lärm zwischen den Zelten, weil er das bestimmte Gefühl hatte, dass Hagar nach ihm rief. Schließlich lief er zu den Eselspferchen und befahl den Männern, die er dort fand, aufzusitzen und ringsum alles abzusuchen. Denn mittlerweile war der Tag schon dabei, in Hitze zu kommen, und Hagars Zelt stand immer noch leer.

Hagar hatte aber nicht nach ihm gerufen. Sie irrte südlich von Chebron durch die Wüstenei von Schur, und sie klagte bei sich und rief nach dem El ihres Herrn, dass der ihr Elend ansähe. Fortgerannt war sie und fortlaufen musste sie, weil sie's nicht länger ertragen konnte, an ihr Kind zu denken, das sich in ihrem Leib regte. Niemals sollte es unter der Hand Sarais heranwachsen, so schwor sie sich. Lieber sollte das Kleine tot geboren werden, hatte sie sich immer wieder gesagt, als sie sich in der Dunkelheit fortgestohlen hatte. Nicht das Knurren des Leoparden, auch nicht das wehklagende Geheul einer Hyäne hatten sie im Dunkeln schrecken können, denn nichts, nichts kam ihrer Angst gleich, ihr Kind der niederträchtigen Herrin lassen zu müssen.

Aber nun war die Sonne heraus, der rosafarbene Ginster glühte, hüfthohe, goldgelbe Blütenkerzen verströmten bitteren Duft und Hagar fühlte sich am Ende ihrer Kraft. Ihr Kind bewegte sich unruhig. Nur noch bis in den Schatten, dachte sie, bis zum Trockenbettfluss mit dem dunklen Wäldchen da unten, nur noch bis dahin und dann sich hinlegen und sterben.

Doch es wurde dunkel um sie, noch bevor sie den Schatten erreicht hatte. Das Fieber kam so schnell, dass es sie mit einem Schlag niederstreckte. Das Letzte, was Hagar wahrnahm, war ihr hämmerndes Herz und weit, weit weg ein winziger Herzschlag daneben.

Als sie das Mundstück des Wassersacks an ihren aufgedunsenen Lippen spürte, Wasser sich in ihrer Mundhöhle sammelte, das sie zwang zu schlucken, zu atmen, und als sie in Panik die Augen aufriss, erschien ihr die Gestalt des Eselsjungen so groß wie ein Schutzengel: wie ein El, der seine Arme von einem Himmelsrand bis zum anderen über sie ausbreitete. »Du bist der El, der mich sieht«, flüsterte sie, für niemanden zu hören, und dann verlor sie abermals das Bewusstsein.

Abrams Eselsjunge aber hob die Schwangere auf den Grautierrücken und erreichte zur Zeit der Tageswende mit ihr Abrams Zelt. Inzwischen war Hagar wieder zu sich gekommen, hatte mehrmals aus dem Wassersack des schweigsamen Jungen getrunken und ihre Sinne klärten sich wieder.

Ismael soll mein Kind heißen, sagte sie zu sich, »der El hat mich gehört«, der Gott meines Herrn hat sein Angesicht über mich gehoben und er hat mein Kind gesegnet! Diese

Zuversicht gab Hagar so viel Kraft, dass sie furchtlos in die Zeltstadt zurückkehrte.

Und sie küsste das Zelttuch ihrer Herrin, ging hinein, bückte sich und setzte sich Sarais Fuß in den Nacken.

Ja, Hagar demütigte sich. Doch sie gab nicht klein bei, um ihrer Herrin zu Gefallen zu sein, sondern sie tat es, um ihrem Kind, über das der El seine Arme flügelgleich gebreitet hatte, das Leben zu erhalten.

Sarai brauchte einige Zeit, bis sie sich wieder an die Nähe ihrer Leibmagd gewöhnen konnte. Denn sie konnte es nur schwer verwinden, dass Hagar sie mit Abram betrogen hatte. Allmählich jedoch stellte sich die frühere Vertrautheit zwischen den beiden Frauen wieder ein. Hagar durfte die Herrin beim Waschen mit Wassergüssen erfrischen, ihre Gewänder richten, Perlen in ihr Haar flechten und durfte ihr wieder den Spiegel halten. Und so vergaß Sarai schließlich die Unbotmäßigkeit ihrer Magd. Vor allem, weil sie's um des Kindes willen vergessen wollte, das Hagar ihr trug. Und nun ging sie, wie zuvor Abram, in Hagars Zelt aus und ein, streichelte sogar den gewölbten Leib ihrer Magd und lachte mit ihr, wenn das Ungeborene kräftig die Beinchen und Ärmchen bewegte und seinen Lebenswillen bewies.

Abram dagegen fand es nicht leicht, zu vergessen, fühlte er sich doch von Hagar an der Nase herumgeführt und missbraucht. Sooft sich Hagar im Zelt befand und seiner Frau Handreichungen machte, verließ er das Zelthaus, und wenn sie ihm mit geschultertem Wasserkrug in der Zeltstadt begegnete, schlug er die Augen vor ihr nieder, die doch sein Kind trug. Aber er lauschte begierig, sooft Sarai ihm von den Fortschritten der Schwangerschaft berichtete. Ja, im

175

Grunde hätte er jetzt gern neben Hagar im Zeltschatten gesessen, und es verlangte ihn danach, ebenfalls seine Hand auf ihren Leib zu legen, um die Bewegungen seines Kindes zu spüren. Wie Sarai hätte auch er an Hagars Mutterglück teilnehmen, sich mitfreuen wollen, doch Hagar sich so vertraulich zu nähern brachte Abram nicht über sich und so mied er sie lieber ganz. Dabei hatte er sich das Kind so stark gewünscht!

Eines Nachts träumte er, dass er bei dem El-Stein unter der Elah stand. Und während er die Hand hob, stürzte eine kleine Vogelmutter neben seinen Füßen vom Baum herab auf den Boden. Als er das Tierchen aufhob, sah er, dass es tot war. Es hatte seinen Schnabel weit aufgesperrt, wie es Vögel tun, wenn sie vor Durst in der Sommerhitze verschmachten. Über ihm aber piepste es herzzerreißend in dem verlassenen Nest. Er versuchte es zu erreichen, kletterte in den Baum, um dem kleinen Vogelkind zu helfen, doch je höher er stieg, umso ferner klangen die Rufe, bis sie schließlich ganz erstarben. Da erwachte Abram und sein Gesicht war nass vor Tränen. Das Traumgesicht verflog, doch der Schmerz blieb, ein unbestimmter, dunkler Schmerz, für den er keinen Namen hatte.

Sich aufrichtend lauschte er hinaus in die Nacht und hörte es schluchzen. Da erhob er sich, ging hinüber zu Sarai, doch die schlief. Jetzt aber hörte er das Weinen noch deutlicher. Es musste aus Hagars Zelt kommen, das neben dem seinen stand. Er lauschte, während ihm die Tränen weiter übers Gesicht in den Bart liefen. Nein, es war kein Schluchzen, das sich nach Schmerz anhörte. Es klang wie ein Weinen von innen, und Abram glaubte zu wissen, was der Grund dafür war. Hagar weinte um das Kind, das in ihr wohnte und ihr doch nicht gehörte, sie weinte, weil sie mit ihrem Schmerz allein war, niemand hatte, bei dem sie sich lassen konnte. Langsam kehrte Abram zu seinem Lager zurück. Doch auch als das Schluchzen später verstummte, wollten sich seine Glieder nicht lösen. Starr lag er da, sein Atem ging flach und seine Zehen krümmten sich hilflos vor Bedrängnis.

Nein, er konnte nicht zu Hagar hinübergehen. Zwar trug er ihr inzwischen nichts mehr nach, im Gegenteil: Er hätte sich ihr jetzt gern dankbar erzeigt, weil sie mit seinem Kind zu Sarai zurückgekehrt war, die sie doch so sehr drangsaliert hatte. Und er warf sich auch vor, geduldet zu haben, wie Sarai ihre Leibmagd gedemütigt hatte. Doch hätte er ihr's verwehrt, hätte er offen Partei für die Mutter seines Kindes ergriffen, dann hätte Sarai sich von ihm abgeschnitten. Denn der Zorn hatte sie damals fast um den Verstand gebracht. Der Friede aber, der mittlerweile zwischen den Frauen eingekehrt war, war ein brüchiger Friede. Er konnte nur Bestand haben, solange er selbst, Abram, sich von Hagar fern hielt. Und darum verbot er sich, sie zu trösten.

Lange lag Abram wach in dieser Nacht, sah weder für sich noch für Hagar oder Sarai einen Ausweg.

Wenn das Kind erst einmal da ist, wird es vielleicht besser, wenigstens für mich, sagte er sich schließlich. Dann kann mir niemand verwehren, das Kleine bei mir zu haben, denn ich bin sein Vater. Mit diesem Gedanken fand er dann doch noch Schlaf.

Als Hagars Stunde gekommen war, kam sie mit dem Kind zwischen den Knien ihrer Herrin nieder. Beide knieten sie auf den Gebärziegeln, und Sarai umschlang Hagar von hinten mit den Armen und beteiligte sich mit Stöhnen und Schreien an der Gebärarbeit ihrer Magd, wie es denn sein musste, um zu bekräftigen, dass sie, rechtlich gesehen, des Kindes Mutter war. So brachten beide, Herrin und Magd, nach drangvollen Stunden das Kind zur Welt. Und als Bera, die Wehfrau von Mamre, es mit ihren Händen auffing, da war es ein Sohn und Sarai jauchzte. Doch nicht sie gab dem Kleinen seinen Namen, obwohl es ihr rechtlich zugestanden hätte, sondern Hagar tat es. Die nannte das Kind in Erinnerung an die Stunde ihrer Errettung durch den El, der sie in der Wüstenei von Schur gehört hatte, Ismael, »Gott hört«. Das Kind aber war knochig wie ein Wildeseljunges.

Zu dieser Stunde befand sich Abram an der Spitze einer Eselskarawane auf dem Rückweg von Gerar, einem Stadtkönigtum südwestlich von Mamre, wo er auf dem Markt ein paar Ladungen Schaf- und Ziegenwolle verkauft hatte. Bei den Weinbergen von Chebron kam ihm in gestrecktem Galopp ein Bote aus der Zeltstadt entgegen, schwenkte die Arme, nachdem er seinen Herrn aus der Ferne erkannt hatte, und stieß durchdringende Freudentriller aus.
»Ein Kind ist dir geboren, ein Sohn ist dir gegeben«, rief er Abram zu, der ihm eilends entgegengeritten war, sprang von seinem Esel und küsste seinem Herrn innen und außen die Hände.
Abram wehrte es ihm, rutschte von seinem Reittier, umarmte den Boten und rief: »Gesegnet sei dieser Tag, gesegnet seist du, Dakkum, Sohn des Napa, der mir diese Botschaft brachte!« Und er zog einen Goldreifen vom Arm

und schenkte ihn dem Glücksboten, ließ dann seine Leute, seine Packesel stehen und ritt, so schnell ihn sein Maultier trug, durch die Weinberge auf Mamre zu. »Lauf, lauf«, trieb er das Tier unter sich an. »Ein Ölkuchen für dich, wenn du es noch schneller schaffst!«

Er fand die ganze Zeltstadt in fröhlicher Erregung, Frauen vergossen Freudentränen, jubelten ihm zu, Männer warfen Kusshände, brachten Hochrufe aus, händeklatschend drängten sich Kinder ausgelassen um sein Reittier, Feststimmung lag in der Luft.

Abram sprang ab, bahnte sich einen Weg zwischen seinen Leuten, die ihm den Gewandsaum küssten, nach seinen Händen griffen, seinen tränennassen Bart streichelten, und stand endlich vor Sarais Zelt, wo ihn sogleich neuer Jubel empfing. »Der Herr kommt!«, rief es. »Gesegnet sei er, der da kommt, Abram, der Vater ist groß, und sein El!« Und Abrams Augen füllten sich so sehr mit Tränen vor Freude, dass er sich wie blind zum Zelteingang durcharbeiten musste.

Am Eingang kam ihm Sarai mit dem Kind entgegen, schlug die Tücher auseinander und legte ihm seinen Sohn in den Arm. Als Abram aber das wildeselgleiche Aussehen des Kindes sah, sprach er: »Der wird seine Nachkommen mehren, dass niemand sie zählen kann, und all seinen Feinden wird dieses Kind widerstehen.« So sprach er, prophetisch, denn sein El hatte ihn, den Gottesfreund, in dieser Stunde zu seinem Mitwisser gemacht. Mit dem Kind im Arm trat er ins Zelthaus ein. Hagar, das Gesicht gerötet und fleckig von der Geburtsarbeit, lag zurückgelehnt zwischen Polstern und Kissen hinter dem Frauenvorhang. Behutsam gab er ihr das kleine Menschlein in die Hände, das seine Augen jetzt groß geöffnet hatte, und Abram küsste wortlos Hagars Hände, von Dankbarkeit überwältigt für ihr Lebensgeschenk an ihn.

»Ich habe ihn Ismael genannt«, sagte sie.

»Und das soll sein Name sein«, bestätigte Abram. »Denn der El hat unser Elend gewendet.«

Wie es die Sitte gebot, verbrachte Hagar die ersten vierzig Tage nach der Entbindung zurückgezogen mit ihrem Kind im Zelt. Denn sie war durchs Gebären unrein geworden, konnte darum auch ihren Besuchern nicht die Trink- oder Wasserschale reichen, und ganz besonders musste sie sich von allen heiligen Gegenständen fern halten. Für Sarai galten jene Vorsichtsmaßnahmen natürlich genauso, hatte die Herrin doch zusammen mit ihrer Magd das Kind zur Welt gebracht. Die vornehmsten Pflichten einer Ehefrau, dem Gatten die Tasse zu füllen, sein Lager zu richten, ihm sein Gesicht, seine Hände und Füße zu waschen, mussten darum für Sarai ebenfalls ruhen, solange sie sich mit Hagar im »Blut ihrer Reinigung« befand.

Als jedoch die vierzig Tage der Reinigung vollendet waren, zog Abram in festlichem Geleit mit seinen beiden Kindsmüttern hinauf zum heiligen Hain. Und während die Leute von Mamre in Gegenwart des El aßen und tranken, unter dem Schatten der Elah feierten, sich vergnügten und tanzten, salbte Abram den El-Stein, nahm danach Ismael, seinen Sohn, auf den Arm, hob die Hand, dankte seinem Schaddai und sagte zu ihm: »Nun habe ich Frieden gefunden, denn du hast mich den Erben sehen lassen, mein El, unter den Völkern der Erde hast du mein Zelt erhöht und bringst mich zu Ehren.« So sprach Abram und legte dann seinem Sohn die Hand auf und segnete ihn.

Die Ankunft des Erben erweiterte Abrams Gesichtsfeld. Im Verlauf seiner langen Wanderung war der Sohn Terachs zuerst aus einem unwissenden zu einem wissenden Menschen geworden, der um seinen El wusste, nun aber wurde er zum Mitwisser des Schaddai. Das heißt, die Sorge um den Erhalt der Welt begann sich auf ihn zu legen. Und das ist nicht allzu verwunderlich. Denn wer Kinder in die Welt setzt, der sorgt sich auch um ihren Fortgang oder sollte es doch tun. Abram tat es. Und mit der neuen Sorge ums Große und Ganze bekam auch sein Blick auf den ihn begleitenden El eine neue, alles umfassende Dimension.

Von Haus aus war ja sein Scheddu-Schaddai, das hatte ihm Terach bereits spotteshalber, doch nicht ganz unberechtigt vorgehalten, eher bloß ein Schutzengel, ein persönlicher Nothelfer mehr als ein Gott. Wenigstens im Zweistromland, wo Abram ursprünglich beheimatet war, besaß sein Scheddu im Rat der Götter, denen die Sorge um das Heil des Ganzen oblag, weder Sitz noch Stimme. Mithin war er eigentlich kein Gott, es sei denn ein sehr kleiner, bestenfalls ein Göttchen, um noch mal mit den Worten Terachs zu reden, ein Menschenbegleiter, der sich ausschließlich um die persönlichen Belange seiner Schutzbefohlenen zu kümmern, aber sonst nicht viel mitzureden hatte.

Damals hatte Abram das auch genügt. Jetzt, nach der Geburt Ismaels, verlangte er von seinem El mehr, viel mehr, nämlich so etwas wie eine Garantie für den Fortbestand der Welt. Sein Gottesbild hatte sich gewandelt, Abrams El war dabei, zu den ganz Großen aufzurücken, gewissermaßen den Vorsitz in der Versammlung der Götter anzutreten. Und das verdankte er, recht besehen, dem kleinen Ismael, dessen Erscheinen Abram die Mitverantwortung fürs Große und Ganze auferlegt hatte.

Dass es mit der Welt seine Ordnung hat, daran muss man schon glauben können. Doch danach sah es im Augenblick nicht gerade aus. Sodom, vor Gomorra das führende Stadtkönigtum des Südlands, entwickelte sich zu einem regelrechten Pestgeschwür, wenn man nur halbwegs den Gerüchten glauben wollte, die nach Mamre drangen. Nachdem der Sodomiter-König gerade erst mit einem blauen Auge aus seinem Streit mit den Nordkönigen herausgekommen war, erhob er nun, wie es schien, erst recht sein freches Haupt und mit ihm wurden auch die Leute Sodoms immer dreister und dadurch immer reicher. Jeder raubte des anderen Gut; Erpressung, Nötigung machten die Straßen im Machtbereich Sodoms besonders für Fremde immer unsicherer, und es wunderte Abram darum nicht, zu hören, dass auch die Sitten in den Häusern der Stadt selbst zunehmend verwilderten: Der Sohn fluchte seinem Vater, Kinderbanden trieben ihren Mutwillen mit Blinden, Bettlern und Lahmen, Frauen und Männer sättigten ihre Lust an Rohheiten gegenüber Mensch und Tier – so wenigstens besagte das Gerücht. Nun, alles zusammen konnte unmöglich stimmen, hielt sich Abram vor Augen. Denn keine Stadt konnte Bestand haben, wenn das Zusammenleben der Menschen in ihr nicht wenigstens halbwegs funktionierte.

Es genügten aber offenbar schon die hässlichen Gerüchte, um dem Übel weitere Nahrung zu geben, wie es im Sprichwort heißt: »Wehe dem Bösen, wehe ebenfalls seinem

Nachbarn!« Auch im Bergland nämlich erhob nach dem Beispiel Sodoms die Frechheit immer dreister ihr Haupt. Weiderechte wurden missachtet, das Banditentum nahm zu, ganze Landstriche verödeten, weil es immer mehr Leute in die Städte zog, wo ihnen erst recht das Fell über die Ohren gezogen wurde. Selbst von Eliesers Leuten verschwand der eine oder andere Richtung Sodom, um etwas von den Brosamen zu erhaschen, die dort angeblich von der Herren Tische fielen. Kurzum, Sodom, das Pestgeschwür, begann langsam, aber sicher auch das Bergland zu verpesten. Abram beunruhigte es zutiefst, und eine innere Stimme sagte ihm, dass Sodoms Tage gezählt waren.

Unbegreiflich nur, dass es Lot in Sodom hielt. Oder heulte der mittlerweile auch mit den Wölfen? Das konnte Abram sich nicht vorstellen, eher musste man wohl glauben, dass Lot vor den unhaltbaren Zuständen in der Stadt einfach die Augen verschloss. Wie vielleicht manch anderer in Sodom auch, solange es ihm nicht selbst an den Hals ging. Doch alle zusammen würden büßen, wenn das Strafgericht über Sodom kam. Aber nein, sagte sich Abram, das durfte nicht sein. Mindestens Lot war er's schuldig, ihn zu warnen, ihn zu beschwören, den Staub der verruchten Stadt von seinen Füßen zu schütteln. Viel Zeit blieb dazu nicht mehr.

Also machte sich Abram, von einer ungewissen Ahnung getrieben, auf den Weg. Er hetzte Kulla, sein Maultier, denn es drängte ihn plötzlich wie damals, als er mit den Sutu nach Norden galoppiert war.

Auf halbem Weg riss es ihn fast aus dem Sattel. Vor seinem inneren Auge sah er die Städte der Jarden-Aue unter einem Regen von Feuer und Schwefel in Schutt und Asche versin-

ken. Und zur Vision kam das Gehör: Mitten in die abgeschiedene Berglandschaft drangen Hilfe-, Schmerzensrufe,
Schreie, dass er Kulla vor Schreck am Zügel hochriss und
sie auf ihre Hinterhufe stieg. Das alles spielte sich im
Bruchteil eines Augenblicks ab. Abram jedoch kam es vor,
als bliebe die Zeit selber stehen, während die feurige
Schwefelwolke das Wimmern der sterbenden Städte in sich
verschlang. Das Schreckensbild war so real gewesen, dass
er danach seine Umgebung nur mehr wie durch einen
Schleier wahrnahm: die Felsen an der Biegung des Pfades,
zwischen denen der Rosenlorbeer wurzelte, das Ulmen-
gehölz dahinter, einzelne Vogelrufe, welche die bleierne
Stille der Berge durchschnitten.

Betäubt ließ er sich aus dem Sattel gleiten, hob beschwörend die Hand, trat vor seinen El und sprach: »Das darf
nicht geschehen! Willst du den Gerechten töten mit dem
Schlechten? Soll der, dem die Verantwortung für das Ganze obliegt, nicht Recht üben?«

Und sein El antwortete dem Abram und sagte: »Finde ich
in Sodom fünfzig Gerechte, will ich's der Stadt erlassen um
ihretwillen!«

Abram aber antwortete: »Vielleicht fehlen zu den fünfzig
aber fünf. Wirst du wegen der fünf die ganze Stadt umkommen lassen?«

Und sein El antwortete ihm und sprach: »Es soll nicht sein,
wenn ich nur fünfundvierzig finde!«

Abram antwortete: »Vielleicht finden sich in Sodom doch
wenigstens vierzig, dreißig oder zwanzig Gerechte?«

Und sein El antwortete ihm und sprach: »Dann will ich's
nicht tun um der zwanzig willen!«

Da sprach Abram: »Noch das eine Mal wage ich mich vor, vielleicht finden sich aber wenigstens zehn?«

Und sein El antwortete ihm und sprach: »Auch wegen der zehn soll die Stadt nicht verderben.«

Da ließ Abram seine Hand sinken, denn weiter wagte er sich nicht vor. Er hatte gleichsam als Rechtsbeistand Einspruch eingelegt und den Strick dabei an beiden Enden ergriffen, die Schlechten mit den Gerechten verteidigt. Doch irgendwann musste auch er eins der beiden Enden fallen lassen, die Schlechten oder die Gerechten.

Die ganze Nacht ritt er weiter. Im Frühlicht stand er auf der Höhe des Lus, wo Lot und er sich damals getrennt hatten: Willst du zur Rechten, so will ich zur Linken gehen –, Lot aber war in die falsche Richtung gegangen. Denn als Abram in die Jarden-Aue hinunterschaute, da ging Rauch in der Tiefe auf wie von einem Ofen. Für Lot war er zu spät gekommen. Da verhüllte er sein Haupt. Er war zum Mitwisser seines El geworden, aber die Last erdrückte ihn schier.

Beschönigend, um die böse Sache nicht beim Namen nennen zu müssen, sprachen die Bergbewohner hinterher vom »Jahr der Verschonung«. Und tatsächlich war eine der Städte im Umkreis von Sodom halbwegs mit dem Schreck davongekommen, das Städtchen Bela-Zoar, in das sich, wie Abram später erfuhr, mit wenigen anderen auch sein Bruderssohn Lot hatte retten können. Und »Zustände wie in Sodom und Gomorra«, sagten später die Bergbewohner, wenn sie einen Zustand besonderer Lasterhaftigkeit und Verworfenheit anprangern wollten. Denn der Schreck über das Gottesgericht hatte sich ihnen tief eingegraben.

Vor allem, als Wanderhirten berichteten, die ganze Gegend, die einmal ein einziger Garten gewesen war, sei so gründlich umgestürzt, dass sich nirgends mehr Leben rege. Man finde dort nur noch steile, verbrannte Felsen, Erdrisse und aschigen Boden. Pech, das von den Klippen heruntertropfe, und kochend heiße Bäche verbreiteten übel riechende Schwaden. Auch habe man eine halbe Wegstrecke vor Sodom eine Salzsäule in Gestalt einer Frau entdeckt. Einige wollten in der Säule sogar Lots Frau Adit erkannt haben. Lot selbst bestätigte es später seinem Vatersbruder. Nach seiner Schilderung hatte Adit sich entgegen aller Warnungen auf der Flucht noch einmal umgeschaut, sei vor Entsetzen über das Gottesgericht erstarrt und unter dem Ascheflug erstickt.

Abrams Haar aber färbte sich weiß in diesem Jahr.

Ismael, sein Sohn, im »Jahr der Verschonung« geboren, war natürlich noch viel zu klein, um die großen Dinge, die um ihn geschahen, zu begreifen. Doch sollte der Junge, das stand für seinen Vater fest, wachsen und groß werden, indem er lernte, auch Verantwortung für das Große und Ganze zu tragen. Darum widmete er sich seinem Sohn von Anfang an mit aller Entschiedenheit. Er trug Ismael im Arm oder an seine Brust gebettet überall mit sich herum, besonders wenn er in den heiligen Schattenhain einkehrte, gewöhnte seine kleinen Ohren an den Namen des El Schaddai, sprach ihm murmelnd die großen Worte der Verheißung vor, die seinem Haus gegeben war. Er konnte nicht genug davon bekommen, sein Söhnlein auf den Schultern durch die Zeltstadt zu tragen, um ihm geduldig das kleine Gemeinwesen zu erläutern. Im Zelt aber schlug Abram die Deckel der Akazientruhen zurück, die seine Reichtümer bargen, und ließ den Kleinen einen Blick auf die Schätze werfen, die später einmal, nach dem Tod des Vaters, sein Erbteil sein würden.

Unglaublich viel gab es da zu sehen, was die Kinderaugen entzückte: ein Bronzegewicht in Gestalt eines liegenden Löwen, bemalte Gefäße mit Figurengruppen, schöne Sitzstatuetten, einen kleinen Bronzewagen mit beweglichen Rädern, von vier Steppeneseln gezogen, der zu Ismaels liebstem Spielzeug wurde, Schnitzarbeiten mit funkelnden, von Lapislazuli- und Karneolsteinen verzierten Goldauflagen; aus einer anderen Truhe kamen farbige Gürtel zum Vorschein, Kopf- und Halsschmuck, Nasenringe, Perlengewebe, eine aus Achat geschnittene vielblättrige Blüte – eine ganze Flut kostbarer Dinge also, von denen einige selbst dem Schatzhaus des Hapi-Königs zur Ehre gereicht hätten. Nicht einzeln zu nennen die Gewebe aus Leinen und Wolle, bunt gemustert, manche durchwirkt von Gold- und Silberfäden, die Sarais Truhen beherbergten. »Dein Erbe, kleiner Mann, wird all dies einmal sein«, wurde Abram nicht müde zu betonen, und er lachte herzlich, wenn Ismael wieder einmal auf allen vieren zur Truhenecke krabbelte, sich hochzog, an den Verschlüssen rüttelte und damit zu verstehen gab, man solle ihm seine Schätze auftun.

Natürlich nahm sich auch Sarai ihren Anteil an dem Kleinen. War Ismael, zwar nicht zwischen ihren Knien gezeugt, aber dort geboren, rechtlich gesehen ja doch ihr eigener Sprössling. Es rührte Sarai, als sie mit vorrückendem Alter in Ismaels Gesicht die Züge ihres Mannes wiedererkannte, sich selbst also, das geschwisterliche Blut, »Fleisch von meinem Fleisch, Bein von meinem Bein«, wie Sarai es scherzend Abram gegenüber ausdrückte. Das Letztere stimmte allerdings nicht so ganz. Denn hinsichtlich seines Knochenbaus geriet Ismael, der Wildeseljunge, doch eher nach Hagar, hatte deren sprödes Äußeres, bewies dabei jedoch eine erstaunliche Behändigkeit und Gelenkigkeit, so dass er längst auf eigenen Füßen zum Zelt hinausrannte, wenn andere Kinder noch an der mütterlichen Hand oder am Gängelband liefen. Sarai sah es nicht so gern, wenn Ismael sich von ihren Herdsteinen fortbewegte. Stand doch Hagars Zelt zu nah. Darum setzte sie alles daran, den Jungen an ihr Zelt zu fesseln. Und das war nicht schwer. Sarai, die Kinderlose, erfand laufend neue Spiele für ihr Kind. Fingerspiele, die Ismael »Tirr-Tirr-Tirr« nannte, oder »Ich seh etwas, was du nicht siehst«, dann das Spiel »Kopf in den Sand«. Sarai kannte auch viele kleine Lieder und Verse, wusste Tierstimmen zu imitieren, zirpende Vogelrufe und das meckernde Geplärr der Jungziegen, alles, indem sie Ismael auf ihrem Schoß wiegte, selig die Wärme seines kleinen Körpers genoss, ihn von oben bis unten mit Küssen bedeckte, bis sie und das Kind vor Lachen rot anliefen. Ach, Sarai hatte ja auch viel nachzuholen, und so legte sie alles aus der Hand, die Spindel, ihre Web- oder Näharbeit, sowie sie des Jungen nur irgendwie habhaft werden konnte. Das gelang ihr jedoch nicht so oft, wie sie's sich wünschte.

Hatte doch Hagar einen Trumpf, mit dem sie ihre Herrin jederzeit ausstechen konnte: ihre Milch. So konnte sie es sich leisten, großzügig zu sein, Ismael auch mal zu Sarai entwischen zu lassen oder ihn dem Herrn auf die Schulter zu setzen. Wiederkommen musste ihr Kleiner schließlich immer. Sie stillte ihn darum wahrhaft genüsslich. Ein Bein untergelegt, das andere hochgestellt, reichte sie Ismael die Brust, mal links, mal rechts, ohne ihn zu drängen oder wachzurütteln, wenn er in ihren Armen einschlief und sein Köpfchen schwer an ihre Brust sank. Und weil Hagar willig ihr Obergewand an die Seite schob, wann immer Ismael zu ihr gelaufen kam, kam er oft, und sei es auch nur auf einen Schluck. Was für ein Glück für Hagar, dass sie ihr Kind damit so fest an sich binden konnte! Die Stillzeit, üblicherweise auf drei Jahre angesetzt, würde sich auf diese Weise weit bis ins vierte, möglicherweise noch ins fünfte Lebensjahr ausdehnen können, rechnete sie sich vor. Das Beste war, dass keiner sie wegen ihres Stillaufwands ausschelten konnte. Es verstand sich, dass Hagar, seit sie Ismael säugte, aller schweren Arbeit ledig war; und wenn es ihr passte, war sie gerade wieder am Stillen, wenn Sarai nach ihr verlangte. Und das alles auch noch bei bester Kost, damit es Ismael an nichts fehlte.

So von drei Menschen vereinnahmt, begann Ismael sein Leben. Nicht anders als ein Vogel in seinem Verschlag, weil Hagar, Sarai und Abram, jeder auf seine Weise, das Kind ganz für sich beanspruchte. Eine herrliche, aber auch gefährliche Gefangenschaft für den Jungen. Denn eins lernte er so nie: Platz zwischen sich und den anderen zu lassen, selbstständig mit seinen Bedürfnissen, Gefühlen und Antrieben umzugehen. Dabei gedieh er aber offensichtlich ganz prächtig und jeder seiner drei Elternteile sah es mit Genugtuung und Stolz.

Im zweiten Jahr nach der »Verschonung« wurde nun aber Sarai selbst schwanger – zu ihrer und zu ihres Mannes grenzenloser Verwunderung. Denn so oft lagen die beiden nun nicht mehr zusammen, und wenn sie's taten, erwarteten sie doch davon keinen Kindersegen mehr, denn Sarais Regel setzte gelegentlich schon einmal aus.

So verpasste sie gewissermaßen den ganzen ersten Teil ihrer Schwangerschaft. Das Stocken ihrer Regel hielt Sarai für den normalen Gang der Dinge: Es geht mir nicht mehr nach Art der Frauen!, sagte sie sich und wandte ihren Kopf wichtigeren Angelegenheiten zu. Doch das Kind war schon da, wuchs in ihrem Leib und nahm teil an ihrem Leben, verborgen, versteckt und heimlich. Und wie oft hatte Sarai diesen Zustand herbeigesehnt!

Ja, etwas merkwürdig war es schon, was Sarai geschah, um nicht zu sagen, es war schlechterdings wunderbar. Hinterher jedenfalls erklärte sie sich's so. Mit dem Unerklärlichen, das sich jeder Berechnung entzieht. Und hinterher fiel ihr auch die passende Geschichte dazu ein.

Da waren vor Jahr und Tag drei Männer, Händler mehr als gewöhnliche Reisende, aus der flimmernden Mittagshitze auf das Zelt zugekommen, wie sie sich plötzlich wieder deutlich erinnerte:

Abram hatte damals träge im Schatten gesessen und sie hatte ihn angestoßen. »Da kommt wer!«

»Wer kommt?«, hatte er gebrummt.

»Männer, drei sind's wohl, Gäste, steh auf, sie kommen auf unser Zelt zu!«

Gäste – bei diesem Stichwort war Abi aufgesprungen und vors Zelt geeilt. Denn Gäste bedeuteten Unterhaltung, Neuigkeiten, Gesprächsstoff.

Sarai sah es wieder vor sich, wie ihr Mann loslief, ihr Mann, der so viele große Gedanken hatte und dem es hier, am Rand der Wüstensteppe, so sehr an Gesprächspartnern fehlte. Ja, er war gerannt, obwohl ihm das mit seinem weißen Haar eigentlich nicht mehr recht anstand. Sogar den Gewandsaum eines der Fremden hatte er aufgehoben und an seine Lippen geführt. Und deutlich kamen auch seine einladenden Worte in Sarais Erinnerung zurück. »Mein Herr«, so hatte er würdevoll gesagt, »habe ich Gunst gefunden vor Euren Augen, dann geht nicht an Eurem Knecht vorbei. Wasser wird er Euch geben, die Füße zu waschen, und rasten mögt Ihr hier unter dem Baum.«

Natürlich war sie selbst schon dabei gewesen, vom feinsten Mehl zu kneten und zu backen. Und einer der Knechte schlachtete ein Kalb aus der Rinderherde, die sie sich neuerdings in Mamre hielten.

Dann hatte Abram seinen Gästen, wie es gute Sitte war, selbst aufgetragen und war, während sie aßen, neben ihnen stehen geblieben.

Sie hatte das Bild noch regelrecht vor Augen. Denn jetzt fielen die Worte, die ihr damals wie ein schlechter Scherz vorgekommen waren: »Um diese Zeit übers Jahr hat Sarai einen Sohn!« Das hatte einer der Fremden gesagt, die zu ihnen in den Schatten getreten waren.

Was sie natürlich, hinter der Zeltwand lauschend, wie es alle Frauen taten, wenn ihre Männer sich unterhielten, fast unwiderstehlich zum Lachen brachte. Sie hatte es gerade noch so unterdrücken können, dass davon nur ein bisschen Kichern übrig blieb. Umso peinlicher, dass die Fremden ihr Lachen doch mitbekommen hatten und der eine darauf dieselben Worte laut wiederholte.

Ja, es war ihr sehr peinlich gewesen. In jüngeren Jahren hätte sie wohl vor Scham darüber in den Boden sinken mögen, dass Abis Gäste ihr albernes Benehmen registriert hatten. So aber war sie hinter der Zeltwand hervorgekommen, hatte sich entschuldigt und erklärt, nein, gelacht habe sie nicht wirklich. Was in gewisser Weise stimmte. Sie hatte den Mann ja nicht auslachen wollen. Allein die Vorstellung, dass sie, da ihre besten Jahre längst vorüber waren, noch mit einem Kind niederkommen sollte, hatte sie so unbändig zum Lachen gereizt.

Doch der Fremde hatte, ein wenig unhöflich, wie sie damals fand, darauf bestanden, Sarai habe wohl gelacht.

Diese ganze Geschichte fiel ihr prompt wieder ein, als sie, die Wurzelverstockte, beim Waschen zufällig die Zeichen der Schwangerschaft an sich entdeckte. Jetzt aber lachte sie wirklich!

»Schwanger bin ich, hochschwanger«, schrie sie, schrie es sich selber sozusagen ins Ohr, was sie nicht glauben konnte und doch so deutlich sah: »Schwanger bin ich!«

Eine der Eselstreiberfrauen, die gerade an Sarais Zelt vorbeiging, hörte das Gelächter, hörte den Schrei, noch mal einen Schrei, traute sich, hob den Zeltvorhang und stürzte, in Sorge um ihre Herrin, hinein.

Sarai stand noch mit beiden Füßen in der Schüssel, vergaß auch ihre Blöße zu bedecken und zeigte auf ihren Bauch und rief: »Da, siehst du es auch? Schwanger bin ich!«

»Ja, Herrin«, beeilte sich die Frau zuzustimmen, obwohl sie nichts Ungewöhnliches erkennen konnte, nur eben ein bisschen Bauch, und da dachte man in Sarais Alter nicht gleich an Schwangerschaft.

»Lauf, lauf«, rief Sarai ihr zu. »Lech lecha, such nach dem Herrn, suche nach der Wehfrau, lech lecha, auf, spute dich!«

Noch immer in der Schüssel stehend, sah sie Abram, noch immer mit unbedeckter Blöße Bera, der Wehfrau, entgegen.

Und Bera bestätigte ihr: »Herrin, du bist gesegneten Leibes, tatsächlich, lass mich den Leib noch mal abtasten. Sind die Brüste auch voller geworden, spannen sie wohl ein wenig? Nein, da ist kein Irrtum möglich, das Kind ist schon ein paar Monate alt!«

In diesem Augenblick war es mit Sarais Fassung vorbei. Tränen liefen ihr übers Gesicht, sie spürte ihre Knie wanken, und Abram, sprachlos, wie unter einem Schock, Abram kam zu sich, sprang seiner Frau zu Hilfe, hüllte sie in ihr Gewand, bettete sie auf ihr Lager und winkte die Wehfrau ungeduldig aus dem Zelt.

»Abi, mein Mann«, schluchzte Sarai und zog ihn zu sich herunter, »ich bin schwanger, hochschwanger, hörst du das?«

Abram lachte. Er legte sich zu ihr, berührte ihren Leib und lachte leise weiter, jetzt über sich selbst. »Was haben wir uns wehgetan, was haben wir uns gemüht«, sagte er belustigt. »Und jetzt ist es passiert und wir beide haben von nichts gewusst!«

Er hielt inne, hob den Kopf, lauschte und lächelte dann breit. »Frau, hör dir das an«, flüsterte er ihr zu. »Merkst du, wie unsere Leute sich freuen? Draußen vorm Zelt summt es wie ein aufgeregter Bienenschwarm.«

»Küss mich«, sagte Sarai matt und schloss die Augen.

Es war ein winziger Augenblick der Ruhe, in den sie für ein paar Herzschläge einkehrten, und diesen Augenblick brauchten sie auch.

Denn danach ging alles sehr schnell. Ihrer beider Leben veränderte sich mit einem Schlag, weil auf einmal nichts mehr war, wie es vorher gewesen war.

In diesen Tagen ging Abram in den Schatten der heiligen Bäume, goss Öl über den El-Stein, hob die Hand und sagte: »Hier bin ich!« Ein wenig beschämt hätte es eigentlich klingen müssen, aber es hörte sich nicht danach an. Denn sie beide hatten einen langen Weg gehen müssen, sein El und er, um sich in diesem Augenblick zu begegnen. Ja, sie hatten viel Geduld miteinander haben müssen, jeder mit dem anderen. Aber beide waren in dieser Zeit auch aneinander gewachsen und so gab es für Abram jetzt kein verlegenes Hinter-sich-Blicken. Alles hatte sich am Ende gefügt, wie es sein musste. Nein, weder Scham noch fußfälliger Dank waren jetzt angebracht, nur das eine, dass Abram seine Hand hob und sagte: Hier bin ich! Doch als er aus dem Schatten der Bäume hervortrat und durchs Lager ging, sah man in Mamre, wie sein von Schrunden und Scharten zerfurchtes Gesicht leuchtete.

Weil er so in der Gegenwart seines El gestanden hatte, konnte Abram auch nicht dulden, dass Bera sich gleich daranmachen wollte, Sarai und ihr Zelt nach allen Regeln der Kunst mit Amuletten, Zauberfäden und anderen Schutzzeichen zu versiegeln. Zugleich mit ihrer Kunst, Kinder aus dem Schoß zu lösen, verstand sich die Wehfrau nämlich auch darauf, die Schadgeister zu binden, solche zumal wie die böse Lamastu, die es besonders auf die Schwangeren abgesehen hatte. Aber dagegen gab es eben die bewährten Mittel, und Bera kannte sie alle oder wenigstens doch die wichtigsten, wie sie geduldig, nachsichtig mit seinem Männerunverstand, ihrem Herrn klar zu machen versuchte. Immer wieder bewährt habe es sich, der Schwangeren Amulette ins Haar zu binden, etwa einen Schlangenkopf. Auch der Ohrzipfel eines schwarzen Esels zwischen den Brüsten habe eine außerordentlich abschreckende Wirkung, und natürlich böten sich auch die Achselhöhlen der Schwangeren für die Unterbringung von manchen Zaubermitteln, zum Beispiel von Wolfszähnen, an, auf welche die Ghule, die Böse Sieben und das ganze Heer der Schadgeister panisch reagierten –. So hätte Bera noch lange weiterreden können und mögen, wenn ihr nicht Abram in aller Freundlichkeit, aber doch entschieden verboten hätte, seine Frau und ihr Zelt mit solchem Gräuel zu behängen. Sein El sei ihm Schutz genug, darum wolle er von der ganzen Sache jetzt und in Zukunft nichts mehr hören.

Bera war in ihrer Berufsehre gekränkt, ließ sich die Zurechtweisung aber doch gefallen. Zumal es sich bei dem Einsatz ihrer Apotheke in diesem Fall sowieso um eine reine Vorsichtsmaßnahme handelte. Denn die Herrin erfreute sich bester Gesundheit, war auch sonst wohlauf und man konnte dem weiteren Verlauf der Schwangerschaft getrost entgegensehen. Um allerdings ganz sicherzugehen, schmuggelte die Wehfrau bei Gelegenheit doch einen ihrer Glücksbringer ins Zelt ein, den kostbarsten sogar, ihren bewährten »Adlerstein«: einen walnussgroßen hohlen Stein, in dessen Innerem ein anderes Steinchen klapperte, als Sinnbild des mütterlichen Schoßes. Sarai stieß irgendwann zufällig auf den Stein zwischen ihren Polstern, ließ aber die Sache auf sich beruhen. Immerhin, schaden konnte es ja nicht. Grundsätzlich gab Sarai ihrem Mann Recht. War doch ihr Kind ein Segenskind und brauchte darum keinen anderen Schutz als den, den es ohnehin schon hatte, den Schutz seines Gottes.

Ja, gesegneten Leibes war Sarai im wörtlichen Sinn des Wortes. Von Anfällen morgendlicher Übelkeit, die manche Frauen während der ersten Monate plagten, war sie vollständig verschont geblieben. Und die letzten, oft beschwerlichen Wochen der Tragezeit würden in die angenehmste Jahreszeit fallen, in den Frühling, wenn die Hitze Mensch und Tier noch nicht bedrängte. Was schließlich die seelische Seite ihrer Schwangerschaft anging, musste Sarai sich gar nicht erst dazu anhalten, sich von Ängsten und Sorgen nicht herunterziehen zu lassen. Trug sie doch ihren Kopf so hoch, dass ihr Haupt bald bis in den Himmel ragte. Und gesegnet, wie sie war, hatte sie auch allen Grund, ihren Kopf so hoch zu tragen. War es doch El Schaddai selbst gewesen, der ihr Haupt über alle Maßen erhöht hatte. Zum nachträglichen Triumph über all die giftigen Zungen, die sie je als Wurzelverstockte geschmäht hatten.

Abrams Leute ließen es Sarai spüren, dass man ihr den Triumph gönnte. War ja dem ganzen Haus Abrams bis zum letzten Hüteknecht durch die Haupterhebung ihrer Herrin Genugtuung widerfahren. Und hatten sie die Herrin immer schon in Ehren gehalten, so zeigten sie's ihr jetzt noch mehr. Frauen kamen, brachten süßen Kuchen, einen Blumenkranz, Perlengesticktes oder ein schönes gefärbtes Tuch, ließen sich zu ihr an die Herdsteine laden und erzählten von den eigenen Mühen und Freuden gegenwärtiger oder vergangener Schwangerschaften. Die Männer wiederum erkundigten sich über den Herrn höflich nach Sarais Befinden, und natürlich wetteiferte Abrams ganzes Haus, der Herrin in allen Dingen noch mehr zur Hand zu gehen, jede Beschwernis von ihr fern zu halten.

Sarai ließ sich alles gern gefallen. Meistens saß sie mit einem in sich gekehrten Lächeln da und hielt innere Zwiesprache mit dem Gotteskind, das durch ein so großes Wunder den Weg in ihren Leib gefunden hatte. Besonders schön aber waren für sie die abendlichen Gespräche mit Abram, wenn beide nebeneinander lagen, beider Hände auf ihren runden Leib gelegt, und sich an ihre gemeinsame Geschichte erinnerten.

»Wir haben nie mehr etwas von unserem Vater gehört«, sagte Sarai eines Abends. »Ob er noch lebt? Lass mich rechnen: Knapp über sechzig ist er gewesen, als wir aus dem Meerland fortgegangen sind, vierzehn Jahre waren wir in Charranum, und es müssen ungefähr acht Jahre sein, dass wir Vater zuletzt gesehen haben.«

»Als Sin sein Gesicht verlor«, unterbrach Abram sie. »Mit der Sänfte kam Vater auf den Hof, weißt du noch? Da hat er uns seinen Segen entzogen.«

»Er müsste heute über achtzig sein«, sagte Sarai. »Ob er wirklich noch lebt –?«

Und dann dachten sie beide dasselbe: Wenn Terach uns sähe, mit unserem Kind!

»Dein kleiner El hat sich vom großen Sin nicht unterkriegen lassen«, sagte Sarai nach einer Weile. »Zuletzt habe ich ihm aber nicht mehr richtig geglaubt«, gestand sie verlegen.

»Mir ging's nicht anders«, sagte Abram. »Damals in Scha-kim, weißt du, mit dem Stein unter der Elah, da habe ich gedacht, ich muss mich mit Gewalt bemerkbar machen, dass er mich sieht und endlich etwas unternimmt.«

»Verboten sahst du aus, als du zurückkamst«, erinnerte sich Sarai. »Wie dein Rücken im Meerland, wo dich der Gott geritten hatte, so kaputt sahen damals deine Hände aus.«

»Ich weiß noch«, murmelte Abram schläfrig. »Ich habe mich immer schwer getan, es war alles so mühsam.«

»Und weißt du noch –«, fuhr sie fort, doch merkte plötzlich, dass er mit seinen Gedanken ganz woanders war, und ließ den Satz unvollendet.

Schweigend, das Kind unter ihren Händen, lagen sie neben-einander. Es war ein gutes Schweigen, es verband sie mehr als Worte. Und doch erlebten beide die Zeit, in der ihr Kind in Sarai wuchs, sehr unterschiedlich. Sarai ganz in sich gekehrt, wie von ihrem Kind nach innen gezogen, ein be-ständiges Lächeln im Gesicht, Abram aber wie in feierli-chem Ernst.

Menschenspiele, Götterspiele

Während Abram und Sarai sich im Zustand andauernder Hochstimmung befanden, durchlitt der kleine Ismael einen Weltuntergang. Und keiner von den großen Leuten merkte etwas. Abram und Sarai fielen für ihn auf einmal aus. Sarai spielte nicht mehr mit ihm, ja, sie empfand Ismaels Gegenwart im Zelt bald als lästig, wehrte den Kleinen ab, wenn er sich allzu ungestüm auf ihrem Schoß gebärdete. »Pass auf«, ermahnte sie ihn, »das Kindchen in mir!« Sie sprach von dem Kindchen in ihr, nicht etwa von seinem, Ismaels, Geschwisterchen. Denn von dem Augenblick an, da Sarai von ihrem Segensstand wusste, war Ismael für sie abgeschrieben. Für ihn hatte sie einfach keinen Platz mehr bei sich, weil das Ungeborene ihre ganze Seele ausfüllte. Ismael merkte es und reagierte verstört. Er quengelte mit ihr, weinerlich oder böse, wurde auch heftig, so dass sie den Jungen schließlich überhaupt nur noch als Störenfried empfand und ihn am liebsten ganz aus ihrer Gegenwart verbannt hätte.

Dabei hatte gerade Ismael diese Zurücksetzung am allerwenigsten verdient. Verdankte doch Sarai ihre späte Schwangerschaft neben dem Schaddai eben ihm, dem Sohn der Hagar. Das Gefühl von weichem, warmem Leben im Arm, wenn sie Ismael schaukelte, der Kontakt mit seinen großen Augen, die nach den ihren suchten, die Lust an der unschuldigen Zärtlichkeit hatten Sarais Lebensbrunnen noch einmal kräftig zum Quellen gebracht und ihr zum ersten Mal die unmittelbare Erfahrung mütterlicher Freuden vermittelt. So hatte Sarais Leib mit einem letzten Ansturm versucht, ihr zu gewähren, was ihr so lange versagt geblieben war: dass der Same ihres Mannes endlich in ihr fruchtete. Und so war es nicht nur traurig, was dem Ismael jetzt von Sarai widerfuhr, es war auch im höchsten Maße ungerecht. Das konnte für den Jungen nicht gut ausgehen, zumal es ihm mit seinem Vater nicht viel besser, eigentlich genauso erging.

Der war innerlich abwesend, vergaß einfach, sich Ismael auf die Schultern zu heben, versuchte nicht mehr, mit ihm über seine großen Gedanken zu reden. Auch blieben von nun an die Truhendeckel geschlossen. Das schöne Bronzewägelchen mit den Eseln davor, Ismaels liebstes Spielzeug, gehörte plötzlich einem anderen, dem Ungeborenen, und selbstverständlich war nicht mehr die Rede davon, dass der Sohn Hagars einmal die Schätze erben sollte, die Kisten und Kasten sowie die Herden und das Gesinde, Zelte und Esel – kurzum, für den Jungen war es eine Katastrophe, bei der seine bisherige Welt lautlos in Stücke fiel. Abram und Sarai hatten ihn kurzerhand aus ihrer Gefühlswelt verabschiedet und nichts und niemand hatte ihn darauf vorbereitet.

Um sich doch noch Aufmerksamkeit zu ergattern, fielen Ismael darum dauernd die verkehrtesten Sachen ein. Zum Beispiel fand er zufällig Beras Klapperstein und rannte damit, noch ehe Sarai ihn hindern konnte, zum Zelt hinaus. Zu ihrer peinlichen Verlegenheit präsentierte er den Glücksbringer seinem Vater. Der lief rot an, schimpfte ihn aus und machte dann seiner Frau derartige Vorhaltungen, dass sie darüber in Tränen ausbrach. Und natürlich war für sie nur das »kleine Ungeheuer« daran schuld, Ismael, vor dem im Zelt einfach nichts sicher war.

Seinem Vater wiederum steckte er die Sandale ins Feuer oder verstreute den Inhalt von Abrams Gürteltasche in der Umgebung und lernte dabei irgendwann, dass es nicht gut war, sich erwischen zu lassen. Selbstverständlich bekannte sich Abram weiter zu Ismael als seinem Leibessohn, brachte es sogar über sich, das Verhalten des Jungen vor Sarai zu entschuldigen, doch es war einfach nicht mehr das unbefangene Verhältnis wie früher. Und so machte Ismael bereits in der frühesten Kindheit die Erfahrung, dass er sich selber helfen musste, wenn er irgendwie überleben wollte.

Nicht viel besser als ihrem Sohn erging es nun auch seiner Leibesmutter Hagar. Sie stillte Ismael zwar nach wie vor, aber nur noch verdrossen, denn als Waffe hatten ihre Brüste ausgedient.

Darum empfand sie es bald als überaus lästig, wenn Ismael wie früher jeden Augenblick zu ihr gerannt kam und sagte: »Ich möchte bei dir trinken.«

Ja, er kam jetzt sogar noch häufiger als vorher, so dass Hagar antwortete: »Du kannst nicht mehr bei mir trinken, du bist jetzt ein großer Junge. Es gibt nichts mehr.«

Aber so schnell gab Ismael nicht auf, verlegte sich aufs Quengeln und bettelte sie an: »Darf ich nicht nur ein bisschen Milch trinken? Lass mich doch bitte, tu's doch!«

Widerwillig gewährte sie es ihm. Doch als er nach einer Weile wieder kam, hatte sie ihre Brustwarzen mit einer Paste aus Merorim-Bitterkräutern eingeschmiert.

Ismael nahm sie in den Mund und sagte: »Sie schmecken bitter.«

Dabei hätte der Junge Hagars Milch jetzt so dringend gebraucht. Waren doch Hagars Brüste das Einzige, was ihn am Leben erhielt, seine Verbindung mit der Vergangenheit, als die Welt für ihn noch in Ordnung war.

Doch Hagar drängte. »Du musst jetzt endlich sehen, dass du groß wirst. Bald kommt das Kind der Herrin und du wirst sein großer Bruder sein. Du kannst nicht mehr bei der Muttermilch bleiben.«

Unglücklich betrachtete sie ihn, dieses schwierige Kind, das sich aufführte wie ein ungebärdiges Eselsfüllen.

Dennoch bedeutete Ismael für Hagar noch immer das Überleben. Denn unter allen Leuten von Abrams Gesinde hatte Sarais Haupterhebung sie als Einzige nicht mit erhöht. Im Gegenteil, sie fühlte sich, nicht anders als ihr Kind, verdrängt und ausgestoßen, und um ihr Leben zu erhalten, musste sie auf Ismael setzen. Darum bückte sie sich nun noch tiefer vor Sarai. Freilich blieb zunächst der Hoffnungsschimmer, Sarai könne mit einem Mädchen niederkommen. Dann wäre sie, Hagar, wieder am Zug. Also wappnete sie sich mit Geduld gegen ihre Herrschaft, gegen ihren Sohn.

Lange brauchte sie nicht zu warten, um endgültig zu wissen, woran sie war. Es wurde Frühjahr und Sarais Monate vollendeten sich.

Und dann kam der Tag von Sarais Niederkunft. Wasser wurde über ihren Herdsteinen erhitzt, das Zelt ausgeräuchert, Tücher legte man reichlich aus, verschloss die Vorhänge und Bera setzte die Gebärziegel auf den Boden.

Und während Abram draußen an der Zeltwand wartete, hatte die Wehfrau das Reich für sich. Natürlich trugen die bewährten Gebärziegel all die zauberkräftigen Zeichen und Bilder, die der Gebärenden eine glückliche Geburt sicherten, besonders die Zeichen der Kotarot-Geburtsgöttinnen, die man auch »Töchter der Freudenrufe, der Zwitscherschwalben« nannte, die den Frühlingsmond brachten. Und da es sich traf, dass am Tag von Sarais Niederkunft das junge Horn des Mondes gerade über den westlichen Himmelsrand lugte, auch die Abendschwalben zwischen den Zelten hin und her schnellten, nahm Bera dies Zusammentreffen als gutes Omen.

Das war es denn auch. Denn Sarai, die auf die vierzig zuging, kam so leicht nieder wie eine Vierzehnjährige, ungeduldig, das Kleine endlich in den Armen wiegen zu können, mit dem sie so lange schon innere Zwiesprache gehalten hatte. Abram hörte den Geburtsschrei, Elieser hielt des Herrn Hände und beide hörten Sarai lachen: Ihr Sohn war geboren.

Einen Lach-Namen gab sie ihrem Sohn denn auch, nachdem Bera den Vater zu ihr ließ. »Jizchak soll er heißen«, verkündete Sarai ihrem Mann. »Denn er hat mich zum Lachen gebracht und jeder, der davon hört, freut sich mit mir.«

Das traf auch zu. Ganz Mamre feierte. Freudentriller lärmten durch die junge Nacht. Männer und Frauen drehten sich klatschend im Doppelkreis, aus ungezählten Weinbeuteln schoss das süße Getränk in die Kehlen. Tagelang währte das Geburtsfest für Jizchak, den Erben. Man aß und trank und tanzte sich durch die Jubeltage, ließ Mutter und

Kind, den Vater hochleben, bis der Mond in seinem ersten Viertel stand.

Und auch Hagar wurde ein kleines Lachen bereitet. Es zeigte sich nämlich, dass Sarai, die Geburtstüchtige, ihr Kind auf die Dauer nicht stillen konnte. Ihre Milch kam erst zögerlich und versiegte dann ganz. So wurde der kleine Jizchak der Magd in den Arm gelegt und darum konnte auch Hagar den Kopf wieder höher tragen.

Ismael war damit allerdings ganz von der Mutterbrust verbannt. Unerbittlich versuchte Hagar ihrem Sohn zu erklären: »Nein, meine Milch braucht der Kleine allein. Schau nur, wie winzig er noch ist! Aber du bist schon groß. Du kannst ihm das ruhig gönnen, ihr beide habt ja denselben Vater und jetzt seid ihr auch Milchbrüder. Also, sei vernünftig und schick dich.«

Irgendwann sah der Junge es ein und hörte auf, sich wie ein Kleinkind zu betragen. Doch eigentlich hätte Ismael seinen Milchbruder jetzt hassen müssen.

Das tat er auch, freilich auf versteckte Art, anders hätten ihm seine drei Eltern ihr Wohlwollen schließlich ganz entzogen. Wie er deren Gunst sogar wiedergewinnen konnte, das fand Ismael bald heraus. Er begann sich nämlich des kleinen Jizchak so fürsorglich, so verständig und umsichtig anzunehmen, dass er allmählich sogar Sarais Vertrauen erwarb.

»Sieh einer das an, wie der Junge lieb mit dem Kleinen umgeht«, sagte sie ein übers andere Mal. »Jizchak braucht nur einen Mucks zu tun und schon ist Ismael zur Stelle. Was für ein Glück, dass wir Hagars Jungen haben, so wächst Jizchak doch nicht alleine auf. Denn noch mal werde ich wohl nicht wieder tragen.«

204

»Wozu auch«, meinte Abram. »Zwei Söhne sind genug. Ich bin froh, dass Ismael so verständig geworden ist. Der Junge hat sich völlig gewandelt.«

Den Eindruck hatten alle und so kehrte Ismael wieder in die Familie zurück.

Er hatte sich tatsächlich geändert. Aber nicht wie durch ein Wunder, sondern indem er lernte, aus den neuen Verhältnissen das Beste für sich zu machen. Huckepack trug er den Sohn der Herrin durch Mamre, übte geduldig wie eine Mutter die ersten Schrittchen mit ihm, brachte Jizchak der Hagar zum Stillen, führte ihn später in die Spielgemeinschaft der anderen Kinder ein, aber verteidigte seinen Milchbruder auch mit den Fäusten, wenn sich einer unterstand, Sarais Kind etwas Böses zu tun.

Und weil man in Mamre die beiden so einträchtig sah, lobten die Leute Abrams Söhne und sprachen: »Wie fein und lieblich ist's doch, wenn Brüder einträchtig beieinander wohnen!« Was die Leute, was auch seine Eltern sahen, war allerdings nur die Hälfte der Wahrheit.

Insgeheim zog nämlich Ismael, je älter er wurde, süße Lust daraus, Jizchak zu drangsalieren und zu quälen. Am liebsten war er darum mit Sarais Söhnchen allein. Zum Beispiel unter den Elah-Bäumen oder im Weideland, und wenn es sich ergab, auch in Sarais Zelt. Freilich brauchte es eine geraume Zeit, bis sich die verquere Beziehung eingespielt hatte. Wie überhaupt zunächst keine klare Absicht dahinter stand, sondern sich alles mehr durch eine Kette von scheinbaren Zufällen ergab. Zur bewussten Absicht Ismaels wurde es erst, nachdem der nun Zwölfjährige zum ersten Mal das körperliche Lustgefühl entdeckte, das sich einstellte, wenn er dem zwei, drei Jahre jüngeren Milchbruder wehtat. Darüber hinaus steckte das unklare Bedürfnis dahinter, die Schmerzen seiner Kindheit an Jizchak zu rächen: die entzogene Mutterbrust, den frühen Liebesentzug, das entgangene Erbe. Und es war gar nicht so schwer, Jizchak in seine Opferrolle einzuweisen. Jizchak nämlich vergötterte seinen Halb- und Milchbruder, und Ismael versprach, ihn dadurch zum Mann zu machen, dass er lernte, ihm zugefügte Schmerzen stumm zu ertragen.

»Schau her«, sagte Ismael etwa, wenn sie beim Hüten im Weideland am Feuer saßen, »schau her, wie ein richtiger Mann den Schmerz erträgt!« Damit nahm er ein Stück Glühkohle in die bloßen Finger und legte es sich auf die Hand. Es roch nach verbrannter Haut, und es trieb ihm die Tränen ins Auge, aber er weinte sie nicht. »So, und jetzt du!«, forderte er Jizchak danach auf.

Jizchak nickte tapfer, dann aber schrie er so gellend auf, dass Ismaels Augen leuchteten.

»Ah, das ist noch nicht gut«, meinte er, zog Jizchak in den Arm und betrachtete die Brandwunde, über der sich schnell eine Blase bildete. »Nein, noch nicht ganz gut war das, kleiner Bruder, wir müssen noch üben. Du willst doch ein ganzer Mann werden, oder?«

Jizchak nickte wieder, drückte sich an seine Brust und schrie noch mal, als Ismael die Brandblase mit dem Nagel aufriss.

»So heilt es gleich besser, verstehst du, wenn Luft darankommt«, erklärte Ismael dem Jüngeren und spürte dabei erneut dieses heiße Lustgefühl, das ihm, schon zum zweiten Mal heute, fast den Atem nahm.

»Schau meine Hand«, verlangte er. »Schau meine Finger! Mir tut es nur halb so weh wie dir. Wieso? Weil ich's gelernt habe und du noch nicht. Und untersteh dich, deinen Leuten davon zu erzählen! Dann kannst du sehen, wo du bleibst, bei mir jedenfalls bist du dann unten durch. Also, versprich es!«

»Bei Vaters El, ich sag's nicht«, schluchzte Jizchak.

»Dann ist ja alles gut«, sagte Ismael und drückte ihn fest an sich. Auch das war ein sehr schönes Gefühl.

Schon als er Jizchak noch auf dem Arm trug, hatte das Spiel begonnen: mit Kneifen und Küssen, Locken und Drohen. Immer beides auf einmal, bis eins fest zum anderen gehörte. Und niemand hatte den Zusammenhang bemerkt, alle waren nur des Lobes voll, wie sich Ismael darauf verstehe, den Kleinen zu beruhigen, so lieb zu trösten! Später aber war jenes durchdringende Lustgefühl dazugekommen, das dann regelrecht zum Bedürfnis wurde, so dass Ismael ihm jedes Mal wie unter einem Zwang nachgeben musste. Er wurde geradezu erfinderisch, wenn es darum ging, den Halbbruder noch weiter in sein doppeltes Spiel hineinzuziehen, und Jizchak ließ sich fast immer gutgläubig darauf ein.

Zum Beispiel gab es da diese verlassene Hyänenhöhle, die Ismael eines Tages im Weideland entdeckt hatte. Ihr Eingang befand sich in zweifacher Manneshöhe bei einer Felsklippe über einem Trockenbachbett. Ein schmales Felsband führte in den Bau, und der Eingang war gerade so groß, dass er bäuchlings hineinkriechen konnte. Der enge Gang endete in einer geräumigen Kammer, in der sich, wie Ismael bei seinem zweiten Besuch, diesmal im Schein eines Fettdochts, feststellte, ein Haufen zerbrochener Knochen und Tierschädel befand. Unverzüglich begann in Ismaels Kopf ein Plan Gestalt anzunehmen.

Er überredete Jizchak, eine Nacht in der Höhle zu bleiben. Eine letzte und äußerste Mutprobe solle das sein, legte Ismael ihm dar, und natürlich müsse er den Erwachsenen gegenüber Stillschweigen bewahren, vorher und hinterher, das gehöre dazu. Den Ausgang des Hyänenbaus werde er, Ismael, mit Steinen verkeilen, damit Jizchak sich nicht unnötig ängstigen müsse, wenn das Untier nachts vielleicht zurückkäme.

Beim Schein des Fettdochts besichtigte Jizchak den Hyänenbau und willigte zitternd ein.

So kam es, dass man an diesem Abend und die ganze Nacht hindurch nach Jizchak suchte. Selbstverständlich wandte man sich gleich an Hagars Sohn, mit dem der Junge zuletzt gesehen worden war. Doch Ismael schüttelte verzweifelt den Kopf, brach in Tränen aus, die er innerlich lustvoll auskostete, und machte sich wie alle anderen suchend, schreiend, fackelschwingend auf den Weg in die Dunkelheit. Diesmal war es ein anderes Gefühl als das im Bauch, aber mindestens genauso befriedigend. Denn Mamre, dann auch ganz Chebron stand Kopf, alles lief, rannte, Frauen weinten, Feuerstöße wurden entzündet, Esel nahmen erschrocken Reißaus und mussten dann auch noch gesucht und eingefangen werden und Sarai und Abram sahen aus wie Tote.

Im Morgengrauen befreite Ismael den Gefangenen. Und er lobte Jizchak, schlug ihm auf die Schulter und sagte: »Jetzt, Jizchak, bist du mein Freund. Denn mit Memmen gebe ich mich nicht ab. Du hast deine Mutprobe wie ein richtiger Mann bestanden!« Dann führte er den zitternden, verängstigten und doch so glücklichen und stolzen Jungen an der Hand die Straße hinauf, erzählte ihm unterwegs lachend vom Aufruhr zwischen den Zelten, dem Riesenspaß, und ließ sich zu guter Letzt von den Leuten in Mamre als Retter mit Lob überschütten und feiern.

Sarai schloss den verlorenen Sohn in die Arme, wortlos, versteinert, mit trockenen Augen. Denn sie hatte in dieser Nacht alle Tränen ihres Lebens geweint, war schon auf dem Weg ins Staubland gewesen, unterwegs zur Scheol, um ihrem Sohn das letzte Geleit zu geben. Noch nicht ganz zurückgekehrt, saß sie bewegungslos da, während ihr Mann, die Unterlippe zwischen den Zähnen, sich von Jizchak erzählen ließ.

Der hielt sich an die Absprache, gab vor, er habe nicht mehr aus dem Loch herausgefunden, das er gestern entdeckt hätte, dann sei ihm auch angst und bange gewesen vor der finsteren Nacht, ja, und dem El sei Dank, endlich habe Ismael, sein Freund, ihn gefunden und herausgeholt. Abram legte seinen Arm um den zitternden Jungen, fragte nach Einzelheiten, entdeckte plötzlich Widersprüche, Ungereimtheiten, hakte nach, sah seinem Sohn in die Augen und dann platzte die Sache. Jizchak gestand – zum ungläubigen Entsetzen seiner Eltern.

Und damit barst mit einem Mal der ganze Damm des Verschweigens, den Ismael Jahr um Jahr vor Sarais Sohn aufgebaut hatte, entzwei. Eine Sturzflut von Erinnerungen brach sich Bahn, von Tränen, von einem Aufruhr der Gefühle begleitet: Eine Flut von qualvollen, quälenden Erinnerungen ergoss sich aus der Seele des Jungen, bis er keuchend aufgab und wimmernd in Abrams Arme sank.

Jetzt endlich erwachte Sarai wieder zum Leben.

Wie ein zu Tode getroffenes Tier schrie sie auf: »Sofort, auf der Stelle schickst du Ismael, diesen Bastard, mit seiner Schlampe von Mutter in die Wüste, jetzt gleich, oder wir zwei sind geschiedene Leute!«

Abram, hochrot im Gesicht, dass seine Frau so zornsprühend auf ihn losging, erwiderte gereizt: »Der Bastard ist mein Sohn, ich habe ihn gezeugt. Ja, ich werde Ismael strafen, hart, aber nicht so!«

Wie er den Jungen züchtigen wollte, war Abram nicht klar. Nur, dass er sich von seinem eigenen Fleisch und Blut abschneiden sollte, das kam für ihn nicht infrage. Wieder hielt er den Strick an beiden Enden, aber dann sah er es selbst, weil sich Sarais Gesicht vor Zorn bis zur Unkenntlichkeit entstellte: Um einen Sohn zu behalten, musste er sich von dem anderen trennen. Mit diesem Entschluss stürzte er, Schweiß wie Blut auf der Stirn, aus dem Zelt.

Ismael versuchte erst gar nicht zu leugnen. Er hatte den Aufschrei Sarais gehört, sah Abrams Augen und gestand. Ja, er schob Hagar mit dem Arm beiseite, die sich schützend vor ihn stellen wollte. Und dann brach es auch aus ihm heraus, die zweite Sturzflut, die an diesem Tag über Abram niederging. Ismael rechnete ab: Kränkungen, Demütigungen habe er sich gefallen lassen müssen, ihren Fuß habe Sarai seiner Mutter in den Nacken gesetzt und ihn, Ismael, immer schon wie einen Bastard gehalten; jede Zuwendung, jede Anerkennung und noch das kleinste Lob habe er sich erkaufen und verdienen müssen. Und alles wegen dieses verzärtelten »Gotteskindes«, wie Sarai den Jizchak nenne, der doch nur ein Junge sei wie er, mit Rotz in der Nase, Heultränen in den Augen, wenn's mal wehtäte. Ja, trumpfte Ismael auf, während Abram keuchend nach Worten, nach Antworten suchte, gehen werde er von allein, und wenn Hagar mitwolle, sei ihm das recht. Seine Mutter verdiene ja nicht, unter so niederträchtigen, gemeinen Menschen leben zu müssen, und er, sein Vater, habe sich heute zu schämen vor seinem eigenen Sohn!

Und während Abram noch immer keine Worte fand, tonlos die Lippen bewegte, totenblass im Gesicht dastand, verließ Ismael das Zelt, kehrte mit einem Esel zurück und packte auf.

Nun erwachte auch Hagar aus ihrem Schock, riss ihre Sachen aus den Truhen, verstreute sie im Zelt, packte dies und das zusammen in ein Bündel, fragte Ismael nach den Wasserschläuchen, stieß die Herdsteine um und schaute mit blitzenden Augen in die Runde, auf einmal wieder das Schwertmädchen von damals. Dann folgte sie mit hochgerecktem Hals ihrem Sohn zu dem Esel.

Abram rannte hinterher.

Vor Ismael blieb er stehen und sagte: »Sohn, ich habe dir Unrecht getan und wieder gutzumachen ist da nichts. Meine Schuld steht zwischen mir und dir. Und jetzt gehst du auch noch mit leeren Händen.«

»Nein, Vater«, entgegnete ihm Ismael, setzte den Esel mit einem Klaps in Bewegung und winkte seine Mutter neben sich, »nein, mit leeren Händen gehe ich nicht: Deinen El, seinen Segen nehme ich mit. Den hast du nämlich nicht für dich allein gepachtet.«

»Er möge dich zu einem großen Volke machen –«, sagte Abram.

Mehr Worte hatte er nicht für seinen Sohn, und für Hagar hatte er gar keins, denn seine Kehle war zugeschnürt und er schämte sich.

Doch er sah im Licht des späten Morgens den beiden mit ihrem Esel nach, bis sie seinen Blicken entschwanden. Und er erinnerte sich. Wie Ismael heute von ihm, so war er damals aus Charranum weggegangen, geflohen aus seinem Land, aus seiner Verwandtschaft, aus seines Vaters Haus. Nichts ändert sich, dachte er. Dabei ist alles so voll Mühe gewesen und meine Schultern haben so viel Arbeit getragen. Doch dann wird der Sohn zum Vater und die alte Geschichte beginnt wieder von vorn. Und nun schämte sich Abram nicht nur, sondern zog sein Gewand über den Kopf, setzte sich in Hagars Zelt an die umgestürzten Herdsteine und trauerte um seinen Sohn, Ismael, den Erstgeborenen.

Wenn doch wenigstens Elieser da wäre, dachte Abram oft in den nächsten Tagen. Denn er sehnte sich danach, mit dem Freund zu sprechen, sich von ihm raten zu lassen. Denn Sarai, zurückgezogen in ihren Groll, mied ihn und schloss auch tagsüber den Vorhang auf der Frauenseite des Zeltes, so dass Abram meist allein an seinen Herdsteinen saß. Und Jizchak wirkte eingeschüchtert, ließ sich nicht von ihm ansprechen, sondern machte einen großen Bogen um den Vater. Ja, wenn er wenigstens Elieser hier hätte, dachte Abram bedrückt. Doch er hatte den Verwalter mit ein paar Eselsladungen Wein zum Verkauf nach Gadjut geschickt. Längst hätte er wieder zurück sein müssen, rechnete sich Abram vor. Aber die Karawane ließ weiter auf sich warten.

Überhaupt, seit Ismael ihn im Zorn verlassen hatte, geriet langsam sein ganzes Leben durcheinander. Ging er aus dem Zelt, wusste er nach ein paar Schritten nicht mehr, was er eigentlich vorhatte, und erst abends auf seinem Lager fiel es ihm wieder ein. Einmal durchritt er ziellos auf seinem Maultier die Wüstensteppe zwischen Chebron und Beerscheba, nahm nichts von seiner Umgebung wahr, versäumte auch, als sich die Abendschatten längten, den Weg zurück nach Mamre einzuschlagen, und verbrachte eine frostige Nacht am Rand eines Trockenbachbetts. Als er morgens zerschlagen aufwachte, befand er sich unmittelbar unter der Höhle, dem aufgelassenen Hyänenbau, in den Ismael seinen Bruder Jizchak gelockt hatte.

Rückwirkend erschien ihm nun Jizchaks Gefangenschaft eher als eine harmlose, törichte Kinderei. Und während er hinauf nach Mamre ritt, hielt er innerlich erbitterte Zwiesprache mit Sarai. Denn die hatte ihn gezwungen, so hart zu reagieren. Den ganzen Heimweg über ging er in Gedanken mit ihr ins Gericht, zankte sie aus und beschimpfte sie, dass sie einen Dummejungenstreich derart aufgebauscht hatte. Und was hast du nun erreicht?, hielt er ihr vor. Ich habe mir meinen Sohn zum Feind gemacht, der unser beider Blut in sich trägt.

Zurück in Mamre, setzte er sich in Hagars leeres Zelt. Er hatte es, jetzt auch nach Tagen, noch nicht über sich gebracht, die Schnüre zu lösen, die Streben niederzulegen. Unglücklich schaute er sich um. Die Überbleibsel von Hagars Habe lagen verstreut auf dem Boden, ihre beiden Truhen standen offen, die Zeltbahnen hatten sich gesenkt. Ich müsste die Schnüre neu spannen, sagte sich Abram, ließ es aber bleiben. Irgendwann stand er auf, verließ das Zelt, schloss den Vorhang hinter sich und ging den Hügel hinauf, der Mamre gegenüber lag und zum Besitz von Efron, einem Weinbauern aus Chebron, gehörte. Von der Kuppe aus schaute er nach Süden. Auf was, auf wen wartete er? Auf Elieser, sicher, doch insgeheim hoffte er, eine Frau und einen Jungen, Ismael und Hagar, zu erspähen, die mit ihrem Esel die Straße hinauf nach Chebron zogen. Doch konnte er wirklich annehmen, Ismael hätte sich inzwischen alles anders überlegt?

Nein, Ismael kehrte nicht zurück. Aber Elieser traf endlich mit seinen Eseln ein. Zu einem hilfreichen Gespräch zwischen ihm und dem Freund kam es aber nicht, denn Abram überschüttete seinen Verwalter gleich mit Vorwürfen, warum er so lange ausgeblieben sei. Er ließ Elieser erst gar nicht zu Wort kommen, der ihm hätte erklären können, dass er in Gadjut geradewegs in einen Aufstand gegen die Garnison des Königs von Mizrajim hineingeraten war, so dass sie von Glück sagen konnten, überhaupt unbeschädigt davongekommen zu sein. Abram schnitt seinem Verwalter das Wort ab und beschwerte sich gereizt, die ganze Last der Zeltstadt habe er derweil allein auf seinen Schultern tragen müssen, nun aber sei er müde, sich zum Affen halten zu lassen. Elieser, der schon von dem Unglück gehört hatte, das sich während seiner Abwesenheit in Mamre zugetragen hatte, schwieg, senkte den Kopf und gab keine Widerrede. Sein Herr tat ihm Leid, sein abgezehrtes, düsteres Gesicht, die niedergedrückte Haltung, der ungepflegte Zustand seiner Kleider sprachen ein deutliches Wort, wie es um ihn bestellt war. Und als Abram sich erkundigte, ob er nicht unterwegs auf Ismael und seine Mutter gestoßen sei, schüttelte Elieser traurig den Kopf. Abram wandte sich daraufhin brüsk von ihm ab, ließ ihn mit seinem Geld, dem Verkaufserlös für den Wein, stehen, ging zu den Pferchen hinüber und verbrachte einen weiteren Tag auf dem Rücken seines Maultiers mit ziellosem Herumstreifen in der Wüstensteppe.

Als er, abends zurückgekehrt, sich auf seinen Schlafplatz begeben wollte, hob sich der Frauenvorhang und Sarai stand vor ihm. Abram warf ihr einen missbilligenden Blick zu, kehrte ihr den Rücken zu und bückte sich, um seine Matten zu richten.

»Ich will mit dir reden«, sagte Sarai.

»Rede«, antwortete er tonlos, legte sich ausgestreckt unter die Decke und starrte gegen das Zeltdach.

Sarai trat einen Schritt näher.

»Das Zelthaus neben uns steht leer«, begann sie. »Als ich heute vorbeiging, sah ich eine Speischlange hineinschlüpfen, strohgelb, fünf bis sieben Fuß lang. Es wird Zeit, dass du das Zelt abbrichst, bevor sich da noch eine ganze Schlangenbrut einnistet.«

»Nach der Schlange werde ich morgen sehen«, sagte er.

Sarais Stimme wurde schärfer. »Darum geht es nicht, du sollst endlich das Zelt abschlagen, hörst du«, verlangte sie.

»Wir machen uns zum Gespött vor allen Leuten. Ein verlottertes, zusammengesunkenes Zelt neben dem unseren, wo wir Gäste empfangen. Warum hast du das Zelt nicht längst umgelegt?«

»Vielleicht kommt Ismael ja wieder«, sagte er. »Dann kann ich mir die Arbeit sparen.«

»Du glaubst doch selbst nicht, was du da sagst«, fuhr ihn Sarai an. Dann hockte sie sich zu ihm, rüttelte an seinem Arm und sagte: »Sieh mich an! Wenn der Bastard kommt, bist du mich los. Ich geh zu Nachor, meinem Bruder, und Jizchak nehme ich mit. Denn zehnmal mehr ist er mein Kind als deins. Der El hat ihn mir unters Herz gegeben, nicht du. Denn mir ging's längst nicht mehr nach Art der Frauen, das weißt du ja.«

Abram setzte sich auf, und beide, Bruder und Schwester, Mann und Frau, starrten sich stumm an.

»Du vor allem bist doch schuld an dem ganzen Elend«, hielt er ihr wütend vor. »Ja, vergöttert hast du den Jizchak, und Ismael, den hast du wie mit Fußtritten aus unserem Zelt hinausbefördert, meinen Sohn, den erstgeborenen! Hast du dir schon mal überlegt, was du dem Jungen angetan hast? Du hast ihn von deinem Schoß gestoßen, und dann hat Hagar ihm noch die Brust verweigert, weil sie dir den Jizchak stillen musste. Was soll denn aus so einem Kind werden, kannst du mir das sagen? Natürlich musste Ismael sich wehren! Aber wie anders sollte er's tun, als dass er heimlich Rache nahm an deinem Gotteskind, wie du's nennst.«

»Oh, du bist gemein, so gemein«, schluchzte Sarai auf und brach in Tränen aus. Mit einem Ruck stand sie auf und verschwand, am ganzen Leib zitternd, hinter dem Frauenvorhang.

»Denk an Terach!«, rief Abram ihr hinterher. »Der hat uns beide damals verstoßen und du hast ihn deshalb einen närrischen alten Mann genannt. Mich aber hast du gezwungen, genauso meinen Sohn von mir zu tun! Und ich schäme mich heute, dass ich dir darin gehorchte.«

Das rief er, warf sich auf sein Lager, zog sich die Decke über den Kopf, schnaubte und weinte.

Sarai aber rief ihm durch den Vorhang zu: »Das Zelt neben uns kommt weg, hörst du? Ich dulde kein Schlangennest neben meinen Herdsteinen!«

Doch Abram dachte bei sich, das kann sie nicht von mir verlangen und ich werd's auch nicht tun.

Am nächsten Tag ging er in das leer stehende Zelt. Kaum hatte er den Vorhang zur Seite geschlagen, sah er die gelbe Schlange, die sich bei seinem Eintreten drohend aufrichtete. Langsam, das Tier nicht aus den Augen lassend, zog er sich zurück. Und er hatte gedacht, Sarai hätte die Schlangengeschichte bloß erfunden, damit er Hagars Zelt abbräche! Er schüttelte den Kopf. War er gestern Sarai gegenüber zu hart gewesen? Er wusste es nicht, jetzt jedenfalls musste er erst mal die Speischlange vertreiben. Die war wirklich mehrere Fuß lang, strohgelb auf dem Rücken, und als sie sich aufrichtete und ihn anzischte, hatte er in der Halsgegend ihre dunklen Querbänder gesehen.

In seinem Zelt fand Abram einen langen, starken Stock aus Mimosenholz, band sein Elfenbeinmesser an die Spitze und trat so bewaffnet wieder in Hagars Zelt. Sofort richtete sich die Schlange wieder auf, doch es gelang ihm, ihr mit einem einzigen Hieb den Kopf abzutrennen. Im selben Augenblick schossen zwei weitere Schlangen pfeilschnell auf ihn zu und Abram rettete sich mit einem erstickten Aufschrei hilferufend nach draußen. Eins der Tiere huschte an ihm vorbei, das andere aber verbiss sich, noch bevor er blitzschnell zustach, in das Leder seiner linken Sandale.

Von Panik erfasst, löste er mit zittrigen Fingern die Gifthaken aus dem Leder, da kamen auch schon Elieser, Jizchak und Sarai herbeigestürzt.

»Lass sehen, Herr«, sagte Elieser und bückte sich über Abrams Fuß.

»Es brennt ein wenig«, sagte Abram. »Kannst du was erkennen?«

»Einen ganz feinen Ratscher am Ballen«, antwortete Elieser. »Nimm sein Messer und leg es ins Feuer«, rief er Jizchak zu. »Und ich brauche ein Stoffstück zum Abbinden!« Dann zog er sich, ohne ein weiteres Wort zu verlieren, seinen Herrn auf den Rücken und stapfte mit ihm ins Zelt. Dort ließ er Abram auf sein Lager gleiten, Sarai reichte ihm einen Stoffstreifen, und Elieser band ihm damit das linke Bein oberhalb des Knöchels ab, wand mit einem Holzknebel die Schlinge fest zu, um den Blutfluss zum Herzen zu unterbinden. Anschließend schnitt er den Fußballen auf und senkte das rot glühende Metall von Abrams Messer in die Wunde. Es zischte und roch brenzlig bitter nach verbranntem Fleisch.

Abram stieß einen kleinen Wehlaut aus, kalter Schweiß trat dick auf seine Stirn.

»Milch«, befahl Elieser. »Er muss trinken, bevor er ohnmächtig wird.« Dann stützte er Abram mit beiden Armen und Sarai setzte ihm eine Trinkschale mit Sauermilch an die Lippen. Abram trank in langen Zügen, musste plötzlich hart husten, rang nach Luft und dann verließ ihn das Bewusstsein.

Beim Erwachen hörte er besorgte Stimmen murmeln, Füße scharrten, sein Herz raste zum Zerspringen. Als er die Augen einen Spalt öffnete, drehte sich alles um ihn, sein Magen zog sich zusammen und er erbrach sich bis auf die Galle. Japsend ließ er sich zurücksinken und hörte Sarai nach Bera, der Wehfrau, schreien. Dann wurde es wieder schwarz um ihn.

Wie von fern merkte er später, dass der Knebelverband am Knöchel gelockert wurde; das Blut schoss in den absterbenden Fuß, es kribbelte, brannte, die Wunde schmerzte mit heißen Stichen, dann schloss jemand wieder den Knebel. Eine schreckliche Angst überflutete ihn jetzt, Angst, die von innen kam, nach seinem pochenden Herz griff, es mit Gewalt zusammenpresste. Er stöhnte laut, spürte, wie ihm von neuem der Schweiß austrat, ein Schüttelfrost ließ seine Glieder fliegen und seine Zähne klappern. Das ist Mot, der Tod, schrie es in ihm, helft mir, Mot verschlingt mein Leben! Doch er brachte nur ein Röcheln über die Lippen.

Jemand wischte ihm den Schweiß von der Stirn, Sarais Hände waren das, erkannte er. Gut, meine Schwesterfrau, die passt auf, sagte die Stimme in seinem Inneren. Ja, Sarai passt auf, die lässt Mot nicht zubeißen. Aber was war denn überhaupt mit ihm passiert? Warum lag er hier? Was machten seine Leute mit ihm?

Wieder hörte er ihre besorgten Stimmen, Jizchak war das, Sarai und noch eine andere Frauenstimme, ja, und auch Elieser. Danke, Freund, sagte er in Gedanken, aber es ist zu spät, Mot hält mich umschlungen, alle meine Kräfte verlassen mich. Nimm meine Frau und Jizchak, den ich lieb habe, wollte er Elieser sagen, bring sie ins Obere Land, denn hier sollen sie nicht bleiben, in einem Land, das mich um mein Leben betrogen hat. Doch seine Zunge gehorchte ihm längst nicht mehr, sie steckte ihm im Mund wie eine trockene Scherbe. Vielleicht hatte er's nur noch nicht gemerkt, vielleicht lag er schon im Grab und war tot? Denn keins seiner Glieder ließ sich mehr bewegen und er spürte auch sein Herz, seinen Atem nicht mehr.

»Vater, Vater –«, hörte er's nach langer Zeit plötzlich rufen. Eine brüchige Jungenstimme, heiser von Tränen. Noch mal rief es: »Vater –!«

Wer war das – Ismael? Nein, Jizchak war es. Das darf ich dem Jungen nicht antun, dass ich mich jetzt von ihm abschneide, sagte er sich. Erst Ismael, dann ich – das darf ich nicht tun, hielt er sich an.

Und so öffnete er die Augen und sagte: »Hier bin ich, mein Sohn!«

Jizchak stand über ihn gebeugt und die Augen des Jungen klebten an seinem Gesicht.

»Vater, da bist du ja wieder«, flüsterte er ungläubig und lächelte ihm zaghaft zu. »Vater, du bist nicht tot?«

»Nein, ich lebe«, stieß er mühsam hervor.

Nein, er lag nicht im Grab, er hatte noch Zeit, mit Mot, dem Tod, zu kämpfen, bevor der Vater der Tränen den Asakku und dessen schamloses Gefolge der Leichengeister herbeipfiff. Noch nicht, sagte er sich, und ich will auch nicht, denn da ist Sarais Hand, eine Trinkschale ist an meinen Lippen. Ja, das tut gut, ich verbrenne vor Durst.

Zwei Tage und drei Nächte umschlang Abrams Leben der Tod, ehe er sich endgültig aus dem Zelt verzog. Und in dieser Zeit verbrannte das Gift allen Groll in seinem Inneren, die ganze aufgestaute Erbitterung gegen Sarai wich von seiner Seele und das Herz wurde ihm unsäglich leicht darüber. Dankbar nahm er die Nähe seiner Schwesterfrau wahr, ihre

Augen lächelten einander wieder zu, wie früher, wie immer in all den Zeiten, in denen sie gemeinsam geglaubt, gehofft, gelitten und um die Einlösung der Verheißung gekämpft hatten. Am dritten Tag konnte sich Abram endlich aufsetzen, nahm seine Umgebung wieder wahr und konnte selbst die ausgebrannte Wunde in seinem Fußballen in Augenschein nehmen. Dünne, sehr rote Haut hatte sich darüber gebildet, und Elieser, der nicht von seinem Herrn gewichen war, nickte ihm zufrieden zu.

Eine Woche später humpelte Abram hinauf in den Elah-Hain und begab sich zu dem heiligen Stein. Seine Hand traute er sich nicht wie sonst zu erheben, denn aus Scham über sich selbst hatte er, seit Ismael von ihm gegangen war, den Stein gemieden. Jetzt aber trieb ihn sein Kummer hierher, seine Trauer, die er seinem El unter der Elah anvertrauen wollte. Und er klagte Schaddai seine Not, schüttete vor ihm das Herz aus, beschuldigte sich selbst wegen Ismael, rief und bat um Hilfe, bis es ihm vor lauter Schmerz im Hals presste. Doch er spürte die wortlose Gegenwart seines El, der ihn tröstete, wie der Freund einen Freund zu sich lässt, seinen Kopf an die Schulter bettet und ihn mit den Armen umschlingt. So tat es mit ihm sein El.

Da erinnerte sich Abram jener Worte, die er einst bei der Geburt seines wildeselgleichen Erstlings prophetisch gesprochen hatte: Der wird seine Nachkommen mehren und all seinen Feinden soll er widerstehen! Nein, ich muss mich nicht um meinen Ältesten sorgen, sagte er sich erleichtert, denn Ismael hat den Segen des Schaddai mit sich genommen. Und so kehrte Abram gestärkt und getröstet von der Elah in sein Zelt zurück, zwar mit der Wunde im Inneren, die sich nicht schließen wollte, aber aufs Neue ins Leben gerufen.

Ändern musste er vor allem sein Verhalten gegenüber Jizchak, so wurde ihm später klar. Er als Vater musste die Lücke ausfüllen, die Ismael hinterlassen hatte. Darum ließ er seinen Sohn fortan vermehrt ihm an die Hand gehen. Wenn er wegritt, hieß er ihn auch seinen Esel satteln. In der Negeb-Stadt Gerar saß Jizchak nun mit dabei, wenn sein Vater mit dem dortigen Stadtkönig über Brunnen- und Weiderechte verhandelte; sie pflanzten zusammen heilige Bäume und Jizchak hob an der Seite Abrams seine kleine Hand und sagte: »Hier bin ich!« Einmal packten sie Kaufmannsgut ein, ritten zu einem kleinen Markt und Abram ließ seinen Sohn die Verkaufsgespräche führen. Dann wieder ging's um Arbeitsverträge fürs Gesinde während der Traubenernte, und diesmal übernahm Elieser die Vater- und Freundesstelle, beantwortete Jizchaks Fragen, ließ ihn sich an kleinen Aufgaben versuchen und lobte seinen Verstand, wenn er's richtig getroffen hatte.

In allem jedoch, was er tat, war Abram bedacht, Jizchak nicht zu bedrängen, den Jungen selbst entscheiden zu lassen, wie viel Nähe oder Abstand er zu dem Vater brauchte. Denn er wollte Jizchak nicht von sich abhängig machen, wie es Ismael getan hatte und wie er selbst, Sarai und Hagar es mit dem kleinen Ismael gehalten hatten. Nein, er durfte Jizchak nicht vereinnahmen, sondern musste sich neben ihn stellen und sehen, wo der El mit seinem Sohn hinauswollte. Brauchte doch Schaddai nach seinem und Sarais Ableben weiterhin Verbündete, Freunde unter den Menschen, die beiden Söhne der Verheißung: Ismael und

Jizchak. Der eine hatte den Segen bereits mit sich genommen, wie aber würde der Jüngere seinen Segensanteil erwerben?

Mit diesen Fragen stand Abram ein Jahr später neben Jizchak in Gerar, als die Einheimischen dort ihr großes jährliches Frühlingsopferfest begingen. Gerar besaß nämlich einen eigenen Stadttempel: keine prächtige Anlage wie das Zedernhaus im Meerland – Gerars Tempel war ein liebevoll umhegtes kleines Heiligtum, in dem man die Götter des Landes anständig versorgte.

Zum Frühlingsfest drängten sich in seinem Vorhof Hunderte von Menschen und blickten erwartungsvoll auf die Terrasse des in bunten Farben prangenden Tempelgebäudes, dessen Pforten sich gleich auftun sollten. Für den fünfzehnjährigen Jizchak war das alles neu. Er kannte bisher nur den El-Stein unter der Elah und war darum hingerissen von der Pracht des erhabenen Ortes. So etwas wie Vaters El-Stein gab es auch hier, einen ölglänzenden Kopfstein in der Nachbarschaft des Schlachttisches, neben dem ein mit Schnitzereien versehener Holzpfahl stand. Ehe Jizchak sich nur halbwegs umgesehen hatte, öffnete sich oben das Portal. Heraus schritt mit freier Brust ein königlich gekleideter Mann, keulenschwingend, ein goldenes Hörnerpaar auf dem Kopf, und durchmaß würdevoll die Terrasse.

»Baal, Baal«, jubelten die Menschen, streckten die Arme nach der prunkvollen Gestalt aus, klatschten, warfen dem Goldgehörnten Kusshände zu. Einige Frauen rissen sich sogar das Obergewand herunter und hoben Baal bittend ihre Brüste entgegen. »Baal, Baal«, setzte der Jubel sich fort, und Jizchak begriff plötzlich, dass dies der Himmelsmann war, der Wolkenreiter, welcher in Chebron die Weinbauern mit Regen segnete, wenn er mit seinem Himmelswagen über die Berge donnerte. Da schrie und jubelte auch er mit, bemerkte aber, dass der Vater nur gerade höflich grüßend die Hand an die Stirn legte.

Doch Jizchak fand keine Zeit, ein zweites Mal zu Abram hinüberzuschauen, denn inzwischen erschien eine neue Gestalt im dunklen Portal des Heiligtums. Schnabelschuhe an den Füßen, die Lanze in der Hand und mit einer Federbuschkrone auf dem Kopf. Er warf wilde Blicke um sich, schüttelte drohend die Lanze, doch Jizchak konnte nicht sehen, wohin er zielte. Denn er musste in einem fort auf diesen riesigen Rachen schauen, den die Gestalt brüllend, höllengleich aufgesperrt hatte, als wollte ihr Maul die ganze Welt verschlingen.

Unterhalb der Terrasse waren die Jubelrufe verstummt, Wehgeschrei ertönte. Vereinzelt erst hier und da, dann klagte die ganze Menge und plötzlich erhob sich ein einziger vielfältiger Angstschrei. Denn das wütende Ungeheuer ging jetzt im Sturmschritt auf den guten Gottherrn Baal los.

»Wer ist denn das?«, rief Jizchak seinem Vater entsetzt zu und griff nach seinem Arm.

»Mot ist das, der Tod«, antwortete ihm Abram.

Und was will der hier?, wollte Jizchak fragen, doch dann sah er es selbst. Der Tod stürmte gegen Baal an, bedrängte ihn, und beide lieferten sich auf offener Bühne einen wütenden Kampf, bei dem aber wenigstens kein Blut floss. Doch Mot schrie aus seinem Rachen so fürchterlich, dass Jizchak sich vor Angst an den Vater presste und laut aufschrie, als Mot den guten Baalgott schließlich mit einem grausamen Lanzenstoß zu Boden streckte und triumphierend das Feld behauptete.

Jetzt weinten und klagten alle. Männer rissen sich Haarbüschel aus, einige fügten sich mit dem Messer Wunden zu, Frauen und Kinder schmierten sich Schmutz ins Gesicht. Das tat Jizchak auch, bückte sich, nahm Lehm auf, weinend, klagend wie die ganze Menge, die Baal betrauerte, den Wolkenreiter, der seine Menschen verlassen musste und starb.

Dann entstand eine Bewegung unter den Leuten und Jizchak schaute sich um. Hinten, an der Pforte des Vorhofs, erschienen Männer, die einen an den Hörnern gefesselten Stier mit sich schleppten. Man öffnete dem Tier respektvoll eine Gasse, denn der Stier war erregt, schnaubte, warf den Kopf hin und her, dass die Männer ihn nur mit Mühe halten konnten. Doch er wurde schließlich über die Rampe vor den Schlachttisch gezerrt. Jizchak sah, wie einer der Männer, weiß und festlich gekleidet, dem Stier die Hand zwischen die Hörner legte, und er hörte, wie der Mann laut rief: »Für Baal!« Die Leute nahmen den Ruf auf. »Für Baal, für Baal«, klang es tosend hinauf bis vors Tempelhaus.

Bei diesem Stichwort erschien eine dritte Gestalt in dem Portal, diesmal eine Frau mit doppeltem Flügelpaar, in der Hand eine drohend schimmernde Lanze. Jizchak brauchte nicht zu fragen, wer das war, denn die Menge schrie ihren Namen wie aus einem Mund: »Anat, hilf, Anat! Hilf Baal, deinem Bruder! Anat, hilf!« Das war also Anat, die Gottfrau, die man in Chebron »Jungfrau« nannte und über die es all die Lieder gab, die auch Jizchak kannte. Jetzt sang die Menge: »Wie das Herz der Kuh für ihr Kalb, so schlägt Anats Herz für Baal –«, Trommeln dröhnten laut, vom Dach des Heiligtums erschollen Trompeten. »Anat, hilf!«, schrie es immer wieder dazwischen, und Jizchak rief mit und bat die Gottfrau, Baal, ihren Bruder und Liebhaber, vom Tod zu erlösen. Anat umschritt den Stier, lächelte und gab dann den Männern ein Zeichen. Sofort fesselten sie dem Tier die Beine, warfen es um, ein Schlachtmesser blitzte, und eine Blutfontäne ergoss sich über Tisch und Stein, und die Menge jauchzte: »Für Baal, für Baal!«

Der aber lag noch immer gefangen in der Scheol, gefesselt im Staubland. Doch während der Stier sein Lebensblut röchelnd verströmte, ging Anat zum Angriff auf das Mot-Ungeheuer über. Mit zornigen Lanzenstößen trieb sie den Mörder ihres Bruders von dessen Seite, jagte ihn unter jubelnden Zurufen der Menge mehrmals über die Bühne, und alles lachte, klatschte, feuerte die siegesmutige Gottfrau an, bis es ihr schließlich gelang, Mot zurück ins Tempelhaus zu scheuchen.

Da kam Baal, zunächst noch schwankend, wieder auf die Füße, richtete sich dann aber schlagartig zu seiner vollen Größe auf und grüßte die Gottfrau. Der Wolkenreiter war vom Tod erstanden! Jetzt wollte das Jubelgeschrei kein Ende nehmen. Man sprang vor Freude in die Luft, umarmte einander, pfiff, schrie durcheinander und jauchzte dem Gottespaar, Bruder und Schwester, zu, die segnend zwischen Stein und Pfahl getreten waren und dann im Heiligtum verschwanden. Und als Jizchak zu seinem Vater hinüberschaute, sah er, wie auch dessen Hand dem göttlichen Geschwisterpaar einen Dankesgruß nachsandte.

Nun gerieten die Leute auf dem Platz in Bewegung und drängten singend und jauchzend aus dem Vorhof des Tempels hinaus.

Jenseits der Mauern feierte bereits die ganze Stadt. In allen Gassen, auf allen Plätzen drängten sich ausgelassene, fröhliche Menschen, aus den Höfen roch es nach gebratenem Fleisch, aus den Backöfen nach frischem honigsüßem Brot, und aus den Weinkrügen flossen Ströme von duftendem Traubenblut, rot wie das Lebensblut des Opferstieres für Baal.

»Wir machen uns gleich auf den Weg«, sagte Abram über die Schulter zu seinem Sohn, während sie sich hintereinander durch die Menge drängten.

»Lass uns doch bitte bleiben!«, bettelte Jizchak.

»Nein«, wiederholte Abram, »wir gehen.«

»Aber warum denn?«, rief Jizchak hinter ihm. »Hier ist es doch schön und alle Leute feiern!«

»Ich erklär's dir später«, entgegnete sein Vater und hielt weiter durch die Menge aufs Stadttor zu.

Dabei kamen die Leute in hellen Scharen durchs Tor geströmt. Bunt gekleidet, geschmückt mit Bändern und Blumen, Bündel auf dem Kopf, Schafe und Ziegen am Strick, junge Leute, lachende Männer, Kinder auf den Schultern ihrer Mütter, alle festlich und froh gestimmt. Gegen den Strom gehend, mussten sich Vater und Sohn regelrecht zu dem Torbau hindurchkämpfen, durch den die Straße hinaus nach Beerscheba führte. Nein, Jizchak verstand seinen Vater nicht, der ihn zwischendurch in den Hof zog, wo sie ihre Reittiere untergestellt hatten, ihn aufsitzen hieß und dann ihm voran aus der Stadt ritt. Unterwegs begegneten ihnen

Leute ihres eigenen Gesindes. Die hoben, wie Jizchak wusste, bei Beerscheba Weidebrunnen aus, ließen aber heute auch ihre Arbeit ruhen und hatten sich mit den Einheimischen nach Gerar aufgemacht, während einzig und allein er selbst, Jizchak, nicht auf dem Fest bleiben durfte. Alles nur, weil der Vater offenbar unbedingt nach Beerscheba weiterwollte, wo er neuerdings auch Herden stehen hatte.

Nur eine Hand voll von Abrams Hüteknechten war nicht mit aufs Frühjahrsfest nach Gerar gezogen. Einer der Zurückgebliebenen begrüßte Vater und Sohn mit »Leschalom«, buk ihnen Brot, rieb zwei Trinkschalen sauber mit Sand aus und füllte sie ihnen mit Sauermilch. Jizchak musste an die süßen Festkuchen denken, nach denen es in Gerar so verlockend geduftet hatte. Ja, er grollte noch immer, wartete auf eine Erklärung, wollte aber nicht von sich aus und von neuem davon anfangen.

Doch Abram tat es. »Wir haben unseren El nicht mit den Leuten in der Stadt gemeinsam«, erklärte er Jizchak, während sie das Brot brachen. »Wir in Mamre haben unseren El und in Gerar haben sie ihre Götter, und es wäre darum nicht recht, ihr Opferfest mitzufeiern. Denn wir in Mamre opfern nicht Baal oder seiner Anat, wir erheben die Hand zum El Schaddai und sagen: Hier bin ich! Aber beides zusammen, unser El und Gerars Himmelsleute, das geht nicht. Verstehst du, deswegen bin ich mit dir fort.«

Jizchak verstand es und verstand es doch nicht, aber er nickte. »Aber warum hat unser El kein Haus wie Baal in Gerar, keine Priester und keine anderen Götter bei sich?«, wollte er wissen.

Abram nahm den Beutel mit der Sauermilch und füllte die

Trinkschale nach. Dann setzte er sich wieder zu den Herdsteinen. Jizchaks Frage war wichtig und richtig, das spürte er, doch er hatte keine rechte Antwort darauf, sondern konnte nur die Schultern zucken und sagen: »Ich weiß es nicht, Junge. Unser El ist, wie er ist, und er ist anders. Er vervielfältigt sich nicht. El Schaddai hat keinen neben sich, und er braucht keinen, der ihn versorgt, wie es die Leute in Gerar mit ihren Göttern tun.«

Jizchak jedoch erschien der Gott seines Vaters mit einem Mal sehr ärmlich. Er riss ein Stück vom Fladenbrot ab und kaute schweigend. Denn das traute er sich dem Vater nicht zu sagen, wie kümmerlich ihm dessen El plötzlich erschien: jetzt, nachdem er in Gerar das bunte Götterhaus, die weinenden und jubelnden Leute beim Festspiel gesehen hatte. So sagte er nur: »Baal und Anat, ihre Götter, die besuchen ihre Leute in Gerar. Sie kommen aus dem bunten Haus, und die Leute sehen zu, wenn sie kämpfen.«

»Nur ihre Priester sind das«, erklärte ihm der Vater. »Ihre Priester verkleiden sich und spielen, was ihre Götter ihnen sagen.«

»Hat unser El auch solche Spiele?«, erkundigte sich der Junge.

»Nein«, antwortete Abram. »So etwas kennen wir nicht.« Er wollte hinzufügen: Aber wir haben unsere Geschichte, unsere Geschichte mit dem El, Sarais und meine Geschichte – doch Jizchak war mit seinen Gedanken schon weiter.

»Wir hatten einen guten Platz vor dem Götterhaus, da konnten wir alles gut sehen. Heute Nacht träume ich sicher davon. Ich habe richtig Angst bekommen, als Mot mit seinem Maul auf den armen Baal losging. Du auch?«

Sein Vater reagierte nicht.

Gehört hatte er's wohl. Vielleicht würde Jizchak heute tatsächlich von Gerars Göttern träumen. Und einen Augenblick lang kamen ihm Zweifel, ob es überhaupt richtig gewesen war, den Jungen mit aufs Fest zu nehmen. Aber andererseits war Jizchak alt genug. Und die unausgesprochenen Fragen seines Sohnes beunruhigten Abram auch nicht zu sehr. Schließlich war sein El Schaddai selbst für den Jungen verantwortlich. Jizchak würde lernen, so wie er selbst bei seinem El gelernt hatte zu lernen.

Während sie schweigend weiter zusammen aßen, kehrten alte, halb verschollene Erinnerungen in Abrams Gedächtnis zurück. Er sah sich in Urim an der Hand des Vaters über den Innenhof zur Hauskapelle gehen. Terach redete davon, wie wichtig es sei, die Götter anständig zu versorgen: Wenn du sie gut fütterst, folgen sie dir wie kleine Hündchen, hatte ihm Terach damals scherzend erklärt. Wie deutlich war ihm noch die Stimme des Vaters im Ohr! Dem Haus, der Stadt die Gefolgschaft der ober- und unterirdischen Götter zu erhalten, das sei die wichtigste Aufgabe der Priester, so hatte er's später ungezählte Male zu Hause sagen gehört. Darum war Abram auch so stolz auf seinen Bruder Haran gewesen, als der zum Priester der Mondstadt im Norden berufen wurde. Doch als er selbst, Abram, Vater Sin in seinem Wagenzelt versorgen sollte, hatte ihm der kalte Schweiß auf der Stirn gestanden. Was für Ängste hatte er seinerzeit ausgestanden, ja nichts verkehrt zu machen, wenn er dem großen Sin den Tisch hinter dem Vorhang deckte. Wie lange war das alles her! Und wie froh war er immer noch, dass sein El ihn von den Göttern Terachs weg-

gerufen und ihn hierher ins Südland gebracht hatte. Was
für eine Last waren ihm Enlil und Nusku, Sin und seine Gefährtin Ningal, all jene endlos vielen fordernden Stadtgöt-
ter des Meerlands doch gewesen! Und wie leicht dagegen
lebte es sich hier, benachbart der Steppe und Wüste, mit
seinem Schaddai, der von seinen Nachfolgern nicht mehr
verlangte, als was Freunden ohnehin gemeinsam ist, nämlich Gegenwart und Nähe, Dank für Vertrautheit und
Schutz. Abram lächelte in sich hinein und sah zu seinem
Sohn hinüber. Der stieß ein Aststück ins Feuer, gähnte dabei und sah müde aus. Eines Tages wird auch er begreifen,
dachte Abram, erhob sich, strich Jizchak übers Haar,
wünschte dem Jungen eine gute Nacht und legte sich an der
Zeltwand beim Eingang zur Ruhe. Ja, Jizchak wird eines
Tages begreifen, wiederholte er's sich wie zur Bekräftigung
noch mal und schloss die Augen. Sollte und musste doch ihre Geschichte, die Geschichte der Kinder Terachs, weitergehen. Der El würde sie fortsetzen, sagte sich Abram, mit
Ismael in der Ferne und Jizchak hier, seinem und Sarais
Sohn.

Der lag später in dem winzigen Hirtenhaarhaus noch lange
wach. Tief in der Nacht hörte Jizchak die Hunde anschla-
gen, als die Leute aus Gerar zurückkamen. Noch einmal är-
gerte er sich, dass er nicht hatte bleiben dürfen. Obwohl,
mit Vater hätte es vielleicht gar keinen Spaß gemacht. Vater war anders als andere Leute. Da hatten sich auf dem
Hof Männer doch richtig mit dem Messer in die Arme ge-
stochen. Das hätte Ismael auch gekonnt. Danach war Blut
gekommen. So muss ein Mann sein, hätte Ismael gesagt.
Bei Vater konnte man sich solche Sachen überhaupt nicht

vorstellen. Nicht mal, dass er auch mit losschrie, als alle anderen »Baal, Baal« brüllten. Gut, dass niemand anders gemerkt hatte, wie Vater eigentlich bloß so dabeistand. Die hätten gedacht, der hat die Kopfkrankheit, oder sie hätten ihn verprügelt. Aber das ging auch nicht, das konnte man mit Abram nicht machen, weil er doch ein Herdenkönig war. Weshalb war Vater überhaupt aufs Fest gegangen, wo er doch nicht mitfeiern wollte?

Natürlich, für mich ist er hin, wurde Jizchak auf einmal klar. Ich sollte mir das Opferfest angucken, die Götter, Baal und Anat, den Stier. Scheußlich, wie der geblutet hat!

Jizchak wälzte sich unruhig hin und her. Und wie dann der Mot auftauchte! Der sah wirklich schlimm aus, hatte aber gute Waffen und so merkwürdig spitzige Schuhe. Also, Vater wollte, dass er sich das ansah. Aber wo kam er denn da überhaupt ins Spiel?

Vielleicht bin ich der Mot?, probierte er in Gedanken aus. Nein, das gefällt mir nicht, der will ich nicht sein. Zu Ismael würde der Mot eher passen. Ob Ismael auch auf dem Fest war? Der buckelige Ardon vom Eselspferch wollte ihn neulich in Gerar gesehen haben. Hagar, seine Mutter, die der Vater weggeschickt hatte, die hätte Ismael sogar eine Frau aus Mizrajim gegeben, hatte Ardon gesagt. Dumm, dass das alles damals so scheußlich ausgegangen war! Inzwischen war Ismael ein richtiger Mann. Einen Kriegerbogen und Köcher habe er umhängen gehabt, das hat Ardon mit eigenen Augen gesehen. Damit hätte Ismael wirklich zu Mot gepasst.

Und die Frau, die Gottfrau, wer war die in dem Spiel? Natürlich, das war Sarai, die wollte ja auch, dass Vater den Ismael von Mamre wegjagte. Ismael war also der Mot, Sarai die Anat, das alles passte. Genau wie Anat konnte seine Mutter auch loslegen, davon konnte er ein Lied singen.

Dann bleibt für mich nur der Baal übrig, und der gefällt mir sowieso am besten, sagte sich Jizchak. Mit der breiten Brust und lauter buschigen Haaren darauf. Und die Keule hat geglitzert vor Gold. Ja, Baal, das ist meine Rolle in dem Spiel, dachte Jizchak. Nur gefiel ihm nicht, dass der dabei starb und so lange im Scheolbauch liegen musste. Natürlich, wie er selbst damals im Hyänenbau, da war er hinterher auch halb tot gewesen.

Aber in seiner Spielbesetzung fehlte einer, merkte Jizchak plötzlich. Wo war denn der Platz für seinen Vater, der drüben am Zelteingang lag und tief atmend schlief? Wo blieb der Sohn Terachs in seinem Götterspiel? Komisch, für den gab es keine Rolle darin.

Klar, der gehörte ja auch in eine andere Geschichte, die mit »Lech lecha« begann. Die konnte Jizchak von vorn bis hinten hersagen, so oft hatte er sie schon gehört. Das sollst du später deinen Kindern vorsagen, hieß es ständig. Zu Hause oder unterwegs, wenn du dich schlafen legst oder wenn du aufstehst, sollst du davon reden. – Ich, Abrams und Sarais Sohn, ihr einziger, soll ihre Geschichte weitererzählen, meinen Kindern später: Geh aus deinem Land und aus deiner Verwandtschaft und aus dem Haus deines Vaters – so geht sie, Wort für Wort. Da passt Vater rein, schließlich ist es ja auch seine Geschichte. Und da gehöre ich auch mit hinein, fiel Jizchak im gleichen Augenblick ein, wo nämlich von dem »großen Volk« die Rede ist.

Jizchak drehte sich auf die Seite. Ein Bein angezogen, den Kopf in den Armen vergraben, roch er die schwelende Asche des Herdfeuers und dachte: Am liebsten würde ich endlich schlafen. Bis wir in Mamre sind, wird's wieder Abend, und es geht den ganzen Tag steil bergan in der Hitze. Und wenn ich von der Nacht noch müde bin, schlafe ich auf dem Esel ein. Wie neulich, als alle lachten, wie ich auf einmal runtergefallen bin.

Jizchak schlief auf dem Weg nach Mamre tatsächlich ein. Er wäre unweigerlich ins Geröll geschlagen, wenn nicht Abram, hinter ihm reitend, rechtzeitig zur Stelle gewesen wäre. Doch schämen musste sich Jizchak diesmal nicht, denn sein Vater lachte ihn nicht aus. Er hatte wohl mitbekommen, wie der Junge schon die ganze Zeit über halb schlafend im Sattel hing, Opfer einer doppelten Müdigkeit, der von gestern und der von heute.
Sie befanden sich auf der Hälfte des Weges, der von der Steppe im Süden hinauf ins Bergland führte. Bis jetzt waren sie in dem breiten Trockenbett-Tal gut vorangekommen, doch nun begann der Pfad rasch zu steigen. Vereinzelte Zwergeichen tauchten vor ihnen auf, weiter in der Ferne leuchteten silberne Ölbaumkronen. Ein Höhlendorf wurde sichtbar.
Die Wohnhöhlen, die in den Abstufungen des Felsens angebracht waren und mitunter rohe Bogen über dem Eingang zeigten, riefen in Abram die Erinnerung an die ausgehöhlten Kalksteinfelsen unterhalb von Karkemisch zurück, wo er, auf dem Weg ins Land Jamchad, damals mit seiner Karawane den Purattum überquert hatte. Die Erin-

nerung kam unvorbereitet wie ein plötzlicher Schmerz. Er sah sich neben Sarai die Strömung durchwaten, seine Frau trug ein kleines Ziegenjunges im Arm, er selbst hatte sich ein Schaflämmchen über die Schultern gelegt. Wie jung waren er und Sarai damals gewesen, als sie aufbrachen, um das Land der Verheißung zu gewinnen, das ihnen endlich den Sohn und Erben bescheren sollte. Lech lecha, so hatten sie sich angetrieben, denn gleich um die Ecke, ein Sprung, und wir sind da, hatten sie beide gedacht. Aber es hatte dann ewig gedauert, bis Sarai endlich jubeln konnte, dass sie, die Wurzelverstockte, schwanger war! Wehmütige Erinnerungen, nicht freudlos, nicht trübe, aber wehmütig waren sie doch. Machten sie Abram doch schmerzlich bewusst, wie endlos lange er unterwegs gewesen war. Eine ganze Lebenszeit, bis er angekommen war, wo er sich jetzt befand, an der Seite seines Sohnes, der demnächst ein Mann sein würde.

Er legte die Hand über die Augen und schaute zu dem Höhlendorf hinüber. Es lag von Feldern umgeben am Hang. Der flache Raum vor den Wohnhöhlen war mit Lehmwällen umgeben und diente als Hof, in dem Hunde, Ziegen, Kinder und was sonst an lebenden Wesen zum Haushalt gehörte, sich in der frischen Luft tummelten. Dann hatten Kinder die beiden Reiter entdeckt, stürzten herbei, blieben aber unvermittelt in einiger Entfernung stehen und starrten zu ihnen herüber. Eins hatte sich mit einer Blumenkette geschmückt. »Leschalom«, rief Abram ihnen als Gruß zu. Die Kinder verbeugten sich stumm und zogen sich noch ein paar Schritte weiter zurück. So viele Kinder, dachte Abram und winkte ihnen zum Abschied. Das ist ein gutes Land, das seinen Menschen reiche Nachkommen-schaft beschert.

Er betrachtete Jizchak von der Seite. Der Junge wirkte abwesend, war einsilbig und hatte auch für die Kinder am Weg keinen Blick übrig gehabt. Wahrscheinlich war er in Gedanken noch immer bei dem Götterspiel in Gerar. Es musste bei ihm einen tiefen Eindruck hinterlassen haben, sagte sich Abram. Verständlicherweise, hatte doch sogar er selbst dem heiligen Paar, Baal und Anat, einen Dankesgruß nachgesandt. Jizchak aber hatte mitgeschrien, gejauchzt und geweint, ja, der Göttin Kusshände zugeworfen, und er, Abram, hatte ihn lächelnd gewähren lassen.

Er selbst, der Sohn Terachs, hatte sich allerdings im Ze-dernhaus von allen Göttern außer seinem El abgeschnitten. Nach all den Jahrzehnten stand ihm das Traumbild noch frisch vor Augen, als hätte er es gestern Nacht erst ge-träumt: wie er mit dem Prügel in der Hand auf die kleinen und großen Götter losgefahren war, dabei selbst Vater Sin nicht verschont hatte. Doch das hatte sich eben nur im Traum zugetragen. In Wirklichkeit hatte er nie gegen eine Gottheit seine Hand erhoben, die anderen Menschen teuer war, hatte auch jedem seiner Leute in Mamre die Ver-ehrung seiner Götter überlassen, ohne sie mit seinem per-sönlichen Glauben zu bedrängen. In seinem Zelt, für seine Person jedoch hatte er Orakel- und Zauberwesen nicht dul-den wollen: Denn ein Gräuel waren seinem El Amulette und Glücksbringerzeichen, Totenbefragung oder die mur-melnde Beschwörung von Schadgeistern und sonstigen Ge-spenstern. Und Abram hoffte, Jizchak werde es auch so halten. Denn sein Sohn musste die Geschichte des El mit seinem Vater fortsetzen, wäre doch sonst ihr ganzes Wandertum vergeblich gewesen.

Deswegen hatte er Jizchak auch zum Frühlingsopferfest nach Gerar mitgenommen. Irgendwann musste der Junge sich entscheiden, in welche Geschichte er gehörte, in die von Baal oder in die Geschichte seines El, die in Charranum begonnen hatte. Für ihn, Abram, war die Entscheidung leicht gewesen, denn er hatte schwer an den Göttern des Landes getragen. Buchstäblich, als der große Sin ihn von Dur-Enlil bis Urim geritten hatte, später aber in der Gestalt seines Vaters, der versucht hatte, ihm den Rücken zu beugen. Jizchak jedoch war anders aufgewachsen, am El-Stein unter der Elah, und das prächtige Götterhaus, die Priester von Gerar, die jauchzende, weinende Menschenmenge, die nach Baal schrie, der Göttin mit Herz, Mund und Händen entgegenjauchzte, mussten den Jungen faszinieren. Ja, es würde für Jizchak eine schwere Entscheidung werden, welche der beiden Geschichten er wählen sollte, um damit zu leben. Zu ihm, Abram, war Schaddai damals im Traum gekommen, hatte mit ihm vor dem Stadttor gesprochen und gesagt: »Lech lecha – geh, und ich will dich zu einem großen Volk machen!« Wie aber würde sich sein Schaddai dem Jizchak offenbaren, um seine Geschichte mit den Kindern Terachs auch für Kind und Kindeskinder weiterzuführen?

Unter diesen Gedanken erreichte Abram mit seinem Sohn die Zeltstadt. Er hätte also auf den Traum der folgenden Nacht vorbereitet sein können. Aber er war es nicht.

Binden und lösen

Das Traumbild kam an der frühesten Grenze des Tages in Abrams Schlaf. Ihm träumte, er befände sich auf der Tempelterrasse von Gerar, wo Mot den Baal niederstreckte, und ihm träumte, dass er sich selbst sah: priesterlich gekleidet, über den Opfertisch gebeugt, sein Gürtelmesser gegen den eigenen Sohn erhoben.

Im Traum noch entsetzte er sich so sehr, dass er hochschrak und darüber die Erinnerung an seinen Traum verlor. Doch sein Herz pochte zum Zerspringen, kalter Schweiß stand ihm auf der Stirn. Sich aufsetzend griff er an seine Brust, keuchte, ließ sich zurück aufs Lager fallen. Langsam nur beruhigte sich sein Herz, ließ ihn noch zwei-, dreimal hochfahren. Schließlich versuchte er aufzustehen, um vor dem Zelt frische Luft zu schöpfen. Doch sein Körper war schwer wie Stein, und wenig später holte der Schlaf ihn wieder und er holte ihn zurück in seinen Traum. Es war dasselbe Bild, stumm und unbeweglich. Seine Hand hatte das Messer gegen den Sohn erhoben und er starrte dem Jungen ins Gesicht: War das Ismael oder war es Jizchak? Wer von beiden? Er konnte es nicht erkennen, sosehr er sich auch mühte. Dann sah er Blut und hatte jetzt im Traum das Messer gegen sich selbst gerichtet.

Diesmal erwachte Abram wie im Zustand der Betäubung. Mit steifen Bewegungen verließ er sein Lager, sah sich nach seinen Kleidern, nach den Sandalen greifen und das Zelthaus verlassen. Noch immer neben sich stehend, kleidete er sich bei der Zeltwand an und ging wie eine lebensgroße Puppe hinüber zu den Elah-Bäumen, die noch im Nachtschatten lagen.

Vor dem Stein hob er tonlos die Hand. Und nun kam zu dem Traumbild das Wort, zum Sehen das Hören: »Nimm deinen Sohn, den einzigen, den du lieb hast, den Jizchak, und geh hin in das Land Morija und opfere ihn dort als Brandopfer auf einem Berg, den ich dir nennen werde.« Jizchak also war es diesmal, Jizchak, nicht Ismael, das war alles, was Abram denken konnte, dann sah er sich zu Eliesers Zelt gehen und hörte sich den Befehl geben, Elieser solle sich mit ihm aufmachen, Esel und Maultiere herbeischaffen, ein Lasttier mit Holz, und außerdem brauchten sie noch zwei Leute! Elieser blickte ihn merkwürdig an, aber Abram nahm es nicht wahr. Zurück in seinem Zelthaus, sah er sich das Elfenbeinmesser umgürten, Jizchak wecken und Sarai im Frauenabteil zunicken. Dann brach der kleine Trupp auf; Abram an der Spitze, noch immer starr wie eine Gliederpuppe, stumm den Blick in die Ferne gerichtet, weit weg wie in einem Alptraum.

Am dritten Tag hob Abram seine Augen auf und sah den Ort von ferne. Noch immer nicht war er zu sich zurückgekehrt. Und er hörte sich seinen Leuten sagen: »Bleibt hier mit den Eseln. Ich und der Junge, wir werden dort zu dem Berg gehen und auf seiner Höhe opfern. Danach wollen wir zu euch zurückkehren.«

Dann legte er Jizchak, seinem Sohn, das Opferholz auf die Schulter, nahm selbst den Feuerbrand und das Messer.

So gingen sie beide miteinander.

Da hörte er Jizchak. »Vater –«, sprach er.

Und Abram sagte: »Ja, mein Sohn.«

Und Jizchak sagte: »Feuer ist da, Holz ist da. Aber wo ist das Tier fürs Opfer?«

Und Abram sagte: »Der Gott wird sich ein Tier zum Opfer ersehen, mein Sohn.«

So gingen sie weiter.

Und sie kamen an den Ort, den der Gott ihm genannt hatte.

Abram aber nahm Steine, errichtete einen Schlachttisch, schichtete das Holz auf. Zuletzt nahm er den Jizchak, und er sah seinen Händen zu, wie sie den Jungen banden und ihn übers Holz legten.

Wie vor Tagen in seinem Traum streckte er die Hand aus, die das Messer ergriff, das Messer erhob, sah seine Faust wie die eines Fremden, die Faust, die sein Messer hielt, seine eigene Hand – und kehrte mit einem Schlag in die Gegenwart zurück.

»Hier bin ich«, sagte er, Hören und Sehen trennten sich, und Abram hörte seinen El sagen: »Strecke deine Hand nicht gegen den Jungen aus und tu ihm nichts zu Leid. Denn ich weiß, dass du auch deinen Sohn, den einzigen, mir nicht verweigert hättest!«

Und Abram hob seine Augen auf, und siehe da, ein Widder hatte sich aufrecht stehend mit seinen Hörnern im Gebüsch verfangen. Da nahm er den Widder und brachte ihn anstelle seines Sohnes zum Opfer dar. Dem Ort aber gab er den Namen: »Er, der El, sieht.«

So kehrte Abram unter die Sehenden zurück.

Jizchak, abgeschnitten von seinen Banden, sah ihn, während der schwarze Fettrauch zum Himmel stieg, stumm mit großen Augen an. Sie wanderten zwischen dem Elfenbeinmesser und Abram hin und her, blieben am Vater hängen. In seinem Blick stand eine einzige Frage.

Unter Jizchaks Augen klärten sich Abrams Gedanken.

Wie blind vor Angst war er den Worten seines El gefolgt, der ihn mit seinem Sohn hierher ins Land Morija gerufen hatte. Und es war wieder wie damals im Meerland, dieselbe böse alte Geschichte wiederholte sich. Nur dass sein eigener Gott, nicht Vater Sin in seinem Mattenpaket, ihm diesmal im Rücken saß.

Nein, es hatte nichts genutzt, dass er sich von Terachs Gottherrn und allen übrigen Göttern abgeschnitten hatte: Der Eine, der Gottfreund, sein El, der ihm Kind und Land verheißen hatte, saß ihm im Rücken und ritt ihn, dass ihm Hören und Sehen verging: Nimm deinen Sohn, den Jizchak, den einzigen, den du lieb hast, und gehe, lech lecha –. Und er war gegangen, blind vor Angst, dass sein Schaddai oder er, Abram, bei dieser Prüfung, die ihnen beiden jetzt bevorstand, versagen könnte.

Bis zum dritten Tag war ihm nur ein einziger Gedanke geblieben, und an dem hatte er festgehalten, schweigend und mit aller Macht: Ich fordere dich heraus, Schaddai, ja, ich werde mich deinem Willen fügen, aber wir werden sehen, ob du mich deinen Befehl ausführen lässt!

Wir werden sehen – so hatte Abram unentwegt zu sich selbst gesagt auf dem endlos langen Weg nach Morija. Wortlos war er in diesen drei Tagen an der Seite seines Sohnes geritten, verschlossen und in sich gekehrt. Doch auch ihm, dem Schaddai, hatte Abram sein Inneres verschlossen, hatte seinem El in Selbstgesprächen getrotzt, im Sinn den einzigen Gedanken, der ihn nicht losließ – wir werden ja sehen!

Diesmal nämlich hatte er nicht wie vor Sodoms Untergang beschwörend die Hand erhoben, um Widerspruch einzulegen. Denn Abram musste seinen Gott prüfen, ob er tatsächlich so einer war wie sonst die Himmelsleute, ein Menschenfresser also.

Ein Opfer würde es jedoch nicht geben, auch das hatte sich Abram unablässig unterwegs gesagt: kein Opfer, höchstens zwei Tote, sollte er sich denn all die Jahre in seinem El getäuscht haben.

Doch Abram verstand auch den anderen Teil der Prüfung, dass sein El auch ihn, den Sohn Terachs, auf die Probe stellen musste. Um nämlich herauszufinden, ob Abram ihm, seinem Gott, als Freund, freiwillig also, diente – oder ob er seinem El nur darum anhing, weil er ihn mit Sohn und Lohn dafür beschenkte.

Ja, Abram war dem Befehl am El-Stein gefolgt, doch betäubt vor Angst, sie beide, er oder sein El, könnten in der doppelten Prüfung versagen. Denn den Ausgang hatte er nicht sehen können. Dennoch hatte er dem Elieser, den beiden Knechten gesagt: Mein Sohn und ich, wir wollen auf die Höhe gehen, um zu opfern, und danach kommen wir hierher zurück! Und er hatte bergauf steigend dem Jizchak geantwortet: Mein Sohn, der El wird sich ein Opfertier ersehen! Zweimal also hatte Abram ahnungsvoll, gegen alle Hoffnung auf Hoffnung geglaubt, sie beide, Schaddai und er, würden die schreckliche, die doppelte Prüfung bestehen, auch wenn er vor lauter Furcht und Schrecken nicht gewusst hatte, wie.

Nun aber war die Prüfung überstanden.

Und während der Rauch des Widderopfers zum Himmel drang, legte Abram seinen Arm um den zitternden Jungen und sagte: »Der Gott ließ mich die Hand gegen dich erheben, um mir in den Arm zu fallen, mein Sohn. Du sollst dies, was heute geschah, später einmal deinen Kindern erzählen. Stets soll dir vor Augen sein, dass unserem El dies ein Gräuel ist, den Göttern Menschenleben zu opfern.«

Noch immer voll Furcht und Zittern fragte ihn Jizchak: »Wäre dein Gott dir nicht in den Arm gefallen – hättest du's getan, Vater?« Abram schwieg.

Inzwischen war das Opferfeuer niedergesunken. Ein böiger Wind hatte sich erhoben und wehte die Schwaden des säuerlich-süßen Brandgeruchs talwärts. Unten wartete Elieser, es wurde Zeit, dass sie den Abstieg begannen, denn es dunkelte bereits.

Und Abram nahm den Arm von Jizchaks Schulter und antwortete ihm: »Du hast mich neulich gefragt, ob wir denn keine Götterspiele haben wie jene Stadtleute, die Baal und Anat, ihren Himmelsleuten, in Tempeln dienen. Hier auf dem Berg ist jetzt eins aufgeführt worden. Doch solange das Spiel im Gang war, wusste keiner, wie es ausgeht. Denn darin bestand die Prüfung.«

»Aber hättest du's getan, Vater?«, fragte Jizchak von neuem.

»Ich konnte es dem Gott nicht verweigern«, sagte Abram langsam. »Doch danach wäre ich dir ins Staubland gefolgt, wegen der Blutschuld –«, fuhr er fort und es fröstelte ihn plötzlich bei seinen Worten.

»Wegen der Blutschuld –?«, wiederholte Jizchak zögernd.

»Um dein Blut mit meinem zu sühnen, mein Sohn«, erklärte Abram. »Ja, mit der eigenen Hand hätte ich's getan, um dein Blut zu versöhnen. Das Messer war für uns beide bestimmt. Unsere Geschichte wäre dann zu Ende gewesen, doch auch unser Gott hätte damit seinen Namen unter den Menschen verloren. Schaddai jedoch hat's gesehen und verstanden. Er hat dir, mein Sohn, hier auf dem Berg zum zweiten Mal das Leben geschenkt.«

»Und Mutter?«, fragte ihn Jizchak. »Hat sie gewusst, was der Gott dir befahl?«

Abram schüttelte stumm den Kopf.

Nein, sagte er sich, Jizchaks Bindung war allein eine Sache zwischen ihm und seinem Gott gewesen. Sarai hatte nichts damit zu schaffen. Denn die schreckliche Prüfung hatte ihm, dem Sohn Terachs, und ihm ganz allein gegolten.

Da war etwas, was er dem Jizchak eigentlich noch hatte sagen wollen. Eben, als ihm die Augen aufgingen, war es noch da gewesen, deutlich wie ein Blitz. Jetzt war es nicht mehr zu greifen. Und so sagte er nur: »Wir haben hier nichts mehr zu suchen, mein Sohn. Lech lecha, wir gehen.«

Und er kehrte um zu seinen Leuten am Fuß des Berges. Und weil inzwischen die Nacht heraufgezogen war, schlugen sie unterhalb des Berges Morija Zelte auf. Es waren wie auf der Herreise zwei Zelte. In dem einen lagen Elieser und seine Leute, in dem anderen Jizchak neben seinem Vater, traumlos, und sein Atem ging ruhig und tief. Er hörte nicht einmal, wie die Wachen wechselten, und merkte auch nicht, wie sein Vater in der Nacht die Decke über ihn zog, damit er sich nicht verkühle.

Abram aber lächelte seinem Sohn im Dunkeln zu, erhob

sich und ging vors Zelt und setzte sich an das kleine Feuer. Über ihm lag dunkel der Berg und Abram konnte die ganze Nacht über keinen Schlaf mehr finden. Denn es war ihm wie ein Wunder, dass sie beide, er und sein Sohn, noch atmeten und lebten.

Jener Schnitt, der Jizchak von seinen Banden erlöste, wurde für den Jungen zum entscheidenden Lebenseinschnitt. Denn er befreite ihn zugleich von den Fesseln seiner Vergangenheit. Wäre es nicht so gewesen, wäre er wohl an den Folgen seiner Bindung gestorben. Das Gegenteil aber war der Fall. Ja, Jizchak hatte sich die Fesseln willenlos fallen lassen, war in das alte Muster der Spiele Ismaels, Hände und Füße auf den Rücken, zurückgefallen. Doch als unter Abrams Messer seine Fesseln fielen, hatte Jizchak zum ersten Mal den El als gegenwärtig, als ein Hier-bin-ich! erfahren. Damit aber war Jizchak vom Zuschauer zum Mitspieler in der Geschichte Abrams aufgerückt, die in der Zusage an Abram und die Seinen gipfelte: »In dir will ich segnen alle Völker der Erde.«

Sarai in Mamre war verborgen, was im Land Morija mit ihrem Sohn geschah. Doch düstere Ahnungen waren bereits in ihr aufgestiegen, als der kleine Reitertrupp vor Tagen in aller Frühe aufgebrochen war, die Männer sich aber bis zum anderen Morgen nicht zurückgemeldet hatten. War ihnen unterwegs etwas zugestoßen? Hatten räuberische Leute sie in ihre Gewalt gebracht oder gar getötet? Merkwürdigerweise hatte Abram keine Nachricht hinterlassen, wohin er mit Jizchak unterwegs war. Das hätte er sicher getan, wenn er mit einer längeren Abwesenheit gerechnet hätte. Auch hätte er dann bestimmt mit ihr über sein Unternehmen vorher gesprochen, wie er's gewöhnlich tat. Was also hatte der überraschende Aufbruch zu bedeuten?

Sarai zermarterte sich den Kopf und fand keine Antwort. Es half ihr auch nicht, dass sie von Dakkum, in dessen Obhut die Pferche standen, erfuhr, Elieser habe ihm bis zu ihrer Rückkehr die Aufsicht über Mamre in die Hand gelegt. Er konnte ihr auch nicht sagen, mit welchem Ziel Abram weggeritten war; jedenfalls sei die Schar an der frühesten Grenze des Morgens plötzlich losgezogen, noch bevor er sich recht den Schlaf aus den Augen gerieben habe. So berichtete Dakkum, und seine Auskunft hatte Sarais ungewisse Ängste noch vermehrt, besonders als am nächsten und dann auch am Morgen des dritten Tages noch immer keine Nachricht über den Verbleib der Männer eingetroffen war.

Sarai ging zu dem El-Stein unter der Elah, fand aber auch dort, hin- und hergerissen zwischen Zorn und Sorge, keinen Trost. Jetzt befahl sie einer Hand voll Männer, die Umgebung abzusuchen. Doch ihre Leute verloren bald jede Spur von den Reittieren, nachdem über den Bergen kräftige Regengüsse niedergegangen waren.

Jener Tag, der dritte, war für Sarai der schlimmste unter ihren Wartetagen. Denn plötzlich war's ihr, als hörte sie Hilferufe, die Stimme Jizchaks, die Stimme ihres Mannes klagend neben der Zeltwand. Es war um die Zeit der Nachmittagsruhe und Sarai stürzte erschrocken aus ihrem Zelt. Draußen prallte sie zurück vor der flimmernden, sengenden Sonnenglut. Wie ausgestorben lag Mamre da und jenseits ihres Zeltes wölbten sich die Ginsterhügel, abweisend und stumm. Kein Zeichen von Leben rührte sich ringsum, und doch schrie es in Sarais Innerem, dass sie losrannte, geradewegs durch den borstigen Ginster auf die Straße zu.

Erst als ihr keine Luft mehr blieb, hielt sie an, schaute sich um und kam wieder zu sich. Die Hilferufe ihrer beiden Männer, die sie so nah gehört hatte, waren matt und leise geworden und verstummten dann ganz. Stockenden Schritts ging Sarai die Straße zurück. Als sie zu ihrem Zelt kam, lag vor dessen Eingang ein gelb-schwarzer Hund, genauso ein widerwärtiges Tier wie der Totenhund, den Terach einst vor Beltanis Zelt verscharrt hatte. Damit war es endgültig um Sarais Fassung geschehen. Sie nahm einen Stein auf, wollte das gelb-schwarze Hundetier verscheuchen, doch der Hund gähnte sie nur träge an, und Sarai wankte, den Stein noch in der Hand, ins Zelt und sank auf ihr Lager. Denn eine unsägliche Müdigkeit war sie unversehens angekommen, dass der Schlaf sie gewaltsam umfing, unwiderstehlich wie der Tod.

Mit dem Stein in der Hand verbrachte Sarai die folgenden Tage im Dämmerzustand auf ihrem Lager, wies jede Nahrung, jede Hilfe ab, kaum dass ihre Magd sie überreden konnte zu trinken. Und als man ihr den Stein aus den Fingern winden wollte, wehrte sie sich. Der sei für den gelb-schwarzen Hund, der sich seit Tagen um ihr Zelt herumtreibe, erklärte sie, ein freches Tier, das man nur mit Steinwürfen vertreiben könne. So ließ die Magd ihr den Stein, denn auch nachdem sie ihrer Herrin versichert hatte, dass das Tier nicht wieder aufgetaucht sei, ließ Sarai sich nicht beruhigen.

Noch immer auf ihrem Lager, den Stein in der Hand, so fand Abram Sarai bei seiner Rückkehr vor. Besorgt beugte er sich zu ihr, erschrocken, kein Zeichen des Wiedererkennens in ihrem Gesicht zu finden.

»Ich bin's«, sagte er.

Sarai nickte abwesend.

»Wir sind zurück, Jizchak und ich«, nahm er einen neuen Anlauf.

»Das ist gut«, sagte Sarai und schloss die Augen.

Seit Tagen schon liege die Herrin so abwesend da, teilte die Magd Abram flüsternd mit. Die Sorge um Jizchak, den jungen Herrn, habe sie ganz verstört. Erst sei sie die Straße hinauf- und hinabgelaufen und habe nach den Männern Ausschau gehalten, dann habe ein streunender Hund vor dem Zelt sie so erschreckt, dass sie sich seitdem nicht mehr unter dem Zeltdach hervorgetraut hätte.

Abram senkte schuldbewusst den Kopf. Sarai musste aus der Ferne gespürt haben, was im Land Morija geschehen war. Und so schickte er die Magd, den Jizchak ans Lager der Mutter zu rufen. Sie beide, er und sein Sohn, mussten Sarai die Geschichte ihrer Rettung erzählen. Aber würde seine Frau ihn verstehen können?

Als Jizchak herbeigeeilt kam, fing Abram ihn am Eingang ab und berichtete ihm, wie entkräftet er die Mutter angetroffen habe. Dann betraten sie zusammen das Zelt.

Jetzt beugte sich Jizchak über das Lager.

»Mutter«, sagte er. »Hier bin ich!«

Sarai öffnete die Augen, richtete sich auf und der Stein entglitt ihren Fingern. »Mein Sohn«, sagte sie. »Wie gut, dass ich dich zurückhabe!« Sie streckte die Hand aus, tastete über Jizchaks Gesicht, streichelte ihm stumm die Wangen, beugte sich vor und sah ihrem Sohn in die Augen. »Und ich dachte schon, ich sähe dich nicht wieder«, flüsterte sie und versuchte zu lächeln. »Aber da bist du, mein Sohn, und ich habe gar nicht mehr gewusst, wie groß und kräftig du bist.«

Jizchak lachte.

Es war, als hätte sein Lachen Sarais Lebensgeister zurückgerufen. Sie klatschte in die Hände, schickte die Männer aus dem Frauenabteil, und als ihre Magd erschien, rief Sarai nach Wasser, nach ihrer Kleidung, nach Schmuck und Spiegel. Aber ihre Bewegungen waren fahrig, und sie war ungeduldig mit ihrer Magd, tadelte sie, als sie ihr die Haare nicht schnell genug aufband, trat vor lauter Hast gegen ein Wassergefäß, dass es umkippte und seinen Inhalt über ihre Sandalen ergoss. Unvermittelt schlug sie die Hände vors Gesicht, kauerte sich auf den Boden und weinte hemmungslos. Nur langsam fing sie sich wieder, stand auf, ließ sich ein anderes Sandalenpaar anlegen. Doch als die Magd ihr den Spiegel reichen und die Ohrringe befestigen wollte, winkte Sarai brüsk ab.

Zuerst von ihrem Mann, dann von ihrem Sohn bekam Sarai später an den Herdsteinen alles erzählt, was sich auf dem Berg Morija zugetragen hatte. Sie reagierte sprachlos, dann mit ungläubigem Entsetzen, stieß plötzlich einen wimmernden Angstschrei aus und verhüllte ihr Haupt. Zum zweiten Mal seit dem Verschwinden von Jizchak streifte Sarai die Hand des Todes. Dabei war das, was Abram seinem Kind angetan hatte, in ihren Augen noch viel ungeheuerlicher als alles, was Ismael an seinem Halbbruder verbrochen hatte. Nein, Sarai verstand ihren Mann und seinen El nicht mehr, begriff nun auch, warum sie in ihren angstvollen Tagen am El-Stein unter der Elah ungetröstet geblieben war. Doch sie verstand überhaupt nicht, wieso Jizchak aus der ganzen Geschichte nicht nur unbeschadet, sondern wie ein Gesegneter des El hervorgegangen war.

Es brauchte Tage, bis Sarai so weit war, dass sie ihrem Mann ins Gesicht sagen konnte, wie frevlerisch er mit dem Leben ihres Kindes gespielt hatte.

»Und immer ist es dasselbe«, hielt sie ihm tonlos vor. »Erst der Gott auf dem Rücken, dann dein El-Stein in Schakim, und jetzt sogar dein eigener Sohn! Merkst du nicht endlich, dass du dich wiederholst? Die Hand gegen das eigene Fleisch und Blut zu erheben, dazu wäre keine Mutter fähig. Doch ihr müsst eure Kinder ja nicht zur Welt bringen.«

Abram erblasste. »Und was ist mit Ismael, mit meinem Erstgeborenen?«, fragte er böse. »Da bist doch du es gewesen, Frau, die den Jungen in die Wüste geschickt hat!«

»Das war etwas anderes«, fiel ihm Sarai ins Wort. »Ismael, das war eine persönliche Sache zwischen mir und Hagar und diesem Jungen. Aber dir geht es immer ums Grundsätzliche, du willst dich deinem El beweisen und gehst dafür notfalls auch über Leichen!«

Abram gab es auf, sich noch länger vor seiner Frau zu verantworten, denn er wusste, dass ihre Überzeugung nicht zu erschüttern war. Gab ihm Sarai doch unumwunden zu verstehen: Tausendmal eher, statt seinen Sohn zu binden – »Schrecklich, wie ein Opfertier!« –, hätte Abram den Bund, das Band mit seinem Gott lösen sollen.

Umso überraschter war Abram, als seine Frau fortfuhr: »Der Junge ist eigentlich herangewachsen genug, um demnächst zu heiraten und einen eigenen Hausstand zu gründen. Hast du schon mal darüber nachgedacht?«

»Was, unser Jizchak, der Junge –?«, fragte Abram, als könne er seinen Ohren nicht trauen.

»Ja, doch«, sagte Sarai ungeduldig. »Schließlich war er ja auch alt genug für das Schlachtfest, das du ihm bereiten wolltest, oder?«

Abram, noch immer betroffen von ihrer Kritik, lenkte ein und nickte zögernd. »Dann müssen wir uns Gedanken machen, woher wir für den Jungen ein Mädchen nehmen.«

»Ich sehe da keine Schwierigkeit«, erwiderte Sarai. »Unter Nachors Nachkommenschaft müsste doch ein Mädchen sein, das infrage käme. Hatte nicht unser Bruder mit seinen Frauen acht oder neun Söhne? Die haben doch sicher schon Töchter im heiratsfähigen Alter.«

»Also gut«, stimmte Abram zu. »Ich werde Elieser ins Obere Land auf Brautschau schicken und du sprichst mit Jizchak, unserem Sohn.«

Mehr, als sie's ihm zeigen mochte, war Sarai ihrem Mann dankbar, dass er so schnell zugestimmt hatte. Denn in der letzten Zeit fühlte sie sich oft schläfrig und matt, als habe sie bereits ihre ganze Lebensaufgabe hinter sich gebracht. Ja, Sarai war es einfach müde, noch länger so viel Verheißungslast zu tragen. Doch sie fragte sich voll Sorge, wer wohl an Abrams Seite Mamre vorstehen solle, wenn sie selbst einmal nicht mehr da wäre. Ja, eine junge Herrin brauchte die Zeltstadt! Schön wäre es auch, sagte Sarai zu sich, wenn ich's dann erleben könnte, dass mir, der Wurzelverstockten, noch Kindeskinder geboren würden.

Sie ließ also Jizchak zu sich kommen und unterrichtete ihn von ihren Plänen. Vorsichtig, behutsam aus lauter Angst, der Junge könne sich taub stellen oder Ausflüchte suchen.

Beides aber tat Jizchak nicht. Er stimmte den Heiratsplä-
nen seiner Eltern zu, so verständig und einsichtig, dass es
seine Mutter im Stillen verwunderte.

»Es hat in der letzten Zeit einen richtigen Ruck getan mit
dem Jungen«, meinte Sarai zu ihrem Mann, als sie ihm
abends an den Herdsteinen erzählte, wie einsichtig Jizchak
ihren Vorschlag aufgenommen hatte. »Er wirkt plötzlich so
viel erwachsener«, meinte sie erleichtert.

»Ja, und dann geht auch noch viel Zeit ins Land, bis Elieser
zurück sein wird«, sagte Abram. »Bis dahin ist der Junge
längst kein Kind mehr.«

»Aber ich kann's kaum abwarten«, gestand Sarai.

Wirklich, Sarai hatte ein Leben lang so viel warten müssen,
dass ihr niemand die Ungeduld verdenken konnte, mit der
sie Jizchaks Verheiratung betrieb.

Immer habe ich warten müssen, sagte sie sich. Auf das
Kind, auf meinen Mann, auf das neue Land. Hoffentlich
kann ich mich noch so lange wach halten, bis Elieser aus
Maitani zurück ist.

Weil Abram spürte, wie wichtig ihr's war, hieß er den Elieser, sich eilends reisefertig machen.

Dann aber, während die Eselskarawane vor der Zeltstadt
schon auf das Zeichen zum Aufbruch wartete, bat er Elieser noch mal zu sich und sagte: »Lege doch deine Hand unter meine Hüfte! Ich will dich bei meinem El schwören lassen: Aus diesem Land mit seinen fremden Göttern sollst du
meinem Sohn keine Frau nehmen! Sondern zu meiner Verwandtschaft ins Obere Land sollst du ziehen, um dort dem
Jizchak eine Frau zu finden.«

»Vielleicht aber will die Braut mir nicht nach Mamre folgen«, gab Elieser zu bedenken. »Soll ich den jungen Herrn dann zu dem Mädchen hinauf nach Charranum bringen?« »Niemals«, widersprach Abram. »Sondern der El Schaddai, mein Schutzgott, wird seinen Engel vor dir hergehen lassen, dass dir's gelingt. Will aber die Braut nicht mit dir ziehen, bist du von deinem Eid entbunden.«

Da legte Elieser seine Hand zum Zeugnis auf das Zeugungsglied seines Herrn und schwor ihm, nach diesen Worten zu verfahren.

Aus seinen Truhen aber hatte Abram den Eseln viele Kostbarkeiten aufladen lassen, fein gewirkte Stoffe, Duftharz und Räucherwerk, Schmuck und Schminke, Elfenbeinschnitzereien, erlesenes Tischgerät und Gewürze, um den Eltern des Mädchens einen reichen Brautpreis zu zahlen.

Wie anders bin ich mit Sarai in die Ehe gekommen, dachte Abram, als er zurück in die Zeltstadt ging. Ja, mein El hat uns merkwürdige Wege geführt: Er hat uns, die Kinder Terachs, ausgesondert, um unter allen Völkern uns zu seinem Volk zu machen, und dies hat unser Schaddai getan, um damit vor allen Göttern seinen Namen zu verherrlichen. An unserer Freundschaft ist er groß geworden, spann Abram seine Gedanken weiter. Unauflöslich, unaufkündbar sind wir darum aneinander gebunden, mein El und mein Same, genau wie Sarai und ich. Am Zelteingang blieb Abram stehen und schaute sich noch mal nach der Karawane um. Auf der Straße verschwanden gerade die letzten Esel hinter den Hügeln. Bis hinauf nach Charranum hatten seine Leute eine weite Reise vor sich. Doch Elieser, der Freund, ging unter dem Schutz seines El und darum sorgte Abram sich trotz aller Gefahren nicht.

Dann ging er zu Sarai ins Zelt und berichtete ihr, dass er die Karawane gut auf den Weg gebracht habe.

Sie blickte auf. »Aber das Rollwägelchen mit dem Esel hast du nicht fortgegeben, oder?«, fragte sie. »Daran sollen sich später Jizchaks Kinder, unsere Kindeskinder, freuen.«

»Nein«, versicherte er ihr. »Das Wägelchen gehört ja doch zu deinen Sachen. Ich war früher immer richtig neidisch, wenn du mit den Eselchen und mit dem kleinen Wagen gespielt hast. Weißt du's noch, wir haben oft darum gestritten.«

Sarai küsste ihn. »Du hast das Wägelchen dann ja auch bekommen und mich dazu«, sagte sie und Abram lachte mit ihr.

Es war das letzte Mal, dass er sie so fröhlich sah. Meist waren jetzt nämlich Sarais Augen schwer von Schlaf. Ihr Ruhebedürfnis wurde bald so übermächtig, dass sie zuletzt gar nicht mehr aufstehen mochte und, wenn sie's einmal tat, den lieben langen Tag nur hinter der Zeltwand verbrachte. Abram hatte Bera, die alte Wehrfrau, hinzugezogen, die wollte mit Massagen und kräftigenden Ölen ihrer Herrin aufhelfen. Doch Sarai wehrte alle Bemühungen ab. Am ehesten ließ sie sich noch Räucherwerk gefallen, lag dann aber tagelang betäubt wie eine Tote da. Kurzum, es war Sarai nicht mehr zu helfen, weil sie selbst keine Hilfe mehr wollte, und auch die zauberkräftigen Gegenstände, die Bera heimlich in der Nähe ihrer Herrin deponierte, verfehlten jegliche Wirkung. So überließ man sie ihrem Schlafbedürfnis und Sarai dankte es ihnen mit einem Lächeln.

Einmal aber, als Abram bei ihr saß, fasste sie mit offenen Augen nach seiner Hand, blickte stumm in sein von Sonnenbränden und Eisschauern zerfressenes Gesicht und sagte nach einer Weile mit matter Stimme: »Ich weiß noch, wie ich mit Jizchak niederkam. Am liebsten hätte ich damals vor lauter Glück geschrien: Ich bin Gott! Denn so fühlte ich mich. Und jetzt ist mir bald jedes Wort zu viel.« Sie sah ihren Mann traurig an. »Du Armer«, sagte sie. »Doch ich kann nichts dafür.«

Abram aber beugte sich über sie und küsste ihre Lider, die sich bereits wieder geschlossen hatten. Er vermisste ihre Gespräche an den Herdsteinen schon jetzt, und er konnte sich nicht vorstellen, dass Sarai wirklich ins Staubland gehen und er ohne seine Schwesterfrau weiterleben sollte.

Es gibt, sagen die Weisen, zwei verschiedene Arten von Sterben. Bei der einen muss man sich plagen wie mit einem Schifftau, bei der anderen aber ist es, wie wenn man ein Haar aus der Suppe hebt. Sarai musste sich nicht plagen. Sacht nach so viel Lebenslast kam für Sarai der Tod und er berührte sie zwischen Schlummer und Schlaf.

Weil ihr Dahinscheiden in die heißeste Sommerszeit fiel, waren gleich Anstalten zu treffen, sie zu bestatten.

So ging Abram zu den Ältesten von Chebron und sagte: »Ihr Herren, als Gast wohne ich unter Euch. Gebt mir nun ein Grab zum eigenen Besitz, dass ich meine Tote dort hineintrage und begrabe.«

Sie antworteten: »Herr, höre unser Wort. Du bist ein Gottesfürst in unserer Mitte. Im vornehmsten unserer Gräber bringe deine Tote zur Ruhe. Niemand wird sein Grab deiner Toten verweigern.«

Abram erhob und verneigte sich vor den Ältesten und

sprach: »Bittet doch für mich Efron, den Sohn des Zochar, dass er mir die Höhle Machpela gebe, die bei seinem Grenzacker liegt. Den vollen Kaufpreis will ich bezahlen, wenn Efron mir die Höhle als Grabbesitz übereignet.«

Efron willigte ein, wollte ihm Machpela sogar geschenkweise überlassen, doch Abram bestand darauf, den Kaufpreis zu entrichten, vierhundert Schekel Silber nach dem üblichen Handelsgewicht. Damit fiel das Feld Efrons gegenüber dem Hain Mamre mit der Höhle Machpela und all den Bäumen auf dem Stück an Abram, den Sohn Terachs.

So ging Abram hin und trug seine Tote hinaus und bestattete Sarai gegenüber von Mamre.

Mit ihm und Jizchak trauerten all seine Leute. Doch Abram duldete nicht, dass man sich der Toten wegen die Haut aufritzte oder dass seine Leute den Leichengeistern Beschwichtigungsopfer darbrachten. Sondern er sprach: »Ein Gräuel ist das meinem El! Ist er doch nicht ein Gott der Toten, sondern der Lebenden, denn für ihn leben sie alle!« Da ließen die Leute ab, Bannopfer darzubringen und sich an Sarais Grab zu verstümmeln, widerwillig zwar, doch ihrem Herrn zuliebe. Und Abram legte ihnen auf, sich auch im Fall seines eigenen Ablebens an das Gebot seines El zu halten.

Dem Jizchak seine Frau in den Arm zu legen war Sarai somit nicht mehr vergönnt.

Und Elieser, ungeduldig von Jizchak herbeigewünscht, ließ auf sich warten. Als er eines Abends noch mal hinaus zu den Schafen ging, da sah Jizchak endlich die Karawane von ferne. Inzwischen war bereits ein voller Mond vergangen, seit Sarai zur Ruhe gegangen war, und der neue Mond stand schon im ersten Viertel über den Elah-Bäumen. Jizchak sah das Mädchen einen Steinwurf entfernt auf dem Feld von ihrem Maultier steigen und sich verschleiern, denn Elieser hatte zu Ribka, die er dem Jizchak zuführte, gesagt: »Dieser da, der Mann, welcher uns dort entgegenkommt, das ist er, das ist Jizchak, mein Herr.«

Sie trafen sich auf freiem Feld und Jizchak nahm Ribkas Hand und führte sie ins Zelt seiner Mutter. Und als er ihren Schleier anhob, sah er, dass sie sehr schön war. Wortlos standen sie sich gegenüber, von Angesicht zu Angesicht, bis beide stumm ihre Augen senkten. Dann hieß Jizchak die Mägde, die sie begleiteten, alles Gut, das Ribka mit sich führte, in ihr Zelt bringen. Er selbst jedoch ging hinüber zu den Herdsteinen seines Vaters, um sich dort von Elieser berichten zu lassen, was sich auf dem Weg zugetragen hatte. Und der Gedanke an Ribkas Augen, die den seinen groß und erwartungsvoll begegnet waren, ließ sein Herz höher schlagen.

Sein Vater und Elieser erwarteten ihn schon. Abram selbst füllte seinem Sohn die Trinkschale und bediente ihn. Elieser aber berichtete.

»Junger Herr«, wandte er sich an Jizchak, »der Schutzengel deines Vaters ist wahrlich auf dem Weg vor uns hergegangen, dass uns alles gelingen musste. Ohne jede Einbuße an Menschen, Tieren und allem Gut erreichten wir unbeschädigt das Obere Land. Dort hielt ich auf Charranum zu, wie es mir dein Vater geboten hatte. Vor der Stadt ließ ich meine Leute bei den Packeseln warten und sich lagern. Ich aber nahm die beiden Maultiere und ging mit ihnen bis an den Brunnen, der draußen vor dem Tor ist. Du kennst ihn noch, Herr?«, wandte er sich an Abram und blickte ihn fragend an.

Abram nickte und sagte: »Ich sehe die Brunnentiefe noch vor mir. Es ist ein Stufenbrunnen. Man geht mehrere Stufen zum Wasser hinab und trägt's im Krug nach oben.«

»Ja, den Brunnen meine ich«, bestätigte Elieser. »Und außen sind die Tränkrinnen fürs Vieh. Es war aber die Zeit der Abendschatten, wo die Frauen zum Stadttor herauskommen, um Wasser zu schöpfen. Da stellte ich mich mit meinen Tieren an die Tränkrinne und sprach bei mir: Gott meines Herrn Abram, lass mein Vorhaben gelingen! Siehe, ich stehe hier an dem Brunnen, und das Mädchen nun, zu dem ich sage: Neige doch deinen Krug, dass ich trinke!, und die dann antwortet: Ja, trinke, und auch deine Tiere will ich tränken! – diese hast du als Frau für meinen Herrn, den Jizchak bestimmt.«

Abram bewegte sich unbehaglich. Eliesers Worte erinnerten ihn an Orakel- und Wahrsagekunst, die er verabscheute.

Doch Jizchak lachte. »Was sollte er denn sonst machen, Vater«, sagte er. »Lass Elieser erst mal weitererzählen!«

Der zwinkerte Jizchak zu und fuhr fort: »Kaum hatte ich das bei mir gesprochen, da kam Ribka, die Tochter Betuels, den Milka ihrem Mann Nachor geboren hatte, und sie trug einen Krug auf der Schulter. Ich sah aber, dass sie schön von Gestalt und Gesicht war, und weil sie ihr Haar offen trug, musste sie noch ledig sein. Da lief ich ihr entgegen und bat: Lass mich doch ein wenig aus deinem Krug trinken! – Sie antwortete: Trink, Herr!, und ließ den Krug auf ihre Hand hinab und gab mir zu trinken, so viel ich wollte. Dann sprach sie: Auch deinen Maultieren will ich schöpfen, bis sie sich satt getrunken haben! – Sie leerte den Krug in die Tränkrinne, ging die Stufen hinab und hinauf, bis meine Tiere sich satt getrunken hatten. Ich aber stand dabei und sah dem Mädchen schweigend zu, um zu sehen, ob der El meines Herrn die Reise würde gelingen lassen. Dann nahm ich einen goldenen Reif, steckte ihn in ihr Haar, streifte auch zwei schwere goldene Armreifen über ihre Handgelenke«, schloss Elieser. »Alles Übrige, wie ihr Bruder mich ins Haus lud und das Mädchen einwilligte, mir ins Südland zu folgen, das mag Ribka dir selbst berichten.«

»Wir danken dir, Elieser«, sagte Abram und fuhr durch seinen weißen, struppigen Kinnbart. »Es war ein Segenstag, der dich aus Nachors Haus zu uns gebracht hat! Ja, und ebenfalls eine segensschwere Geschichte ist das, was du nun erzählt hast. – Traurig nur«, wandte Abram sich an Jizchak, »traurig, dass deine Mutter das alles nicht mehr erleben kann. Wie gern hätte sie selbst dir die Braut in den Arm gelegt.«

Jizchaks Augen füllten sich mit Tränen, und er führte die Hand an seine Stirn, um die Tote zu grüßen. Dann sagte er: »Wenigstens ist es ihr Zelt, in dem ich mit Ribka leben werde, das Zelt, in dem Mutter mich geboren hat.«

»Ja, das ist gut«, bestätigte ihm Abram. »So wird Mutters Segen bei euch sein. Ihre letzten Gedanken waren bei dir, mein Sohn.«

Er schenkte beiden noch mal ein und die drei Männer, jeder in Gedanken, schwiegen eine Weile.

Ehe Jizchak ihn aber verließ, legte Abram ihm seine Hand

auf den Arm und sagte: »Da ist in den Truhen Sarais ein kleiner Bronzewagen. Vielleicht kennst du ihn noch von früher. Mutter wollte, dass ihre Kindeskinder später damit spielen. Das Wägelchen war auch ihr Spielzeug in ihrer Mädchenzeit. Sage es Ribka. Ja, und dann wollen wir morgen über eure Hochzeit sprechen. Bald sollte sie sein, zum nächsten vollen Mond.«

»Herr, ich werde mich um alles kümmern«, versprach Elieser. »Unsere Leute werden sich freuen. Ein richtiges Fest haben wir lange nicht mehr gefeiert.«

»Auf dich wartet jetzt viel Arbeit, Freund«, sagte Abram zu seinem Verwalter. »Du bist lange fort gewesen, da ist viel liegen geblieben. Jizchak wird dich in alles einweisen. Seit Sarai von uns geschieden ist, habe ich mich entschlossen, Mamre ihm, meinem Sohn, anzuvertrauen.«

Ja, es wird Zeit, dass ich die Arbeit aus der Hand lege, sagte sich Abram, als er vor der Zeltwand den beiden nachschaute. Ich nahm mir viel vor, besaß Häuser und Zelte, ich legte mir Gärten an und pflanzte Fruchtbäume. Ich kaufte Knechte und Mägde zu denen hinzu, die im Haus geboren waren. Herden von Schafen, Ziegen und Rindern besaß ich, Esel, Maultiere ohne Zahl, mehr als irgendjemand sonst, den ich kannte, ich sammelte Gold und Silber und versagte meinem Herz nicht die Freude. Ich habe Söhne und einen Erben, und doch weiß ich, ein Mensch kann das Werk, das sein El tut, nicht fassen, weder den Anfang noch das Ende. Doch soll man wissen, wann es Zeit wird, aufzustehen, sich fertig zu machen und zu gehen, um seinem Gott zu begegnen.

Mit diesen Gedanken kehrte Abram zurück in sein Zelt.

Seit er allein war, kamen die Fragen immer wieder: Warum das, wer bin ich, was tue ich hier? Eine letzte Antwort darauf war ihm seine Lebensreise schuldig geblieben, doch er erwartete auch keine Antwort mehr. Was also blieb? Nichts, nur ein Verwundern, wenn er seinen Lebensweg ansah. Vielleicht aber war das schon viel und genug, sagte sich Terachs Sohn, als er sich wieder an seine Herdsteine setzte. Lange starrte er in die zusammensinkende Glut, dachte an Jizchak und an Ribka, Betuels Tochter, die jungen Leute, die seine und Sarais Geschichte fortsetzen würden. Als die Asche das Feuer langsam unter sich begrub, saß Abram noch immer an den Steinen, mit seinem El, mit sich allein im Dunkeln. Denn seit einiger Zeit wollte ihm der Schlaf nur schwer noch kommen.

Jizchak aber nahm Ribka zur Frau und gewann sie lieb und so wurde er über den Tod seiner Mutter getröstet. Später verlegte der Sohn Abrams die Zeltstadt hinab ins Weideland von Beerscheba, denn in Mamre war das Land mittlerweile viel zu eng für sie alle geworden, in Beerscheba dagegen war es sehr weit, und es lagen dort auch die Brunnen, die Abram gegraben hatte.
Nur wenige Zelte blieben auf der Höhe von Mamre, gegenüber dem Hain mit seinem heiligen Schatten, Abrams Zelt und die Zelte derer, die ihm dienten.
Und die Jahre gingen dahin, Abend- und Morgensonne streckten die Schatten der Elah-Bäume, Tage verloschen.
Abram aber saß jetzt am liebsten bei der Höhle Machpela. Die Leute, die in seiner Nähe vorbeikamen, lächelten ein wenig über den alten Mann, doch sie grüßten ihn ehrerbie-

tig. »Das ist doch«, so sagten sie, »der Vater Jizchaks, der seine Zelte unten bei Beerscheba hat. Ein sehr mächtiger Mann war er einst, dieser Abram, ein Herdenkönig zu seiner Zeit.«

Abram hörte ihre Worte nicht. Er saß vor Machpela, lauschte und redete mit seiner Toten. Und er wunderte sich, dass Sarais Stimme noch immer so frisch klang, ihre Gestalt so jugendlich geblieben war, während er selbst an der Last seiner Lebensjahre immer schwerer trug.

Als man ihn eines Tages tot liegen fand, hatten die Leute ihn nicht weit zu tragen. Denn Abram war vor der Tür seiner Schwester und Frau, zu den Füßen Sarais gestorben.

Nachwort

»Abraham ist der erste Feind des Götzendienstes, der erste zornige junge Mann, der erste Rebell, der sich gegen das ›System‹, gegen die Gesellschaft und gegen die Autorität auflehnt ... Der erste Glaubende, der allein gegen alle steht und sich für frei erklärt.« So schildert Elie Wiesel, ein jüdischer Schriftsteller, den Mann, bei dem die Religionen des Judentums, des Christentums und des Islams ihren Anfang nahmen.

Für das Judentum ist Abraham der »große Mensch«, in den Gebeten Israels wird er zu einem Sinnbild der Gnade, des Mitleidens und der Liebe. Das Neue Testament der Christen nennt ihn den »Vater vieler Völker«, und im Koran, dem heiligen Buch der Moslems, gibt Gott dem Abraham die Verheißung: »Ich will dich zu einem Vorbild für die Menschen machen.«

Juden, Christen, Moslems berufen sich also übereinstimmend auf den Mann aus Ur im Zweistromland, allerdings beansprucht jede von ihren Religionen das Abrahamserbe für sich allein. Das erklärt die oft so erbitterte Feindschaft zwischen ihnen. Es ist ein Bruderstreit um die Liebe des Vaters, der Abraham heißt, ein Männerstreit.

Am Anfang steht der Streit der Abrahamssöhne Ismael und Isaak, die dem Wanderer aus Ur in den Tagen seines Alters geboren wurden: Ismael von seiner Nebenfrau Hagar, Isaak von Sara. Die biblische Überlieferung erzählt, Ismael habe immer wieder »seinen Mutwillen« mit Isaak getrieben, und auch die nachkoranischen Legenden des Islams schildern, wie sich die beiden Halbbrüder des Öfteren geprügelt hätten. Der hebräischen Bibel zufolge fällt schließlich jedoch das Vatererbe dem Isaak zu, während Ismael auf Betreiben von Sara, Abrahams Hauptfrau, zusammen mit seiner Mutter in die Wüste geschickt wird. Freilich bleibt auch nach Auskunft der Bibel Ismael, der Erstgeborene, am Segen Abrahams beteiligt, und wie Abraham selbst wird auch Ismael verheißen, Gott werde ihn zu einem »großen Volk« machen.

In der Sicht der moslemischen Tradition ist dagegen Ismael der bevorzugte Erbe und der Koran bescheinigt ihm ausdrücklich: »Er war einer, der hielt, was er verspricht, ein Gottesgesandter und Prophet – Gott, seinem Herrn, war er wohlgefällig.«

Nach Ismaels Verstoßung, so fährt die moslemische Legende fort, besucht Abraham seinen Erstgeborenen in Arabien und legt mit Ismael das Fundament für die Gebetsstätte, die Kaaba, in Mekka. In Mekka schließlich heiratet Ismael auch und wird zum Stammvater der arabischen Stämme. An der Wallfahrtsstraße nach Mekka soll der älteste Abrahamssohn später in der Nähe seiner Mutter begraben worden sein.

Ismael also, so stellt es die moslemische Überlieferung dar, tritt das geistige Erbe Abrahams an. Spinnt man den Gedanken weiter, repräsentieren mithin die Araber, und nicht etwa die Juden, das auserwählte Gottesvolk. Vermutlich hat schon Mohammed selbst die Dinge so gesehen und jener Streit um die wahren Erben Abrahams entzweit bis

heute Juden und Moslems. Ein Bruderstreit, ein Männerstreit.

Aus einer ausgesprochenen Männerwelt, dem Zweistromland von Euphrat und Tigris, stammte auch Abraham. Dort
hatte um die Mitte des zweiten Jahrtausends vor unserer
Zeitrechnung ein neuer junger Gott die Reichsherrschaft
angetreten, Marduk, der »stürmische Jungstier«. Der neue
Gott erschlägt Tiamat, die große alte »Gebärerin«, die ihre
Kinder den neuen Männergöttern nicht preisgeben will.
»Der Herr Marduk aber trat auf die Beine der Tiamat, zer-
schlug ihren Schädel mit seiner schonungslosen Keule und
zerschnitt die Adern ihres Blutes. Als seine Väter dies sahen, freuten sie sich und jauchzten«, so heißt es in einem
zeitgenössischen Gedicht, das den Durchbruch des siegrei-
chen Marduk zur Weltherrschaft feiert. Und erzählten My-
then früher einmal von der Geburt des Lebens durch vor-
geschichtliche Muttergottheiten, tritt nun im zweiten
Jahrtausend ein Schöpfergott an deren Stelle. Ihm wird
jetzt im Mythos die Erschaffung von Himmel und Erde,
mitsamt den Menschen als Arbeitssklaven der Götter, zu-
geschrieben. Ein neues Zeitalter beginnt, das von der Vor-
herrschaft eines aggressiv durchgesetzten männlichen
Machtanspruchs geprägt ist.

Der früheste Schauplatz dieser sexistischen Revolution ist
der Nahe und der Mittlere Osten. Im Zweistromland, in
Ägypten und Kleinasien formieren sich die ersten Großrei-
che, die nach universaler Herrschaft greifen. Pausenlos
wird gegeneinander aufgerüstet, riesige Heere setzen sich
in Bewegung, Streitwagenfahrer tragen den Kampf bis weit
in das gegnerische Grenzland hinein, Verträge werden ge-

schlossen und gebrochen, und unermessliches Beutegut fließt in die Städte und Residenzen. »Scharu kischschati«, Herrscher der Gesamtheit, nennen sich von jetzt an die eroberungswütigen Könige des Zweistromlands, dem nach Auskunft der biblischen Überlieferung auch die Sippe Terachs mit Abraham entstammt.

Vor diesem weltpolitischen Hintergrund ergeht der Gottesbefehl an Abraham: »Geh aus deinem Land und aus deiner Verwandtschaft und aus dem Haus deines Vaters in ein Land, das ich dir zeigen werde. Ich will dich zu einem großen Volk machen, und in dir werde ich segnen alle Völker der Erde« (1. Mose 12, 1–3). Auch hier im Text wird also der Traum von einem »großen Volk« beschworen und dabei taucht ebenfalls die Vision eines universalen Völkerhorizontes auf. Aber wie anders stellt sich die biblische Perspektive dar, wenn man sie mit den expansiven Bestrebungen der zeitgenössischen Großmächte im Nahen und Mittleren Osten vergleicht. Ihren waffenklirrenden Aufgeboten, ihren Königen, deren »Haupt bis in den Himmel reicht«, setzt die israelische Überlieferung prophetisch die Gestalt eines wandernden Herdenkönigs entgegen, Abraham, den einzelnen Menschen.

Prophetisch ist die Abrahamsgestalt deswegen, weil sie die Minorität eines Einzelnen gegen die Machtapparate der Großmächte ins Spiel bringt, Kritik an jeglicher Art von Gewaltpolitik. »Denn wer das Schwert nimmt, wird durch das Schwert umkommen«, heißt es später bei Jesus. Schalom, Frieden, zu stiften ist also unveräußerlicher Bestandteil der Abrahamstradition. Als wie wenig friedensfähig haben sich dagegen Juden, Christen und Moslems im Lauf der Geschichte erwiesen – mit dem Recht der so genannten Abrahamsreligionen, sich auf den Wanderer aus Ur zu berufen, ist es in dieser Hinsicht jedenfalls nicht weit her. Denn Abraham ist zwar ein Mann, aber er ist nicht gezeichnet von dem aggressiven Männlichkeitswahn, der so lange das Gesicht seiner Nachfolger verunstaltet hat.

Natürlich ist auch Abrahams Religion dem männlichen Denken verhaftet, eine reine Männerreligion ist sie jedoch nicht. Dazu ist der Anteil von Frauen an seiner Familiengeschichte viel zu stark. Sara und Hagar treten in dem dramatischen Lauf der Erzählung als klar umrissene, sehr eigenwillige Persönlichkeiten auf, denen Abraham sogar oft nicht recht gewachsen erscheint.

Auch die spätere jüdische Tradition sieht das so. Sie ehrt Sara zum Beispiel als eine der sieben Prophetinnen Israels. Der Legende zufolge hätte Abraham die Männer von Charranum zum wahren Glauben bekehrt, seine Ehegefährtin aber deren Frauen, und dabei soll die prophetische Überzeugungskraft Saras die ihres Mannes noch übertroffen haben. Da also ist es auf einmal Sara, nicht ihr Mann, die als der »große Mensch« dasteht, ja, hier erscheint sie noch größer als der große Stammvater selbst, wahrhaft eine »Scharrat«, eine Fürstin, wie es auch ihr Name besagt.

Und vielleicht hat sogar ihre, später als »blutschänderisch« tabuisierte, Halbgeschwisterehe einen mutterrechtlichen Hintergrund. Denn in dem berühmtesten mythischen Beispiel einer solchen Verbindung, in der mesopotamischen Liebesgeschichte von Inanna und Dumuzi, nimmt Inanna eindeutig die führende Stellung ein. Ihr Liebhaber und Gatte, der kindgleiche Dumuzi, Schafhirte und Lebenssaftspender, ist ein viel geliebter und auch hoch geehrter Gott, doch ohne Inanna ist Dumuzi nichts. Denn Inanna ist eine Großgöttin, schenkt Regen, hütet die Dattelfrucht, entfacht die Liebeslust, ja, sie leuchtet vom Himmel als Abend- und Morgenstern, und Dumuzi ist auf Gedeih und Verderb an sie, seine große Schwesterfrau, gebunden. Etwas von diesem mutterrechtlichen Hintergrund scheint noch in der Abrahamsgeschichte durchzuschimmern.

In der bizarren ägyptischen Palasterzählung, wo Pharao, das »Große Haus«, Saras Reizen verfällt, wird dem Leser bewusst, wie durch die Gefährdung der Ahnfrau des späteren Volkes Israel alles infrage gestellt war, was Gott an Abraham zu erfüllen gedachte: »Ich will dich zu einem großen Volk machen.« Nur ein direktes Eingreifen Gottes, der »Pharao mit schweren Plagen schlug«, verhindert die Katastrophe, dass die Verheißungsträgerin an einen anderen Mann gerät, die Erwählung Abrahams damit hinfällig würde. Es wird deutlich, welch entscheidende Rolle Abrahams Frau in der Väterreligion zukommt. Und wenn es dann einmal gar bei anderer Gelegenheit im Bibeltext wortwörtlich heißt: »Abraham gehorchte seiner Frau Sara«, dann wird unzweideutig klar, dass seine Religion niemals eine reine Männersache war. Auch hier haben sich die abrahamitischen Nachfolgereligionen weit von ihrem Vorbild entfernt.

Die nicht nur zeitliche, sondern vor allem inhaltliche Ferne der so genannten Abrahamsreligionen von ihrem Stifter wird zuletzt auch an deren Überorganisation erkennbar. Abrahams Religion dagegen ist einfach, sie kommt ohne Religionsspezialisten aus: Alles ist hier selbst erfahren, erlitten von Abraham, den sein kleiner Gott Schaddai an die Hand nahm, um ihn, seinen erwählten Freund, zum Segenszeichen für die Menschheit zu machen. Abraham auf der anderen Seite lässt sich an die Hand nehmen, aber nicht wie ein Sklave, sondern wie ein Freund seines Schaddai. Mit Händen gemachte Heiligtümer, Tempeltürme, monumentale Steinfassaden für seinen Gott braucht der Wanderer aus Ur nicht. Ihm genügen heilige Steine, ein schattender Baum, das Gefühl der Gegenwart seines El, um vor ihn hinzutreten und zu sagen: Hier bin ich!

Immer wieder geht es um dieses Dabeisein und Mitsein, sobald es heißt, die Zelte abzubrechen und weiterzuziehen, oder wenn sich die Feiernden um den El-Stein unter der Elah zusammensetzen und beim gemeinsamen Essen und Trinken vor dem Angesicht Gottes sich seiner Gegenwart versichern. Dazu benötigt man keinen Altar und keinen Priester. Eben überhaupt das ganze Religionsspezialistentum mit all seinen verwickelten Ritualen von Opfer-, Gebets- und Reinigungsvorschriften erübrigt sich hier. Abrahams Religion vollzieht sich in einer den Augen entzogenen Begegnung »von Angesicht zu Angesicht«. Wobei der Gott nicht einmal, wie in Abrahams religiösem Umfeld, stellvertretend im Bild gegenwärtig sein muss.

Es ist schon richtig: Abraham ist »der erste Rebell, der sich gegen das ›System‹, gegen die Gesellschaft und gegen die Autorität auflehnt«. Ja, er riskiert sogar den Vaterkonflikt, indem er seinem Schaddai folgt, der ihn heißt, sich von den Göttern seines Vaters zu trennen. Mit wie viel Autorität, blinder Gehorsamsforderung, enger Gesetzlichkeit statten sich dagegen die späteren Väterreligionen aus! Und das widersinnigerweise unter Berufung auf Abraham, den Sohn Terachs, der doch gerade, wie nachher ebenfalls Buddha und danach auch Jesus, auszog aus seines Vaters Haus und sich für frei erklärte, in der Tat, der erste Glaubende, der allein gegen alle steht.

Allein auf sich gestellt, so begegnet Abraham dem Leser. Und seine Vereinzelung wird durch das dramatische Thema der Kinderlosigkeit, das sich wie ein roter Faden durch die Geschichten um Abraham und Sara zieht, noch zusätzlich radikalisiert.

Kinderlosigkeit ist in den antiken Gesellschaften hoch besetzt mit Strafe und Versagensängsten. Ein Mensch ohne Kinder, besonders ohne Sohneserben, ist nach damaliger Anschauung kein richtiger Mensch, er ist eine Unperson und eine kinderlose Ehe gilt als Fluch. Denn »Söhne sind ein Erbteil Gottes und Leibesfrucht ist eine Belohnung«, heißt es in den hebräischen Psalmen. Und ein Text aus dem Zweistromland erklärt: »Umgang mit Frauen ist Menschenwerk, Kindersegen bewirken allein die Götter.«

Man kann sich vorstellen, wie die Jungvermählten Panik ergreift, wenn sich die Zeichen der Schwangerschaft nicht rechtzeitig einstellen. Vielleicht denkt man zunächst an einen feindlichen Schadzauber, dann müssen die Eheleute versuchen, mit Hilfe einer weisen Frau oder eines Priesters Gegenmaßnahmen zu treffen. Fruchten diese nicht, dann muss man das Schlimmste befürchten: dass nämlich die Gottheit selbst dem jungen Paar Nachkommenschaft verwehrt. Ein verborgener Makel, der den Zorn des Himmels erregt, könnte etwa die Ursache ihrer Unfruchtbarkeit sein. Nun gilt es Gelübde abzulegen, Opfer zu bestellen, sich im

Gebet zu demütigen, um die Gottheit zu besänftigen. »Möge mein Gott, der mir zürnt, umkehren zu mir, möge meine Sünde vergeben und meine Schuld erlassen werden! Ach, Göttin, schenke mir doch Namen und Nachkommenschaft, lass endlich meinen Schoß fruchtbar werden«, heißt es in dem Gebet einer mesopotamischen Frau. Viele solcher Bitten sind uns auf hart gebrannten Tontafeln erhalten, und sie zeigen an, wie drückend besonders Frauen das Los der Kinderlosigkeit empfanden. Denn die antiken Gesellschaften diskriminieren vor allem die unfruchtbare Frau. Füllt sich ihr Schoß nicht mit Leben, muss sie bangen, von ihrem Mann verstoßen zu werden, und das ist die Regel. Kann die Verstoßene nicht in ihr Vaterhaus zurückkehren, sinkt sie zur Gosse ab und muss sich vielleicht als Prostituierte durchs Leben schlagen.

Soziale Ächtung trifft freilich auch den Mann, »der keinen Samen hat, der ihn mit Öl salbt«. In den Augen seiner Umwelt gibt der kinderlose Mann eine tragisch-komische Figur ab. Er wird zur Zielscheibe ihres Spottes und unterliegt überdies dem Verdacht, sich's mit den Göttern verdorben zu haben, darum meidet man tunlichst den Umgang mit ihm. So ist auch der Kinderwunsch von Männern sehr stark. Als Zeugnis dafür steht ein altsyrisches Gebet, in dem es heißt: »Ein Sohn sei im Haus, der die Drohung der Widersacher abwehrt und seines Vaters Feinde niederwirft, der seines Vaters Hand hält, wenn er betrunken ist, den Vater trägt, wenn er gesättigt ist vom Wein, der sein Dach schützt, sein Gewand wäscht am Tag des Schmutzes. Es richte der Sohn für seinen Vater einen Denkstein auf und er lasse an des Vaters Grab Weihrauch aufsteigen.«

Umgekehrt gilt für die Kinder das Gebot, Vater und Mutter zu ehren, denn die Familie stellt in der Antike die einzig denkbare Form sozialer Alterssicherung dar. Mindestens ebenso schwer wiegt jedoch die Verpflichtung, nach der es den Kindern obliegt, den Seelen ihrer Eltern nach dem Tod ein erträgliches Leben zu verschaffen. An den Gräbern von Vater und Mutter sind Trank und Speise darzubringen, zu allen möglichen Anlässen sind Opfer und Gebete zu erstatten. Denn anders müssten die Eltern ruhelos das Staubland durchirren, ja, ihre Schatten könnten aus der Erde aufsteigen, um den Lebenden zu schaden. Zu Lebzeiten schon eine Qual, wird also Kinderlosigkeit im Jenseits gar zur Hölle. Heute werden diese Verzweiflung nur jene kinderlosen Paare nachempfinden können, die die Tortur der künstlichen Insemination auf sich nehmen.

Die Geschichten um Abraham und Sara setzen also einen überaus dramatischen Hintergrund voraus, ein gesellschaftliches Umfeld, das mit großen Ängsten aufgeladen ist. Dass die Kinder Terachs an ihrer Ehe, obwohl ihnen Nachkommenschaft verwehrt blieb, dennoch festhielten, das ehrt sie beide. Ja, man wundert sich, wie Abraham und seine Frau dem Druck ihrer sozialen Umwelt überhaupt so lange standhalten konnten, allein auf sich gestellt, mit keinem anderen Rückhalt als dem Wort der Verheißung ihres Gottes: »Ich will dich zu einem großen Volk machen.«

Spätere Generationen priesen die Durchsteh- und zähe Widerstandskraft Abrahams als seine »Glaubensstärke«. Dabei geht jedoch leicht vergessen, dass sich in diesem Glauben ein verbissener Trotz behauptet, mit dem der Wanderer aus Ur an der Einlösung der Verheißung festhält.

Ja, und es scheint fast, als hätte es der Gott Abrahams eben darauf angelegt, diesen Trotz, die radikale Vereinzelung des Einzelnen, zu provozieren.

Es ist dieser Trotz mit einem langen Atem, den Abraham auf seinem langen Weg bewahrt, bis sich die Kindesverheißung endlich erfüllt. So sieht es die Überlieferung. Und sein Trotz verlässt ihn auch nicht, als er sich wie betäubt mit seinem Sohn auf den Weg zum Berg Morija macht. Er wird der Stimme seines Schaddai Folge leisten, doch indem er gehorcht, wird er seinen Gott prüfen und vor die Wahl stellen: Alles oder nichts. Am Ende stehen sich beide als siegreiche Kontrahenten gegenüber, der Einzelne und sein einziger Gott, wie sich Gott und Mensch in der Geschichte bis dahin noch nie gegenübergestanden hatten: als unverwechselbare Einzelpersonen, die ihre gegenseitigen Beziehungsansprüche als verpflichtend anerkennen. Eine neue Dimension menschlicher Selbsterfahrung tut sich in der Geschichte auf, die Entdeckung des unendlichen Wertes der menschlichen Einzelseele.

Wie Abraham, der seines Vaters Haus verließ, war auch sein Gott, der El Schaddai, ein Auswanderer, ein Emigrant, der dem überfüllten Götterhimmel des Zweistromlands den Rücken gekehrt hatte und bei Abraham eine neue Heimstätte für seinen Namen fand. Wir wüssten gern mehr über den Anfang dieser Begegnung zwischen Abraham und seinem El, die schicksalhaft bis heute in unsere Gottesvorstellung hineinwirkt. Doch ist ja Thomas Mann zuzustimmen, wenn er seinen Bibelroman »Joseph und seine Brüder« mit der Feststellung eröffnet: »Tief ist der Brunnen der Vergangenheit. Sollte man ihn nicht unergründlich nennen?« So ist es und darum hält das Dunkel der Geschichte die Anfänge dieser exklusiven Beziehung zwischen dem Einen, Abraham, und dem Einzigen, seinem Gott, für immer vor uns verborgen. Uns bleiben allenfalls Vermutungen.

Eine Reihe von Forschern sucht dabei den Weg über den altertümlichen Gottesnamen »Schaddai«. Sprachuntersuchungen lassen darauf schließen, dass dieser Name von einer Wandergruppe, die aus dem Norden kam, ins Jordanland gebracht wurde, eben von der Abrahams-Sippe. Leider ist aber auch die sprachliche Herleitung des Namens »Schaddai« nicht ganz eindeutig. Er klingt für die Ohren eines Syrers nach Feld, Weite und Steppe, eine treffende Benennung also für einen Wandergott. In Israel dagegen sieht man bei dem Wort vielleicht eher eine Wölbung vor sich, eine Bergkuppe oder die weibliche Brust. Wieder andere Sprachwissenschaftler bringen Abrahams Schaddai lieber mit Schaddu, einem mesopotamischen Schutzgott, in Verbindung und so sieht es auch dieses Buch. Demnach hätte Abraham den Scheddu-Schaddai als seine persönliche Schutzgottheit schon aus dem Zweistromland mitgebracht und aus diesem individuellen Verhältnis wäre später dann die exklusive Verbindung zwischen dem Gott Abrahams und dessen Sippe hervorgewachsen.

Vielleicht gelingt es der Forschung noch, hier Klarheit zu schaffen. Übereinstimmung herrscht jedoch heute bereits in dem entscheidenden Punkt, dass uns mit dem Gott Abrahams eine Gottheit entgegentritt, die sich von den bombastischen Hochgöttern der umliegenden Kulturen klar und eindeutig unterscheidet.

Schaddai ist in mancher Hinsicht ein bescheidener Gott. Sein Kult jedenfalls, darauf wurde schon hingewiesen, zeichnet sich durch äußerste Schlichtheit aus. Zorn, Strafe, Sünde und herbeigebettelte Vergebung treten in den Hintergrund, sein schützendes Handeln gegenüber dem Einzelnen wird dagegen stark betont, und er greift ein, um soziale Spannungen zu mildern. Ja, und Abrahams Gott ist tolerant. Er missioniert jedenfalls nicht mit Gewalt, sondern richtet sich im Gegenteil in bereits bestehenden Freiluft-Heiligtümern des Landes häuslich ein und verlangt nicht mehr von seinen Gläubigen, als dass sie die Ausschließlichkeit zwischen sich und dem Einzigen respektieren und wahren. Darum bleiben Beschwörungen, Amulettzauber, die Befragung und Verehrung von Totengeistern aus seinem Kult ausgeschlossen. Natürlich lässt er auch zu keinem »heiligen Krieg« aufrufen, wozu die späteren Nachfolger Abrahams, das Judentum, Christentum, der Islam, immer nur allzu gern bereit waren. Kurzum, Abrahams El ist nicht ein Gott des Gegenseins, sondern des Mitseins, denn er selbst ist dieses Mitsein in beispielhafter Weise, indem er mitgeht und mitwandert, ein zeltender Gott auf dem langen Weg durch die Geschichte.

An dieses Mitgehen konnte die um Jahrhunderte spätere Jahwe-Religion des Mose anschließen. Entsprechend erklärt sich Jahwe in der Mose-Überlieferung, wo es an einer Stelle heißt: »Ich bin Jahwe, der dem Abraham, Jizchak und Jakob als El Schaddai erschienen war, aber unter meinem Namen Jahwe hatte ich mich ihnen noch nicht bekannt gemacht.« In unserer Sicht freilich sind der Gott Abrahams und der Gott Moses nicht miteinander identisch, denn

Schaddai ist ein sich beiordnender, Jahwe ein sich überordnender Gott. Doch sind beide in einer Beziehung doch wieder austauschbar: Sowohl Schaddai wie auch Jahwe ist ein Gott der Geschichte, der mit der Abrahams-Sippe und dann mit Israel unterwegs ist, die Menschheitsgeschichte ans Ziel zu bringen, den noch offenen Schöpfungsprozess unter Mitwirkung seines Volkes zu vollenden. Nicht viel anders verstehen sich dann auch das Christentum und der Islam. Hier also stehen die drei Abrahamsreligionen bis heute in der Nachfolge des Einen und des Einzigen, Abrahams und seines Schaddai: Sie sind, das Ziel der Geschichte vor Augen, visionäre, utopische Religionen, aber eben darum auch gefährlich.

Dass die Menschheit ihr unendlich in der Zukunft liegendes Geschichtsziel erreicht, dies eben ist nirgends garantiert oder sichergestellt, im Gegenteil. Wir sind im Augenblick ja wohl eher dabei, unsere Zukunft zu verspielen, wenn wir nicht umkehren und einhalten, um uns unserer Zukunft aufs Neue zu versichern, also einen »Neuen Bund« zwischen uns und der Schöpfung stiften. Eine bescheidene Religion, wie sie die abrahamitische darstellt, könnte dabei helfen.

Sie ist, wie gesagt, eine Geschichtsreligion, das heißt, Gott wird in ihr als Trieb- und Zugkraft des Geschichtsprozesses erfahren. Darum ist es nicht unerheblich, zum Schluss die Frage zu stellen, ob Abraham tatsächlich, wie es die Bibel beschreibt, eine historische Gestalt gewesen ist. Die Forschung des 19. Jahrhunderts hat das mit vielen Argumenten infrage gestellt. Für sie war der Mann aus Ur entweder ursprünglich eine mythische Figur oder die Personifikation einer Gruppe oder gar nur ein Märchenheld. Seither hat sich die archäologische, völkerkundliche, sprach- und bibelwissenschaftliche Forschung so verfeinert, dass sie die Frage der Historizität Abrahams besser beantworten kann. Der bisher erreichte Forschungsstand wird von Claus Westermann, einem führenden Bibelwissenschaftler, so beschrieben: »Weitgehende Übereinstimmung ist darin erreicht, dass Abraham eine Einzelperson war, die zu einer noch nicht sicher bestimmten Zeit vor der Landnahme der israelischen Stämme und vor dem Auszug aus Ägypten wirklich gelebt hat. Diese Person Abraham hat den Anstoß zum Entstehen einer Abrahamstradition gegeben.«

Dabei verdient der letzte Satz Westermanns besondere Beachtung: Zwischen Abraham und der Endgestalt der überlieferten Texte liegt vermutlich mehr als ein halbes Jahrtausend. In dieser Zeit sind der Überlieferung viele neue Stoffe zugewachsen, andere wurden ausgeschieden, Erzählungen wurden mehrfach überarbeitet, sind in neue Zusammenhänge eingeordnet worden, so dass wir heute nicht mehr immer und überall zweifelsfrei feststellen können, ob wir es in einer Abrahamserzählung mit wirklich alten Gehalten oder mit späteren Zusätzen oder vielleicht mit überarbeiteten Textfassungen zu tun haben. Dennoch bleibt Abraham für den Leser eine festumrissene, unverwechselbare Gestalt, jener »große Mensch«, als den ihn die jüdische Tradition bezeichnet, der Freund Gottes, der, nach den Worten des Koran, bestimmt ist zum Vorbild für die Menschen.

Für die Leser, die sich weiter in den Themenkreis einlesen wollen, gibt es die beiden einführenden Bücher:

Roman Herzog, »Staaten der Frühzeit«, München 1988

Elie Wiesel, »Adam oder das Geheimnis des Anfangs. Brüderliche Urgestalten«, Freiburg 1980.

Anhang

Geschichtliche und überlieferungsgeschichtliche Namen, Bezeichnungen und Begriffe:

Abram: in gedehnter Schreibweise auch Abraham: wörtliche Bedeutung: »Der Vater ist groß«; arabisch Ibrahim; nach bibl. Überlieferung der Urvater Israels; einer der drei Söhne *Terachs*; im Koran der erste Moslem; verheiratet mit seiner Halbschwester *Sarai*

Adad: mesopotamische Wettergottheit

Adit: im Talmud Name der Frau des *Lot*

Agum: mesopotamischer König im 15. Jh. v. u. Z.

Asakku: mesopotamische Dämonengestalt

Baal: semitischer Fruchtbarkeitsgott

Baba: mesopotamische Heilgöttin

Babil: in späterer Schreibweise Babylon; Königsstadt in Mesopotamien

Balich: Nebenfluss des oberen Euphrat *(Purattum)*

Bardu: mesopotamischer Priester

Beerscheba: Stadt in Südpalästina

Beschri-Berge: Gebirgszug westlich des Euphrat im heutigen Mittelsyrien

Chalab: heute Aleppo; Stadt in Nordsyrien

Charranum: bibl. Harran; heute Altinbasak; Stadt in der südöstlichen Türkei

Chebron: Hebron; Stadt in Südpalästina

Dimaschki: Damaskus; Hauptstadt Syriens

Dumuzi: mesopotamischer Fruchtbarkeits- und Hirtengott; Bruder und Gatte der *Inanna*

Dur-Enlil: ehemalige Stadt in Südmesopotamien

Duzu: mesopotamischer Sommermonat

Echulchul: mesopotamischer Tempel des Gottes *Sin* in *Charranum*

Egalgaschena: mesopotamischer Tempel in *Dur-Enlil*

Ekischnugal: mesopotamischer Tempel des Mondgottes *Sin* in *Urim*

El: semitische Gottesbezeichnung; Göttervater in *Ugarit*

Elah: Eiche (oder auch Terebinthenbaum)

Elieser: nach bibl. Überlieferung oberster Knecht des *Abram*

Enlil: mesopotamischer Hochgott

Gadjut: Küstenstadt in Südpalästina; heute Gaza

Gerar: ehemalige Stadt in Südpalästina

Gomorra: nach bibl. Überlieferung Stadt am Toten Meer

Hagar: nach bibl. Überlieferung Leibmagd *Sarais*; arabisch Hadjar

Hapi: ägyptischer Name des Nil

Haran: einer der drei Söhne *Terachs*; Vater von *Milka* und *Lot*

Hermon: Bergzug westlich von Damaskus *(Dimaschki)*

Hohes Haus: ägyptischer Würdentitel, in der Bibel »Pharao«; hier Thutmosis III. (15. Jh. v. u. Z.); die Elefantenjagd von Thutmosis III. am Litanifluss in Südsyrien ist in altägyptischen Quellen mehrfach dokumentiert

Inanna: mesopotamische Großgöttin; Schwesterfrau des *Dumuzi*

Ischtar: anderer Name für *Inanna*

Ismael: nach bibl. Überlieferung Sohn des *Abram* und der *Hagar*; arabisch Ismail; Halbbruder des *Jizchak*

Jamchad: Landschaft im heutigen Nordsyrien mit der Hauptstadt *Chalab*

Jizchak: in griechischer Schreibweise Isaak; nach bibl. Überlieferung Sohn des *Abram* und der *Sarai*; Halbbruder des *Ismael*

Karkemisch: Handelsstadt am mittleren Euphrat *(Purattum)*

Katarot: semitische Geburtshelfergöttinnen

Kinneret: See Genezaret

Kirta: König in *Maitani*; 15. Jh. v. u. Z.

Lamassu: mesopotamische Dämonengestalt

Lilit: semitische Dämonengestalt

Lot: nach bibl. Überlieferung Sohn *Harans*; Neffe *Abrams*

Lus: das bibl. Betel

Maitani: Großreich in Nordmesopotamien und Syrien im 15. Jh. v. u. Z.; das Obere Land

Mami: mesopotamische Muttergottheit

Mamre: bibl. Ortschaft in der Nähe von *Chebron*

Marduk: mesopotamischer Reichsgott

Marijanni: Streitwagenkämpfer in *Maitani*; Adelsklasse

Meerland: Südmesopotamien; Mat Tamti

Milka: nach bibl. Überlieferung Tochter des *Haran*; Frau *Nachors*

Mizrajim: semitischer Name für Ägypten

Mot: semitischer Gott des Todes; Feind des *Baal*

Nachor: nach bibl. Überlieferung einer der drei Söhne *Terachs*; Mann der *Milka*

Nija: Landschaft im heutigen Mittelsyrien

Nisanu: mesopotamischer Frühlingsmonat

Purattum: mesopotamischer Name für den Euphrat

Ribka: griech. Rebekka; nach bibl. Überlieferung Enkelin *Nachors*

Salem: das spätere Jerusalem

Sarai: später Sara, nach bibl. Überlieferung Urmutter Israels; *Terachs* Tochter; verheiratet mit ihrem Halbbruder *Abram*; Mutter des *Jizchak*

Schaddai: altisraelische Gottesbezeichnung; vielleicht verwandt mit dem mesopotamischen *Scheddu*

Schakim: bibl. Sichem; das heutige Nablus in Mittelpalästina

Schamasch: mesopotamischer Sonnengott

Scheddu: ein Schutzgeist in der mesopotamischen Religion

Sin: mesopot. Mondgott; Kultstätten in *Urim* und *Charranum*

Sodom: nach bibl. Überlieferung Stadt in der Jordansenke

Suttarna: König in *Maitani*; 15. Jh. v. u. Z.

Sutu: Nomadenstamm

Ter: arabische Mondgottheit

Terach: nach bibl. Überlieferung Vater des *Haran, Nachor, Abram* und der *Sarai*

Tidal: sagenhafte Königsgestalt der Abrahamsüberlieferung

Ugarit: ehemaliges Stadtkönigtum und Handelsmetropole an der syrischen Küste

Urim: ehemaliges Stadtkönigtum in Südmesopotamien *(Meerland)*; in der Bibel Ur; Heimat des Hauses *Terach*

Inhalt

Arnulf Zitelmann
Hypatia
Roman. Mit einem Nachwort des Autors
Beltz & Gelberg Taschenbuch (78750), 280 Seiten   *ab 14*

»Heute ist dein letzter Tag«, liest Thonis auf dem Papyruszettel,
und er weiß, die Drohung ist ernst gemeint. Das Leben in
Alexandria hat er sich anders vorgestellt, mit neuen Freunden, mit
mehr Zeit für sich und seine Gedichte. Aber seit er in Hypatias
Dienste getreten ist, überschlagen sich die Ereignisse. Hypatia ist
eine außergewöhnliche Frau. Selbstbewusst, hoch gebildet und
politisch engagiert, fordert sie Bewunderung, aber auch
Feindschaft heraus. Die spannende Geschichte lässt das Schicksal
Hypatias wieder lebendig werden, einer historischen
Persönlichkeit, die um 400 nach Christus in Ägypten lebte.

»Zitelmann verzichtet auf jegliche Klischees.
Seine Hauptfiguren werden keine Helden, sondern bleiben
durchschnittliche Menschen der Zeit, mit Ängsten und
Zuneigungen, Stärken und Schwächen.«
taz Berlin

www.beltz.de
Beltz & Gelberg, Postfach 10 01 54, 69441 Weinheim

Arnulf Zitelmann
Mose, der Mann aus der Wüste
Roman
Mit einem Nachwort des Autors
Beltz & Gelberg Taschenbuch (78896), 352 Seiten   *ab 14*

Mose, von der Tochter des Pharao aus dem Schilf gerettet und
aufgezogen, muss erfahren, dass seine leiblichen Eltern Sklaven
sind. Von nun an ist er von der Idee getrieben, sein Volk
aus der Knechtschaft zu befreien. Mutig tritt Mose vor den
mächtigen Herrscher und fordert: »Lass mein Volk gehen!«
Ein beeindruckender Roman über die vorchristliche Zeit.

»Zitelmann schafft es, die theologische Archäologie in eine
bildliche Erzählung zu verwandeln.«
Die Zeit

www.beltz.de
Beltz & Gelberg, Postfach 10 01 54, 69441 Weinheim

Arnulf Zitelmann
Paule Pizolka oder Eine Flucht durch Deutschland
Roman
Beltz & Gelberg Taschenbuch (78768), 384 Seiten, *ab 14*
Gustav Heinemann-Friedenspreis

Paule Pizolka, 16 Jahre, gefällt es im KLV-Lager eigentlich ganz
gut. Doch als er zur Musterung eingezogen werden soll, haut er
ab, denn er glaubt nicht an Hitlers Krieg. Damit aber ist Paule
fahnenflüchtig und muß untertauchen. Auf seiner Flucht quer
durchs Deutsche Reich erlebt er das, was 1942 zum normalen
Alltag gehört: den Bombenhagel in Frankfurt und Duisburg
ebenso wie die Idylle auf dem Bauernhof, die sich dann plötzlich
als gar nicht so idyllisch erweist. Die schlimmste Zeit macht er
jedoch im Jugend-KZ Moringen durch, wo Paule erkennen muß,
daß nur die Gedanken frei sind. Wäre da nicht Ulla, die er liebt,
hätte er längst aufgegeben.

»Ein pralles Buch voller Geschichte und Geschichten, in dem
neben dem blanken Entsetzen und dem Horror des Krieges auch
eine Liebesgeschichte Platz findet, ohne trivial zu wirken.«
Der Tagesspiegel

www.beltz.de
Beltz & Gelberg, Postfach 10 01 54, 69441 Weinheim

Arnulf Zitelmann
»Widerrufen kann ich nicht«
Die Lebensgeschichte des Martin Luther
Mit Abbildungen
Beltz & Gelberg Taschenbuch (78813), 204 Seiten   *ab 14*
Auf der Auswahlliste zum Deutschen Jugendliteraturpreis

Sein Vater hatte ganz andere Pläne mit ihm. Jurist sollte
er werden, Staatsbeamter. Statt dessen wurde er
»Doktor der Heiligen Schrift« und stellte mit seinen Wittenberger
Thesen Kirche und Obrigkeit in Frage. Damit brach die alte
Ordnung zusammen. Bauern revoltierten, Fürsten widersetzten
sich dem Kaiser, Nonnen brachen aus dem Kloster aus.
Aber hat Luther selbst das alles so gewollt?
Dieses Buch erzählt das Leben Martin Luthers, ein Leben
in einer Zeit voller Widersprüche: die Kirche versucht sich zu
behaupten, gleichzeitig drängen Wissenschaft und Technik
nach vorn, neue Länder werden entdeckt. In dieser Zeit sucht
Luther nach neuen Gewissheiten.

www.beltz.de
Beltz & Gelberg, Postfach 10 01 54, 69441 Weinheim